家事大吉

刘燕吉 著

花城出版社
中国·广州

图书在版编目（CIP）数据

家事大吉 / 刘燕吉著. -- 广州：花城出版社，2025. 1. -- ISBN 978-7-5360-9924-1

Ⅰ. I267

中国国家版本馆CIP数据核字第2024L0F706号

出版人：张 懿
责任编辑：周思仪　王梦迪　苏葳葳
责任校对：卢凯婷
技术编辑：凌春梅
封面设计：何 涵

书　　名	家事大吉 JIASHI DAJI
出版发行	花城出版社 （广州市环市东路水荫路11号）
经　　销	全国新华书店
印　　刷	佛山市浩文彩色印刷有限公司 （广东省佛山市南海区狮山科技工业园A区）
开　　本	880毫米×1230毫米　32开
印　　张	12.75　5插页
字　　数	250,000字
版　　次	2025年1月第1版　2025年1月第1次印刷
定　　价	68.00元

如发现印装质量问题，请直接与印刷厂联系调换。
购书热线：020-37604658　37602954
花城出版社网站：http://www.fcph.com.cn

大吉与伯璿

大吉常说:"别人知道的事我怎么都不知道呢?"

跟她相处,像跟个童话人物相处似的,各种天然,直不笼统,浑然天成,全然不觉。

目录

我想说几句话（前言）   001

第一章 • 我叫大吉

一　我叫大吉　　004
二　大姑嫁进九门提督了　　017
三　妈头上生孙子的紧箍咒　　027
四　从记事起爹从来都不爱搭理我　　039

第二章 • 伯璿的家世

五　婆婆带着三个孩子十个皮箱来到北京　　044
六　婆婆的娘家人　　050
七　妈妈想辞就辞吧　　059
八　你期不期　　064
九　万一我当官了还能遇见你吗　　071
十　他的同学疑心我是骗子　　078

十一　一个是单手扶把的cowboy，
　　　一个是还在上中学的青春片　　091
十二　一个不大的地方　　101

第三章 ● 谢谢你不喜欢我

十三　世界上有那么多人并不喜欢我　　110
十四　哪们（我们）大吉考上秀才了　　117
十五　供大吉读书　　124
十六　海报少女的心事　　131
十七　出身不能选择　　139
十八　谢谢你来做客，走时请把门关好　　148
十九　那你们就离我远点呗　　155

第四章 ● 从大学到林科院

二十　　别人知道的事我怎么都不知道呢　　164
二十一　遥远的王家园　　173
二十二　晚报到一天经济损失惨重　　180
二十三　由糖油饼开始的一生爱恋　　187
二十四　一切要心说了算才行　　195

二十五	出嫁了	203
二十六	"四清"时候抱过付笛声	210
二十七	离开北京	219

第五章 · 人民内部与家庭内部

二十八	虎啸龙吟	230
二十九	母女分离	236
三十	做到了丫头的身子丫头命	244
三十一	肉球不让妈妈抱	252
三十二	"运动总会过去的"	258
三十三	要想婴儿安,就要饥和寒	265
三十四	二号肉球也不认妈	273

第六章 · 人生有难就有托举

三十五	千万别辞职	282
三十六	乡村女教师	289
三十七	抱着一桶冰棍上手术台	295
三十八	我要掉到天上去了	302
三十九	山水有相逢,望君多珍重	309

| 四十 | 男女之间有纯洁的友谊吗 | 316 |
| 四十一 | 再见了，嫩江 | 323 |

第七章 • 曲终人远

四十二	人生聚散，倏忽之间	332
四十三	天敌	339
四十四	为什么好人常常没好命呢	346
四十五	十五年黄金岁月	357
四十六	你的钱是你的，我的钱也是你的	370
四十七	渐行渐远	378
四十八	这一别	385

| 一封家书 | | 396 |

| 编后记 / 黄啸 | | 401 |
| 后记 / 刘燕吉 | | 405 |

我想说几句话（前言）

我的女儿说："如果前几年想起写家事，由老爸来执笔该多好！"是啊，要是他写，那文笔、文风，还有黄家的故事该有多么精彩、丰满和灿烂呢！遗憾的是，现在只能由我这支笨拙的笔来完成了。

《家事大吉》由女儿的建议而开始，而公众号推出时那么多读者热情真挚的支持和鼓励是我坚持努力完成的动力。特别要提的是，孙海帆先生不但全文转发还在评论中给予了那么高的评价，使我受宠若惊。深深地道一声："谢谢！"

我对出书并不积极，曾以整理照片困难为由想拖，主要是担心书会成为房间里的"鸡肋"。但是热心的朋友硕硕还有啸的好友、现在也是我的知音红共同帮助解决了照片的问题。加上美编刘小包及我的小女儿悦勤奋、认真、不辞辛苦地工作而完成了书稿。也真诚地道一声："谢谢！"

我和我的丈夫黄伯璿在人生的路程中走过的不完全是平坦大道，但是上苍并没有抛弃我们。我们得到过老一辈人的爱护，小一辈人的孝敬；我们彼此恩爱一生，相依相伴五十多年；在走路遇到了沟沟坎坎时总会有好心人拉扶一把，不会跌得头破血流一蹶不振；落井下石的人也碰到过，但我们都挺过来了。国家政府给予了我们能够不虚度光阴、工作中能做出一点点成绩的机遇，以及平和安乐的晚年。知足者常乐！还是那句话：人生哪能多如意，万事只求半称心。

大 吉

2024年12月

第一章

我叫大吉

一　我叫大吉

我，刘燕吉，家里人叫我大吉。

我母亲阮尚珍1918年生于一个旧式小官僚家庭，祖籍浙江绍兴。她的父亲阮延英生于1888年，死于1942年，终年54岁。她的母亲张福荣生于1897年，死于1982年，享年85岁。阮延英很早就离开绍兴到河北、河南等地做个小官，最大也就做到"七品芝麻官"——县太爷。他娶了个北方媳妇，保定人张福荣，为他生了四女五男九个孩子。长大成人了三女二男五个。大女儿，就是我的妈妈阮尚珍。县太爷官虽小、气派大，娶了三房姨太太，又给他生了一男二女三个孩子。阮家虽不是官府大宅，家境也还算殷实，衣食无忧。

阮尚珍是大房长孙女，备受她祖母的疼爱，吃住都在祖母的上房里，闲时随祖母绣花、画画，陪祖母喝杯老酒、点点水烟。因此从小练就的烟酒这两个嗜好伴随了她的一生。

那几个同母或异母的弟弟妹妹吃穿用都不能和这位长姐相比，他们对长姐敬而远之。长姐也不和他们一起混。我妈一直到老和娘家的弟弟妹妹们都不亲，所以不少姨、舅及他们的孩子们我都不认识。阮尚珍从小被祖母管教成大小姐的孤傲秉性，虽然长得说不上特别漂亮，但也端庄大方。17岁的阮尚珍皮肤细腻，眼睛像她妈，单眼皮有一点点肉眼泡，嘴唇稍厚，用现代人的眼光看还有点性感呢，有一头浓密的秀发。青春无丑女，她出落成一个散发着芬芳、气质高傲、亭亭玉立的少女了。

提亲的人不少，她的父亲看上了同样当县长的好友刘兴周的儿子刘鸿勋，也就是我的父亲。刘鸿勋生于1916年，比阮尚珍大两岁。

刘家祖籍河北保定，我的孩子们小时候我常教她们用保定话说："我是中华人民共和国、河北省、保定市、徐水县、曹河镇、大刘庄人。"虽说阮刘两家都是七品之家，但我的祖父刘兴周没娶姨太太，没生那么多孩子，加上老家农村还有几亩地，日子要富裕些。

我奶奶刘蔡氏是远近闻名的大美人，鹅蛋形脸庞，皮肤白嫩，双眼皮大眼睛，有一个当时最时髦的樱桃小口。她生了一男二女，儿子刘鸿勋虽遗传了父亲的小眼睛，但其他部位都像母亲，相当英俊。最得到奶奶真传的是我的大姑（姐）刘韶华，长得绝不逊于当时的电影明星。刘家的精华都集中在她身上了，美丽、聪慧、善良。

听说爷爷年轻时也到那不该去的地方去过，但奶奶看得紧，只要发现就会带着大姑追过去，大姑拉着父亲的手说："爹，咱们回家吧。"当爹的二话不说抱起闺女就回家了。可见这女儿在父亲心中的位置。二姑刘月华有残疾，当时是双胞胎，难产，大的让接生婆鼓捣死了，二姑活了但腿瘸，又因生产时间太长，大脑缺氧，智力低下。二姑长得完全像父亲，黑皮肤、小眼睛，很不受父母待见。

阮刘两家对子女的教育非常短见，都没有让孩子读书。刘鸿勋上到初中，据说学习还不错，特别是英语和数学挺拔尖的，却没有继续读下去。刘韶华和阮尚珍只读到小学，刘韶华提出想学护士，但刘家的大小姐怎么能干伺候人的事呢？当然不让学。又申请学会计，女孩子怎么能一天到晚摆弄算盘珠子呢？又被否了。这么一个聪明又有上进心的少女只能囤在家里等着出嫁了。

两个县太爷在饭桌上，推杯换盏时聊起你有儿，我有女，年龄相当，又门当户对，一句话就将亲定下来了。当我奶奶带着聘礼到阮家正式提亲时看到阮家大小姐，人并不漂亮，也不太乖巧，回来就后悔了，提出退婚。爷爷当然不同意，但他拗不过有点霸气的夫人。阮家听说要退婚，高兴的是老太太——尚珍的祖母。老人家看出刘夫人傲气中带着厉害，自己的孙女嫁过去肯定要受委屈。退就退了吧。

这时的刘家正在进行着一场战争，发动者是我大姑刘韶华。话说刘鸿勋、刘韶华和阮尚珍三个人在一个私塾里读过书，后来又在同一个公立小学上学，大姑说我妈还教过她唱"小麻雀"的歌呢！两人挺说得来。刘鸿勋和阮尚珍彼此印象可能也不错。大姑刘韶华当时才十四五岁吧，就像大人一样问哥哥："阮家大小姐人品如何？娶她做媳妇你乐意不？"哥说：

"妈不乐意。""我问你乐意不乐意？"当哥的磨叽了半天才轻声说："乐意。"妹妹又拉着哥哥去找他们的爹，于是以三对一的绝对优势战胜了反对派，收回了退婚决定。

这时的阮家听说退婚后，大小姐闷闷不乐。当奶奶的看在眼里，百般安抚。后来刘家又说不退了，老太太拍案而起："他们想不退就不退了吗？我们还不嫁了呢！"但看到孙女的神情又软了下来，对孙女说："这门亲事你乐意吗？"孙女低头不语，奶奶又说："这样吧，摇头不算点头算，如乐意你就点点头，不乐意就摇摇头，奶奶给你做主。"我的母亲阮尚珍也是磨叽了半天，才羞怯地微微点了一下头。奶奶深深地叹了一口气无奈地认可了。就这一点头，我妈阮尚珍结束了十七年无虑的闺中生活，走入了那长满荆棘的围城。这一点头，点出了她一生的艰难、凄苦和无限的忧伤。阮尚珍带着颇为丰厚的嫁妆走进了刘家的大门。因为婚姻有一段波折，过门后我爷爷给她起了个婆家名"刘园静"，即破镜重圆的谐音。一直到新中国成立后参加工作了才改回了阮尚珍。

虽然圆了镜，但我奶奶一直不太喜欢这个儿媳，给儿媳立了很多规矩。早晚要向公婆请安，家里虽有人做饭但儿媳必须帮厨，并把饭菜端到上房，等伺候公婆、丈夫、大姑吃完饭，才和小姑一起吃饭。婆婆经常打麻将，儿媳必须站立一旁端茶倒水、外带算账。我妈聪明，什么和什么番的算得利索干净从不出错，牌友们都喜欢她，再三请求下才允许她搬了把椅子坐下。有时候谁去方便了，或三缺一时奶奶允许她上桌打两圈。因看得多打得也多了，她对牌桌上那点事练就得非常精明。她老了以后又兴打牌了，家里的大大小小，邻里的大婶、大哥、小伙子们，谁都不是她的对手。

1937年阴历三月二十五日，阳历5月5日傍晚，刘家大院灯火通明，大少奶奶园静要临盆生孩子了。上房佛龛里菩萨前点着香和蜡烛，我奶奶一直跪着祈求保佑生个男孩。爷爷和一个更老的老人家，就是我爷爷的妈，我应该叫太奶奶的人，坐在炕上抽水烟，两个姑姑和我爹都站在院子里望着产房，谁都不出声，连那房檐上燕子窝里叫了一天的小燕子们也安静了。大家都在想着什么，也在祈求生男孩吗？还是祈愿母子平安呢？直到产妇停止了叫喊，产房中传来婴儿的哭声，我，来到这个世界上了。

接生婆张着带血的双手到上房来道喜，说少奶奶生了个千金，屋里房外一下子热闹了起来，两个姑姑又蹦又跳，奶奶却一脸不高兴地说："一个丫头片子，什么喜不喜的。"太奶奶不爱听了大声说："怎么不喜呀！喜着呢！我抱重孙女了，给赏钱！"奶奶不情愿地将预备好的赏钱递到接生婆的手上。太奶奶下了炕拿起拐杖喊道："珠子（大姑的小名）扶着我去看重孙女去！"大姑欢快地答应着扶着她的奶奶到产房来看我了。

据说满月后老太太总喜欢坐在炕头上抱着我笑眯眯地说："这是哪们（保定话我们的意思）玉家的（玉是我爹的小名），我的重孙女，快点长大好叫我一声太奶奶。"可惜没等到我能叫她一声太奶奶，她就离开了这个世界。

爷爷看奶奶不高兴就劝她："这是头胎，日子长着呢！再说孙女也是刘家的血脉呀！我稀罕。"确实，爷爷很喜我,给了他孙女无限的关爱。说公道话,在我成长的二十多年里奶奶也是很疼我的。但当时她确实这样说过:"看媳妇那样,总皱着眉头,像谁该她几吊钱似的,我看她就生不出儿子来。"不幸此话被言中,母亲在生下我以后不但没生出儿子,连女儿也没再生一个。我成了刘家的独苗,而母亲的日子越来越不好过了。

我出生在暮春时节,梁上的小燕子还没出窝,叽叽喳喳地等着妈妈喂食呢!院子里的丁香花、海棠花们还都在吐露着芬芳,爷爷给我起名叫刘燕吉,小名大吉。还说将来有了孙子叫刘保利,小名大利。他也在盼孙子,可惜没有盼来,那什么"利"的名字也没用上。

1937年7月,七七事变,日本人搅得天下大乱。祖父带着全家南逃,妈给我惯了一个毛病,就是必须躺着吃奶,无论天有多热,不管天上飞机怎么轰鸣,妈只能找个地方躺下来给我喂奶。在没有车坐的时候,爹抱着我,爷爷给我打着伞,妈妈拿着包袱衣物,大姑扶着奶奶,一家人艰难地走到河南开封,投奔到我外祖父家。但不久日本人又侵入河南。背井离乡,坐吃山空的日子过不下去了。爷爷就带着全家回到那个叫"大刘庄"的老家。据说有一位祖上曾是举人(也可能是进士),当过官,在大刘庄置办了田产宅院。大宅院里办有私塾。父亲就在这个私塾里当了一个教书先生,祖父又到保定谋生去了,奶奶因小时候中风腿脚不便,我被交到大姑手里,除了吃奶的时间外就是她抱着我走东家串西家游荡。一切家务都落到母亲的肩上。心灵手巧的母亲不仅学会了用大地锅烧水、炒菜、贴饼子,还和婶子大娘们学会一手好针线活儿。从搓绳子、纳鞋底、做布鞋到铺棉花、缝棉衣棉被,样样都拿得起来。昔日骄娇二气的阮家大小姐已脱胎成地道的农村小媳妇了。不知她的奶奶看到孙女过上这样的生活会不会伤心落泪呢?

爷爷与人合伙做小生意,积累了本钱,又把一家老小接回了保定城。住房是现成的,还是北大街后平嘉胡同三十二号以西房为正房的三进大院。爷爷奶奶住正房一排五间,最北边的有个火炕是卧室,房屋两旁各有一个小跨院。爹妈住北房三间,东边也有一个带炕的卧室。俩姑姑住南房三间。外院南房三间曾是厨房和用人住房。对着大门的墙上写有一个大大的福字,据说是爹的手笔。

三层院落中种满了花草,一进大门是两棵白丁香树(后来家里没落,亲友们都说进门见白就是不吉利)。进了月亮门后,一棵海棠树是奶奶的最爱,开花时节各屋花瓶里都插着一枝枝带着花蕾带着绿叶的海棠花,除了冬天总会有扑鼻的花香。花坛里种着各种颜色的草茉莉,夏季傍晚香气弥漫在整个院子里。里院正房前有两棵榆叶梅,初春时粉红色的花拥挤着开满枝头。还有那吐着幽香的玉簪,红的、黄的大丽花……怪不得走廊顶上、屋檐下都有燕子筑巢呢,它们有花丛中的虫子吃啊。

但是再次回来已没有了县太爷府的威风。用人没有了,做饭洗衣的家务活仍然是母亲一个人担着。父亲好像也在做什么工作,反正他天天不着家。我还是归大姑管,只要带着我,奶奶就允许她出门，出门第一件事就是到北大街熟食店买一块卤猪肝，她一半我一半，用荷叶包着。两人吃着、走着、逛着。什么莲池、马号（商场的名字）都是常去的地方。有时候她还偷偷看场电影，但我总是跟她捣蛋，特别不愿意在那黑屋子里看电影。她就指着我的脑门说："小丫头片子，你敢不听我的话，没有我能圆镜吗？能有你吗？"我也不懂她说什么，反正该捣蛋还捣蛋，把糖啊豆啊的吃完了就闹着出去，不在那黑屋子里待了。一直到我快5岁的时候开始懂点事了，第一次跟着她看了一场完整的电影，名字叫《秋海棠》。有时候晚上母亲和大姑会带着我去听戏，我只对眼前的花生糖果感兴趣，对台上的一切看都不爱看。后来大姑开始教我唱戏，《四郎探母》中公主和驸马大段对唱我都学会了，唱完公主唱驸马，有滋有味。公主那句"丫头，带路"，驸马"快马加鞭一夜还"和高挑"叫小番"，还有手势和动作呢。表演给爷爷奶奶看，他们高兴得哈哈大笑。而最得意的是老师大姑。从此我就爱去听戏了。

　　大姑带着我度过了五年愉快的童年生活。她后来生了六个子女，却说我是她的第一个孩子。再后来她又帮我带大了我的女儿黄啸，她说这是她最小的孩子。我长大成人后，大姑成了我最好的朋友。我俩无话不谈，一些我不想和妈说的，她不想和丈夫说的，或什么难以启齿的事，我们俩都可以悄悄地倾诉、交流并相互安慰。她因孩子多，日子过得不宽裕，我总是尽我所能给她一点点帮助。她到老年背驼了，脑子不好用了，但始终记得我的名字，我去看她时她拉着我的手久久不松开，不停地说："你看我来了，天上掉馅饼了，古姑（保定音，姑姑的意思）想你呀！"我俩的眼泪都哗哗地流，去一次哭一次。直到2016年她永远闭上了眼睛，享年93岁。在告别时我大哭一场，原想这是最后一次为她流泪了。但是，现在回忆起她的时候眼泪又控制不住地往下流……

4岁的大吉和母亲阮尚珍

前排右大吉、后排右阮尚珍

老年的阮尚珍

阮尚珍32岁

5岁的大吉和大姑刘韶华

左起：大吉的表哥闫秉衡、堂妹二吉、大吉

大吉6岁时和王叔王祖烈在保定家的月亮门前

大吉与妈

大吉和大姑韶华都还年轻时

二　大姑嫁进九门提督了

　　让时间再回到大姑刘韶华19岁，如花似玉的女孩要出嫁了。爷爷千挑万挑，选中了北京东四六条八十号大宅门里的申家九少爷申子翼。申家的老祖是清朝末代九门提督，世袭的官爵随王朝的灭亡而中止，后代们养尊处优惯了，靠着卖房产、出租房屋仍在维持着贵族生活。爷爷，你没看到这贵族生活背后的没落和险境吗？还是只是选中了那高个英俊又厚道的女婿呢？大姑嫁过去没过几年富裕日子，加上自己一个接一个地生孩子，劳累和贫困伴随了大半生。
　　1942年初秋，爷爷带着我爹我妈和我送大姑到北京出嫁。为了给女儿挣足面子，爷爷舍财挥霍了一番，除了丰厚的嫁妆、礼品外，我们每人都置办了新衣服。大姑烫了头发，那金银珠宝首饰，那一身身绫罗绸缎大红衣服，看得我眼花缭乱，我都认不出她了。还有我妈，她代表不能前来的奶奶，作为娘家送亲女眷也是一身的珠光宝气。出嫁的前一晚，大家都在忙着，我倚在大姑的身上问："你出嫁了还回咱们家吗？"话音刚落，她一下子把我抱住就哭了起来，妈见状连忙把我拉开，好言劝道："大喜的日子，不许老哭，哭肿了眼睛明天怎么见人？"我也不明白，离家时她已经和奶奶哭了一场了，现在有了那么多的新衣服还哭什么呢？记得第二天一大早就听到吹吹打打的声音，一顶大红花轿和一顶小点的轿子抬进我们住的北京前门六国饭店。妈扶着穿一身红蒙着红盖头的大姑上了大花轿，自己上了小轿。随着吹打声，一声拉着长音的"起轿"就把轿子抬走了。我一下子就蒙了，怎么将大姑和妈都抬走了呢？哇的一声就哭了起来，隐隐约约地意识到，以后可能再也没有人带着我逛街看电影了。

申家是满族在旗的，礼数周全。花轿抬进大门到上房门前，司仪喊："落轿！"新娘下轿后前面是一个大火盆。我妈见状连忙把新娘的衣服提起来，小声提醒她抬高脚迈大步。只听一声："红红火火！"总算有惊无险迈过去了。前面又有个桌子，上面摆着各种东西让新娘摸，我妈就知道要生儿子所以提醒摸栗子、花生和枣。幸好媒人早就教过一定要摸一朵花儿，大姑都照办了。司仪喊道："早生格格，早生贵子！"娘家送亲到此为止，婆家伴娘将新娘领进屋。这个拜那个拜的完成后，新郎掀了新娘盖头，只听到屋内一片低低的嘘嘘声，被新娘的美艳惊着了吧！然后是两位新人给婆家人请安，上座有婆婆、大姑姐、伯父伯母、叔叔婶婶什么的。

奇怪的是在婆婆和大姑姐中间还坐着一个和我一样大的小女孩申美君，她是新郎大哥的长女。两边坐着哥嫂侄子等。旗人的家规是视未出嫁的女儿为大，因为每一位格格都有可能被选入宫,说不定会是未来的皇妃皇后呢,所以一出生就非常尊贵。请安是旗人特有的礼节,向长辈或平辈请安的姿势不一样,男人和女人也不一样。一边请着安一边还要说着吉祥如意的祝福话。这些在保定时媒人都将大姑教会了,没有难住聪明的新娘。

新婚第二天早上新娘不能晚起。首先要将一块带血的床单什么的拿给婆婆和大姑姐看,如果没有见红,新娘会被立马退回娘家。这一关过后,新娘要为长辈们包括那个小丫头端茶倒水、准备早点。婚宴大摆三天,我们娘家人都被安排到上座。而新娘要轮番敬酒、请安、说吉祥话,根本吃不了什么东西。记得我也没吃什么,是不合我保定的口味吗?还是我妈只顾应酬没给我夹东西吃呢?是也不是。我觉得我的眼睛始终都跟着大姑转,不知道她怎么都不看看我呢?怎么不给我送点好吃的呢?怎么她改了口音不说保定话了呢?小小的心灵里开始出现一点点惆怅,大姑再也不属于我一个人了……三天婚宴后,新郎新娘到各家回拜,又好几天,都完事后爷爷就带着我们及新郎新娘回了保定,叫作回门。

我特高兴,大姑也高兴,搂着我说这说那,问我北京好不好,我说:"不好,那个美君老笑我说话。"大姑笑着说:"北京话好听,赶明儿大姑接你到北京上学,咱们也说北京话,看谁还敢笑!"还说以后会给我寄北京的好东西来。她没有食言,每年都给我寄来新鲜衣服和小皮鞋什么的。回门没几天她就抹着眼泪跟新郎回北京了。

喜事后的兴奋、疲惫、伤感都还没有完全过去,就传来外祖父去世的噩耗。奶奶让爹买了些礼物及路上吃的东西就送我妈和我上火车到开封奔丧。车厢里人不多，但也有几个站着的人，妈一手拉着我一手拎着箱子往里走，想到下节车厢找个座位。

发现车厢尽头有个空位，走近一看原来靠窗坐着一个日本人，怪不得有人站着也不去坐呢，妈见状连忙拉着我往前走，但那日本人已经看到了我们，用生硬的中国话说："大嫂这里坐！"一边拿过箱子放在行李架上，不由分说拉过我坐在他身边并留出空地让我妈坐。妈只好战战兢兢地坐下了。他问："小姑娘几岁了，上学没有？"妈回答："五岁了，还没上学呢。"他站起来在他的箱子里拿出几粒糖果和饼干示意让我吃，我看着妈不敢接。旁边有胆大的人过来看热闹，并对妈说："孩子家，就让她吃吧。"妈点了点头，我就接了过来，日本人马上剥了块糖塞到我嘴里。他从上衣口袋里拿出一张照片，一男一女两个大人，中间站着个小女孩，都穿着日本和服。他指着照片说："这是我的女儿，六岁，比你大一点，上学了。"一边摸着我的头一边低声说："我很想念她。"旁边的人都在低声嘀咕着什么。是啊，这个日本人看到别人的孩子想念自己的女儿了，不守着妻儿老小到别人家来干什么？也许说不定他是那么多凶神恶煞的日本人中少数的反战人士吧。没坐几站他就下车了，下车前也没忘又摸了摸我的头。妈松了一口气。

到开封进门后，妈丢下我和箱子直奔灵堂大声哭起来，我也大声地哭了，不是伤心而是害怕。妈被劝住后，也不知道是谁将我们带到上房老太太（也就是我妈的奶奶）屋中，当然又是一场哭……几天后大家都穿着白孝服吹吹打打地抬着棺材出殡了。家中只剩下太姥姥和我一老一小。

太姥姥矮小瘦弱，说着带南方口音的河南话，老态中透着精明。是爱屋及乌吧，她很疼爱我。和出嫁前一样，妈带着我在太姥姥房里吃住。家中其他人吃什么我不知道，在我们的餐桌上总会有一两样可口的小菜。记得吃早餐时太姥姥总是将咸鸡蛋的蛋黄挑给我吃，开封特有的五香小花生米等好吃的也老是给我预备着，在那昏花的老眼中我看到了无限的慈祥和爱怜。不记得在太姥姥家住了多久，一个多月还是两三个月？不管多长，对母亲来说都是短暂的。再次别离娘家人特别是那个一生中最疼爱自己的老祖母，分别就是诀别了吧。心中的伤痛和苦楚是我这五岁的孩子想象不到的。

六岁，我上学了，学校的名字叫厚福盈小学。爷爷请来了和我一个学校、比我高几个年级的表姑，每天由她带着我上学、放学。懵懵懂懂的我，课堂上老师讲的什么全没听懂，倒是学会了写自己的名字，当时的刘可是繁体字"劉"。回家后用铅笔在墙上地上写了好多好多"劉燕吉"。爷爷奶奶非但没说我反而挺高兴，孙女会写字了。有一天老师问女同学们说：谁有洋裙子？洋裙子就是现在最普通的连衣裙。我赶快举手说我有，大姑寄来两三件呢！有洋裙子的女同学都被挑出来，老师教大家跳了一个舞蹈，并上台演出了。从这次开始，以后不管穿不穿洋裙子，只要有跳舞的节目我是必选的人之一。跳舞成为我一生的业余爱好。

我妈每天有一大堆家务事等她做，家里其他人也各忙各的，没有人过问或督促我的学习，什么作业呀、考试呀，随我的便。我自己给自己放了羊，以玩为主。三年级没有了表姑的保驾，就和同学一起上下学，一起疯玩。

我有两个最好的玩伴，一个叫马玉福，她住在姥姥家，离我家不远，因眼睛有点毛病总是流泪，姥姥在她的胸前别了块手绢，只要说和刘燕吉玩姥姥都会答应。我俩放了学或是假期时，经常各自带点吃的直奔莲池，爬到假山上一坐，把带的东西吃完，再逛一圈看看荷花什么的，才拉着手回家。一般都是她来找我，有一次我去找她，刚进门一声"马玉福"还没喊完，只见一只嘎嘎叫着的大鹅扇动着翅膀冲着我的脚啄了一口，吓得我又哭又喊，马玉福听到喊声跑出来将大鹅轰开了，姥姥也出来了，但她是小脚走不快，一扭一扭地边走边说："刘燕吉，别怕别怕，姥姥揍这个啄人的东西！"然后抄起一个扫把就冲着鹅扔了过去，那鹅嘎嘎嘎地跑远了。姥姥忙拉着我的手问啄疼了没有？好在我穿的是皮鞋，没伤着只是吓了一跳。但姥姥还是过意不去，进屋后从篮子里拿出一个鹅蛋递到我手里说："回家让你妈给你煮煮，吃了那东西下的蛋就不害怕了。"我从没有见过那么大的蛋，太可爱了。我破涕而笑。拿回家后奶奶也特别喜欢，在桌子上摆了好几天也舍不得吃。我离开保定后再也没见过马玉福，希望她健康长寿！

第二个玩伴叫楚玉玲，一个长得很俊的小姑娘，她大我两岁，特懂事，处处都让着我。无论是踢毽子还是跳房子她都玩得最好。她还知道带着我们去看望生病的同学，包括男同学。但她总是咳嗽，脸蛋老是红红的。1947年暑假时她死了，因为肺结核。我常和她在一起，没有传染上真是万幸。她妈像疯了一样，总是到后平嘉胡同转悠，一看到我就拉着不放，嘴里念念有词。好像看到我就看到她女儿了一样。据说我离开保定后她还来转，看不到我了就到三十二号我原来住的家里找。可怜的楚家妈妈，我多么想能安慰安慰你呀！

不把功课放在心上，学习成绩肯定好不了。学校在期末都会按照考试成绩张榜公布排名。我的一个堂叔（我称他四首收，保定音四叔叔的意思）给我去看榜，回来说："大吉，不错不错，没坐小椅子"。榜上在最后一名处要打一个红色的对钩表示此榜完成了，也就是说最后一名坐在红钩上好像坐在椅子上。四叔说我没坐小椅子就是说我不是最后一名，至于是倒数第几名，我自己和家人就都不关心了，反正没留级就是了。直到四年级好像开了窍，有了一点点自尊心，明白了功课不好是很丢脸的事，考试成绩好了许多，离小椅子越来越远了。

大姑在林科院外玉泉山前 　　大姑、大姑父和他们的孩子

从左到右：表妹美莲、大姑、侄子大林和大吉

申家大家族的掌门老太太

后排右起：大吉的大姑父、大姑父的姐姐。前排右起：大吉最在意的受万千宠爱的满族格格美君、申家老太太

大吉和大姑

大吉和90岁的大姑

大吉父母刘鸿勋和阮尚珍老年

大吉和二姑刘月华的女儿萍及萍的女儿

三　妈头上生孙子的紧箍咒

日本投降后爷爷又当官了,保定专员公署副专员。这是多大的官我不清楚,但家里又有了用人,还安了电话。妈体力上轻松了不少,但精神压力越来越大了。生孙子的事像紧箍咒一样使妈有点喘不过气来了。

一个一个的大夫请来给妈看病,每天都要喝两碗苦药汤子。我和妈睡觉的枕头下老是有小泥娃娃,都是男孩子的样子,隔几天就换一个,这是到庙里送子观音处求来的。

有一天家里来了一个瞎子,说是会算命,问了我妈好多问题还把了脉。突然说想摸一摸家里唯一的小姑娘,在旁边看热闹的我意识到可能是说我,扭头就跑,我可不想让他摸。但被妈一把拉住推到瞎子面前,他先是拿着我的手,手心手背手指头摸了个遍,又摸头和脸。我太讨厌他了,不断地把他的手扒拉开,妈一遍一遍地拍我的屁股,奶奶一遍一遍地说我:"大吉,听话!"猜一猜瞎子最后怎么说,他竟然说:"这位小姑娘眼睛有点独,难把弟弟招来呀!"我一听就急了,大声反驳他说:"你是个瞎子,又看不见我的眼睛,凭什么说我独!"妈连忙捂住我的嘴,做饭的三爷爷走过来拉起我的手说:"大吉,跟三爷爷玩去。"我就跟着他离开了那个是非之地,闹剧怎么结束的我就不得而知了。

以后每逢初一、十五妈都会包饺子,半夜里妈都会将我叫醒穿好衣服,到厨房端上准备好的饺子。奶奶也拄着拐棍来了。她走在最前面,妈走中间,我最后并端着饺子。来到前院井眼旁边,奶奶就说:"黑小子,白小子,跟着奶奶吃饺子。"妈说:"跟着妈吃饺子。"接下来该我说:"跟着姐姐吃饺子。"我睡得正香的时候被叫醒本来就不高兴,所以很不情愿说这些话,奶奶用拐棍把地敲得咚咚响:"大吉听话,快说,小心你爷爷生气!"把爷爷抬出来了,我有点怕。只好说一句:"跟着姐姐吃饺子。"后来才知道这都是那个瞎子出的臭点子,害得我们闹腾了大半年,既没把黑小子叫来也没把白小子叫来。

不知道是否因为叫黑小子白小子着了凉,妈又添了痛经的毛病。每个月总会有两到三天不吃不喝地抱个热水袋躺在床上。有一天她稍好些,做饭的三爷爷给她熬了粥,她叫我去买根回炉果子就粥吃。保定管油条叫果子,早上炸的没卖完,下午再炸一次,叫回炉果子。我买回来在胡同口碰到邻居女孩苗儿,她对我说:"大吉,我家老猫下了一窝小猫,可好玩了,你去看看不?"我说:"好啊!"手里的果子掰了一半给她,另一半我三口两口地吃完了,就跟着她去看猫了。玩够了回家走到妈的床前,突然想起来,回炉果子是给妈买的呀!

再看妈，散着头发，脸蜡黄蜡黄，眼神里充满了绝望和无限的忧伤！我有点害怕了，怯生生地叫了一声："妈。"我想说："我错了！我再也不敢了……"但什么也没说出来。妈摆了摆手让我出去。

以往我做错了事被妈教训后，都会跑到奶奶房里撒撒娇。这次没有，我感到心里有点儿沉重，走到外院坐在石凳上哭了，流的是悔恨和羞愧的泪水。悔恨的是，我怎么那么贪玩呢？将妈要的回炉果子忘得一干二净。羞愧的是，我都八岁了，怎么那么不懂事呢？怎么不知道心疼妈呢？在保定妈没有娘家人，刘家又没人真正心疼她，我应该是她最亲的人才对呀！明白了，一下子明白了。从这以后再也没有惹她生气。每月她最难受的那几天我一放学就守在妈身边，端热水、端红糖姜水。买回炉果子都是跑着去跑着回，将热热的脆脆的果子交到妈的手上。

各种招数都没有把黑小子白小子叫到刘家来。爷爷奶奶和我爹开始悄悄地商量娶小的事。我妈也猜到了什么，心情非常低落，话越来越少。我不疯玩了，经常陪着她默默地坐着，有一天她拿出一盒火柴倒在桌子上，把那红色的头一个一个地掰下来，我以为她在解闷呢，就也跟着她一起掰。桌子上的火柴都掰完了，她突然抓起一把红火柴头就往嘴里放。我吓了一跳，急忙拉住她那到嘴边的手并把火柴头扒拉到地上，妈抱住我无声地哭了……

有一天放学后，妈把我打扮了一下说带我出门，而且和爹一起去。我心里特纳闷，爹从来没和我一起出过门呀！两辆洋车把我们拉到一条胡同深处一个小门前，我们下了车，爹敲敲门，只听见："来了，来了！"清脆的、甜甜的声音伴着咯噔咯噔高跟鞋的脚步声。

门开了，一个俊俏的满脸堆笑的小媳妇站在眼前。柔柔的、淡淡的脂香味飘了过来，天蓝色的旗袍开衩到大腿根，上襟处别着一块紫红色的手帕，头发烫了但不张扬，圆圆的脸蛋上一双会说话的眼睛，鼻子、小嘴精致、美丽。她毕恭毕敬地对妈说："大姐，您能来，我太荣幸了，快进屋。"又拉起我的手说："这是大吉吧，长得真俊。"爹说："大吉快叫玲姨。"我看看妈，妈说："叫吧！"我低低地叫了一声就随着三个大人进了屋。瓶子里的鲜花吐着芬芳，盘子里的水果散着香气，屋子里的气味很好闻。玻璃窗上挂着的一串串绿的紫的葡萄特别好看，那个叫玲姨的赶紧说："那是假的，来，咱们吃真的。"递给我一串带着白霜的葡萄和香蕉什么的。爹说话了："大吉，拿着葡萄到院子里去吃，院里有花看。"我知道他们有话不想让我听，就拿着水果出去了。

回家的时候从来不太搭理我的爹让我和他坐一辆车，不停地问，玲姨的葡萄好吃不？院子里的花好看不？红色的多还是黄色的多？最后是关键的一问："玲姨好不好？"我回答说："好。"他赶紧说："晚上爷爷奶奶要问起来你就说玲姨特别好，爷爷奶奶要是不问，等你妈说完话就接着说，玲姨好，记住了吗？"再傻我也明白那个玲是爹要娶的小，虽然她长得好看也和气可亲，但对妈肯定不是什么好事。所以我表面答应了一声，但心中暗下决心，到时候我就不说"好"。

当天晚饭后妈给爷爷奶奶倒上茶，爹扑通跪在地上，妈也拉着我跪下。爷爷奶奶吓了一跳说："你们这是干吗呢？"爹说："我和园静不孝，没能给刘家生个男孩。"妈接着说："我有个好姐妹，长得不错，求爹妈把她接到家里来……"还没等妈说完，爷爷一拍桌子吼道："园静，你好糊涂啊！什么好姐妹，不就是个不三不四的女人吗？"还是当爹的了解儿子。奶奶接着说："这样的女人生得了孩子吗？"原来不是嫌人家出身低贱，而是怕生不出孩子。一场由我爹导演的戏还没轮到我说台词呢，大幕就被爷爷奶奶拉上了。此后爹摆出非玲姨不娶的架势，整夜整夜地不回家了。

大姑来信了，说北平协和医院有个知名的妇产科医生林巧稚，医术不错，让嫂子到北平找林大夫看看。爷爷奶奶同意了，爹带着妈就去北平了。这一走就是大半年。我被叫到爷爷奶奶屋和他们一起睡。虽然早就自己睡一个房间了，但每晚都是妈给我铺好被子看着我睡下，关好灯。这一下子见不到妈的影儿了，有点不习惯，到晚上就闹腾不睡觉。爷爷奶奶拿出好吃的哄我，甚至拿出金元宝银元宝对我说："大吉你看这么多好东西，你乖乖的，赶明儿都给你，给你当嫁妆。"提嫁妆想起了大姑出嫁时那几个大箱子，一点都不好玩，我说："我不要嫁妆，我要一个西洋镜，美君有一个。"

西洋镜就是个金属盒子，打开后前面有两片镜子，后面的框框里装上画片，从镜子里看画上的人和景就放大了。美君有好多张画片呢，都是外国金发碧眼的贵妇人，有的牵着狗，有的领着个小洋人。美君总在我面前显摆，高兴了给我看一下，还没看够呢就又抢回去了。爷爷奶奶也没听懂什么是西洋镜，但明白了只是个玩具，北平有。就笑着说："那还不好办，写信让你姑买一个。"得到承诺就乖乖地睡觉了。隔些天我又提出要个皮球、新铅笔盒、绣花手帕……

爷爷有个好友，保定军界最高官，常带着夫人来家做客，我称他们王爷爷、王奶奶。王奶奶是南方人，说话细声细语特别好听。他们没孩子所以非常喜欢我。王奶奶看我爹妈不在身边，天气渐凉，就给我织了一身红色毛衣、毛裤，外带一个红色毛线裙子，我真是太喜欢了，他们一来我就穿上毛衣红裙子给他们跳舞、表演节目。王奶奶把我抱在怀里就亲。

我妈没在家的日子里我得到了很多好东西。

回过头来再说爹带着妈到北平看病。林巧稚大夫检查后说："双侧输卵管堵塞，如你早来一年还能想办法通开，现在太晚了，只能治治看吧！"早一年还在叫黑小子、白小子呢！还信那瞎子说我眼睛独呢！治了一段时间，林大夫不给治了，说"没用"。妈和大姑都不死心，又到别的医院检查，结果一样。一个大棒打到妈的心上，也是一块石头压在了她的心上。两个字：绝望。有一天她买了一块大烟膏想一吞了之，被大姑发现，冲她发火道："你好糊涂呀，没儿子不是还有闺女吗？你想让大吉受后妈的气吗？"

姑嫂俩边说边哭。大姑又好言劝了半天，并哄她说自己再生男孩就过继给她当儿子。这时的我爹玩得可开心了呢！经常出入高级舞厅，他的交谊舞跳得相当有水平。你别说我的父亲刘鸿勋还真有点文艺细胞，记得在保定时，经常有京剧票友到家里聚会。他闭着眼睛拉京胡，时而高山流水，时而小溪潺潺，悠扬流畅。我躲在一旁一听就是半天，虽不懂但也知道好听得很。一个玩得不想回家，一个怕回家见公婆，就在北平住下去了。我妈虽打消了轻生的念头，但在极端无望、寂寞、抑郁的心情下选择了麻醉自己，她开始抽鸦片了。爹不但没制止，也跟着抽上了。大姑急坏了，下了狠话："如你们再这样我立马写信给爹告状。"他们怕了，爷爷也一再来信，打电话说快过年了，让他们回家。还好抽的时间不长，量也少，没太费劲就戒掉了鸦片回保定了。

家里有两个用人，我都很喜欢他们。做饭的是爷爷的堂兄，爷爷排四他排三，我叫他三爷爷。他无儿女，老伴也不在了，说的一口比保定话还重的大刘庄乡音。我常常学他说话："三爷爷，打点油儿、打点醋儿去吧！"他从不生气，但会拿手里的勺子铲子吓吓我。年底老家会来人送点新鲜的粮食蔬菜，还有新杀的半边猪肉、猪下水什么的。爷爷就叫他炒几个菜，一起陪着喝两杯，见到乡里乡亲的人，说着浓浓的家乡话，聊聊大刘庄，庄稼地收成如何，聊聊谁家添了孙子，谁家老人如何如何，这是三爷爷最高兴的时候。三爷爷对我好，我只要饿了就到厨房，总会有好东西吃。煮个鸡蛋、煎个鸡蛋或卧个荷包蛋，有时也会盛一碗热乎乎的豆粥放上糖让我喝。

有一天他拿了两块刚刚炸好的馒头片中间放上白糖给我，太好吃了。我正吃得高兴呢，爹进来了，问馒头片炸好了没有。看到我在吃，皱眉头发火说："老大不小了，一点规矩都没有,不知道家里有客人吗?你倒先吃上了!"三爷爷赶紧说:"是我给的,是我给的。都炸好了这就端过去。"我还蒙着呢!长这么大还真没受过这种训斥,扔下没吃完的馒头片就跑到奶奶屋里哭了一鼻子。从此我再也不吃炸馒头片。三爷爷再给我,爷爷奶奶再劝我,就是不吃。开始是赌气,慢慢地就主观认为炸馒头片是我不爱吃的,是非常不好吃的东西了。直到20世纪60年代困难时期,有一天我妈烤了几块馒头片,一点油都没放,但我吃着特别香,心想要是用油炸一下再放点白糖那不就更香了吗?突然意识到这么多年来赌气不吃炸馒头片的我真够傻的!

另一个用人我们叫她傻妈,她脸上有几颗麻子,也叫她麻妈。之所以喜欢她是因为她会山南海北地讲故事。每逢她洗衣服的时候我和二姑就坐在旁边听她讲,什么哪家闹黄鼠狼偷了鸡啦,什么哪个山里有狐狸成了精变成大姑娘祸害人啦,什么有个书生墙上挂了张美女画,美女成精走下来给书生做饭啦,等等。其实就是那几个故事翻来覆去地讲,讲的听的都津津有味。她还会泡一碗肥皂水让我和二姑用去了头的毛笔杆吹泡泡玩。

二姑极少出门,倒是傻妈去买肥皂火柴什么的时候会拉着她的手带她出去转转。有一天家里来了一个小伙子,是傻妈的儿子,说忘带家里钥匙了,如不说还真看不出他们是母子。他虽粗布衣衫但整齐干净,个子不高,很健壮,眉眼间透着一股英气。那天爷爷在家,显然很喜欢这个男孩子,把他叫到屋里聊了聊。小伙子22岁,叫金柱,小学毕业,在保定火车站行李房工作，他说他可以挣钱养活妈，但妈在家闲不住，又说刘家人好、活儿轻，非要出来做事。爷爷表示一定不会亏待他妈的。这次见面爷爷心里打起了小算盘，他想把二女儿嫁出去。爷爷对傻妈承诺丰厚的嫁妆，并给他儿子找个好工作。傻妈满口答应。但儿子却表示了坚定的、不可商量的拒绝。傻妈回复说："别着急，等我慢慢说服他。"婚事搁浅了。

二姑刘月华，小名"爱"（保定音是耐、我叫她耐古姑），但她最缺的就是爱。二姑智力有缺陷，爹不疼娘不爱。还好从小习惯了，加上脑子不好使，没那么多心眼，倒也没觉得怎么痛苦。家里就我一个孩子，就她一个大闲人。二姑虽大我十二三岁，我俩还是成为伴了。她会将各种颜色的草茉莉花扎成一个大花球给我玩，把凤仙花加上明矾砸碎染红指甲，最拿手的是吃完西瓜后挑出饱满的瓜子洗净在花椒盐水里泡一泡晒干炒熟，一个一个嗑出仁来给我吃。她也悄悄地求我教她识字，不知费了多少时间总算认识了"刘月华"三个字，后来也歪歪扭扭地写出了这三个字。但加减法说什么也学不会了。

傻妈喜欢二姑，但一心要她做儿媳妇这事是不是有一点点贪财的心思呢？家里人都这么认为。但我宁愿相信老妈妈的真诚与善良。爷爷又许诺将原来大姑和二姑住的三间南房作为陪嫁。傻妈回家和儿子摊牌了，娶还是不娶，如果不娶就死给你看。经过几个回合的较量，儿子含泪屈服了。

爷爷，你可真糊涂啊！你怎么能用钱来买一桩无情无爱、如此不般配的婚姻呢？而且除了较丰厚的嫁妆外那工作和房子都没有来得及兑现。二姑嫁过去后傻妈不到刘家干活了，却一如既往地做饭洗衣，伺候着她的儿媳妇。据说一到晚上她就坐在儿子儿媳的窗外逼着儿子圆房。儿子真是太孝顺了，二姑居然还生了一男一女两个孩子，当奶奶的特别高兴，可惜这个劳动了一辈子、吃了一辈子苦的老人家没等到孙子们长大，也没享受几天儿子走上那阳光大道的风光就过世了。

新中国成立后，那个当年稚气的大男孩、现在二姑的丈夫金柱凭着城市贫民的好出身，凭着自己的聪明和努力步步高升，经过干部培训班的镀金当上了保定火车站的副站长。老太太一死可就难为了这个当官当爹当丈夫的人了，因二姑什么都不会干，他下班后虽已累了一天，但还得伺候这娘三个。日子实在过不下去了，人民政府颁布婚姻法后他就提出了离婚。刘家没有任何拒绝的理由，只能接受。当时我们已经迁到北京了，大姑到保定接回了二姑和她的小女儿，儿子留给了父亲。据大姑说那个男人买了吃的东西送她们上的火车，并向大姑一再地表示无奈和歉意。他是个讲理的人。

大吉父母刘鸿勋和阮尚珍

大吉和妈及邻居

大吉和二吉

中年的大吉和二吉

四　从记事起爹从来都不爱搭理我

　　自记事起，爹从来都不爱搭理我，他没怎么拉过我的手，我也没在他怀里坐过一回，对我来说他可有可无。直到他老了，他给予我两个女儿的疼爱都远远超过了我。但是我却得到过三个不是父亲胜似父亲的人的父爱。

　　第一个，他叫王祖烈，我叫他王叔，是爹的一个朋友。三十好几了没媳妇，当然也就没孩子，节假日就长在我家，爹不在家时他也会来，非常喜欢我，每次都带来好吃的、好玩的。现在仍然记着的是他会用糖稀吹出小兔子小狗什么的，还带着我到空地方去放风筝，我常常坐在他的腿上听他用好听的北京话讲孙悟空大闹天宫的故事。妈给他找了一个王婶，他们在没生出儿子之前，总接我到他家住，王婶会把炖得肥肥的、香香的肉给我吃。

　　大姑看爹闲在家里没事干，托人在北京通州找了一个小学老师的工作，也是想让我们迁到北京去，她好有个亲人，但爹怕苦不去。王叔听说后，一心想回北京老家的他就顶着刘鸿勋的名字去通州了。等我们迁到北京后又和王叔见面了，他已调到北京城里了并恢复了王祖烈的名字，依然带着好吃的来看我。记得考中学那年他比谁都着急，找来鸡兔同笼的算术题辅导我。当我考取北京女二中后，他竟然高兴得将12岁的我像小孩子一样地举了起来！后来我和王叔失去了联系，听说他被下放到了内蒙古。

第二个就是给我看榜的四叔刘鸿昌。在我九岁的时候他才有了一个自己的女儿，叫刘庆吉，小名二吉，是我唯一的堂妹。四叔一直视我为己出，下雨下雪的天气都是他接送我上下学。他有一辆当时非常稀有的自行车，常常让我坐在车梁上带着我兜风。每年正月十五我都坐在他的肩头上去看花灯。四叔个子不高，每当我看不到时，就着急地拍着他的头说："四首收（叔叔），你怎么这么矬呀！"四叔赶紧说："首收（叔叔）踮起脚，你就看见了吧。"回家后四叔对妈说："二嫂子，大吉这个没良心的丫头片子，都骑到我脖子上了，还嫌我个儿矮。"在座的人听后都笑弯了腰。四叔还是一如既往地疼着我。

我上大学后家里经济非常困难，四叔省吃俭用的差不多每月都给我寄5元钱，使我不至于穷得连牙膏肥皂都买不起。四叔的晚年很幸福，女儿女婿、外孙女都孝顺，自己也有一份退休金，常常和老朋友们一起去旅游。当然我也不会忘记逢年过节都给他寄一点钱，或接他到家里来住几天。

第三个是大姑父申子翼。他和大姑一样把我视为他们最大的孩子，而把我的女儿黄啸视为他们最小的孩子。有所不同的是，他们自己的孩子，我的表弟表妹们经常挨训、挨罚，有时候还会罚跪什么的。而我和我的女儿只有爱没有罚。

还在保定的时候，美君有什么我就会有什么，是大姑提出来由姑父经办。到北京后见面的时候多了，我和他很亲，都十多岁的大姑娘了还经常在他身上磨叽。高三那年我的同学王保榕得了猩红热住院了，校医到班里发预防的磺胺药片。戴眼镜的大夫认识我，她说："你整天和王保榕在一起，得多吃一片。"于是别人一片，我两片。这两片差点要了我的命，是大姑父救了我。那天回家后全身起了红疹子，心率快得特难受。奶奶听说是吃了什么药，赶紧煮了一锅绿豆，把半生不熟的绿豆碾碎了让我连汤一起吃了，没管用，渐渐地眼睛开始模糊看不清了。妈下班回来看我这样子差点晕过去。还是奶奶明白，说："快把韶华叫来。"大姑和姑父都来了，姑父见状二话没说背起我就上了医院。当时我们在朝阳门附近的老君堂住，到东四医院抄近也有两站多地吧。到了医院打了一针葡萄糖酸钙，过一会就缓过来了。大夫说我对磺胺过敏，不能再碰含磺胺的药剂。回来时姑父还要背我，我说什么也不让他背了，但腿还是没劲，由他扶着慢慢走回了家。

20世纪60年代我一个人下放到东北，时不时地被造反派整一下。心情十分压抑，得了严重的胃病和偏头痛，探亲回京姑父都托人找好中医带着我去看病。姑父如父，我心永记。

1947年春，有一天晚上爷爷和他的亲弟弟，四叔的爹，我叫五爷爷的人在上房里大吵一架。后来听妈说是弟弟对哥哥诉说大刘庄来了共产党，分了刘家的土地、老宅，平了祖坟，祖坟里挖出来的东西也分了。让哥哥弄几条枪，他要夺回来。哥哥不同意他这样做，二人就吵了起来，一连吵了好几天。那几天全家人都没怎么好好吃晚饭，最后当哥哥的屈服了。是拗不过弟弟吗？还是也心疼那老宅、祖坟什么的呢？他们通过保定军界搞到了枪。

　　爷爷，你真的大错特错了呀！你怎么能支持弟弟用枪对着自己的父老乡亲呢？大刘庄可是生你养你的地方啊！这不是错而是罪。最终你和你的弟弟用命抵了罪。而你的家人作为反动家属，用提心吊胆、受人白眼和极端贫困的日子为你赎罪。我，你的孙女，当了几十年的"狗崽子""黑五类"，龙生龙凤生凤的时代"只会打洞的老鼠"、"丧门星"，"敌我矛盾按人民内部矛盾处理的可教育子女"等多种头衔。低着头走路，夹着尾巴做人为你赎罪。而我的堂妹二吉比我还多了一条，那个聪明努力的女孩子因家庭出身问题没能上大学，成为她一生的痛。到老了孙子辈都有了，每次见到我还不忘叨唠一句："姐，当年我的功课不比你差。"

　　1947年秋天，解放军兵临保定。爷爷及五爷爷决定全家迁往北平（说逃也行）。爷爷，你没看清共产党领导的解放军势如破竹，全国将会一片红的大形势吗？近在咫尺的北平能保住命吗？你又想错了吧！一辆卡车、我和奶奶坐在驾驶室，爷爷和爹妈在上面守着几件行李，我们就这样离开了我生活了十年、有着那么多美好回忆的故乡保定。

第二章 伯璿的家世

五　婆婆带着三个孩子十个皮箱来到北京

我的丈夫黄伯璿生于1926年阴历八月十七日，阳历9月23日。从祖父那一代（再早不知道）都是读书人。

福建人最大的优点就是重视读书，还喜欢到北京读书，黄伯璿的父亲黄勉、叔父黄勤、姑母黄英（庐隐）都曾在北京读大学。毕业后，他们有的回到福建，有的留在北京。公公黄勉，字戒宜，是京师大学堂（北京大学前身）第一期学生，也是中国首批学西医的学生，毕业后成为我国首批西医外科医生。后升任海军医院院长。黄勤做了银行家，曾任北京、香港、天津的上海银行行长。姑母黄英曾任北京第一女子中学校长，也是五四时期颇为著名的女作家，笔名庐隐。她曾经陪李大钊的夫人为李大钊收尸、料理后事，并撰写了祭文《吊英雄》。

我没见过面的公公黄勉，为人谦和、顾家爱孩子，还是大收藏家。家中曾留有他手写的过年时的菜单，从那工整的毛笔字中可看出他严谨、认真的性格及热爱生活的态度。女作家庐隐的回忆录中曾叙述过在她出生的那天刚好她的外婆去世,她母亲就认为这个女儿给自己带来不幸,一直就不太喜欢她,家中只有大哥黄勉对她关照有加,她在书中也提到过,大哥最好。

公公黄勉第一任妻子叶氏生有一女黄伯瑶,在伯瑶四五岁时叶氏去世。黄勉第二任妻子郑秀华(郑氏家族是林则徐小女儿林金銮和丈夫郑葆忠的后代),曾在北京女一中读书,结婚后随夫回到福州老家。夫妻非常恩爱,郑秀华生了五个孩子,老大是男孩(出生不久即夭折),长女黄伯贤、次女黄伯慧(在黄家大排行中分别排第三和第五),小儿子黄伯璿(即我的丈夫),还有一个小女儿黄伯岁,父母显然希望她活到百岁,可惜她只活了三年,在父亲去世后不久就死了。家里人都说是爸爸将她带走做伴去了。

公公黄勉三十九岁英年早逝。婆婆说他得的是肾结石,三姐伯贤说死于胰腺癌,不管什么吧,自己是大医生却治不了自己的病,是最大的悲哀。公公死后黄家的天塌下来了,婆婆痛不欲生曾想寻短见,被家人劝阻。几十年后我嫁到黄家,曾问过婆婆:"当年是怎么挺过来的?你还想他吗?"婆婆回答说:"一个八岁、一个六岁、一个四岁,三个未成年的孩子,不挺也得挺啊!几十年了那个人长什么样都想不起来了。哈哈哈!"没想到年迈的婆婆笑了起来。我明白这笑声里含了多少孤苦和艰辛!那瘦弱的肩膀曾担过多重的担子啊!

这个坚强的女人料理完丈夫的后事后,带着三个孩子和十个大皮箱到北京投奔力氏亲戚和叔叔黄勤。伯璿的祖父去世后祖母也是携子到京投奔其兄长力钧。当时力钧（北京医院退休内科主任力伯畏的祖父）是御医，曾给慈禧和光绪看过病。

伯璿的大姐黄伯瑶被接到她的外婆家，不仅没去北京，后来又随叔父黄勤到香港、上海生活，始终未与后母和同父异母的弟弟妹妹一起生活过。从小寄人篱下的她，历练得非常独立和能干。虽然没在一起生活过，但她很是喜欢唯一的小弟——我的丈夫伯璿。姐弟俩长得也很像。伯璿或是我出差路过上海，都会在她家小住几天，总会受到姐姐姐夫的热情款待。我们有了女儿后，过年的时候她都会寄来当时非常稀有的巧克力和漂亮的铅笔盒。在她晚年我们专程去看望她，或寄点零花钱，她总会高兴地向邻居介绍北京的小弟寄钱了，还说弟弟好弟媳更好。她活到九十二岁高龄去世。

话说婆婆带着三个孩子和十个大皮箱，孤儿寡母一行四人来到北京，在牛街附近的下斜街力家大院落脚，力家提供了房子和衣食。安顿好后，银行家黄勤对嫂嫂说，有两条路，他都可以帮助安排。一是嫁人，二是找个工作。婆婆选择了后者，她考虑的是孩子而不是自己。于是婆婆就在王府井北京上海银行上班了。

婆婆提出把一点积蓄交给小叔黄勤打理，无非是想让有限的钱多生些钱而已，但被拒绝了，回答说："这是哥哥留下的钱，如赔了将对不起兄长，还是大嫂自己掌握打理为好。"

是的，从此这个四十岁出头的瘦小女人只能靠自己了。她要挑起四个人生活的重担，还要挑起三个孩子的抚养、教育，以及成人后嫁娶婚事的重担。这在那个社会里该是多么的艰难啊！

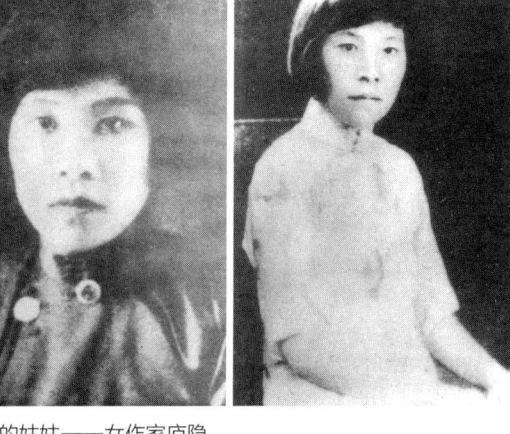

黄伯璿之父黄勉　　黄伯璿的姑姑——女作家庐隐

黄勉、郑秀华结婚照

左起：黄伯瑶、黄伯贤、郑秀华、黄勉、黄伯璿、黄伯慧

黄勉、郑秀华新婚

中间的小胖子就是黄伯璿。两边是黄伯璿的爸爸妈妈，后面是姐姐黄伯慧、黄伯贤

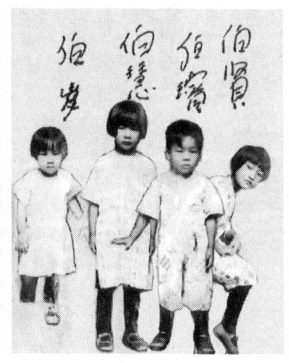

姐弟四个，小妹黄伯岸夭折

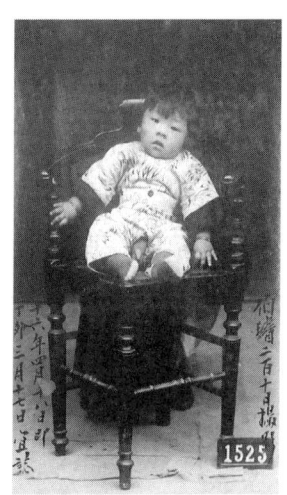

左起：伯贤、伯慧、伯璿

黄伯璿之母郑秀华（左一）和父母兄长，当时郑秀华很不喜欢被大哥将自己和妈妈隔开，所以将大哥挤歪了

六　婆婆的娘家人

我丈夫伯璠回忆说，自打记事起就没看到他妈哭过。

只有每年岁末三十晚上她才会流露发泄一点点内心的悲凉和苦闷。那天晚上家中要摆上两个牌位，一个是黄氏祖先，一个是丈夫黄勉。点上香和蜡烛，摆好几碟几碗的供品，一家人开始吃年夜饭。人家的年夜饭都是热热闹闹、欢快喜悦的，孤儿寡母的年夜饭却是充满凄凉和沉痛的。婆婆会大杯大杯地喝酒，喝多了要么沉默不语，要么就用闽南方言说些孩子们听不懂的话。两个女儿小心翼翼地劝说少喝点，平时调皮捣蛋的小弟伯璠也不敢吭声了，只是默默地吃着他认为好吃的东西。第二天大年初一早上婆婆就恢复了常态，穿上从不花哨但有品位的衣服，带着三个打扮得漂漂亮亮的孩子出门拜年去了。

亲友们嘴上不说，心里都十分同情这孤儿寡母，所以三个孩子总会比别人家的孩子得到更多的压岁钱。尤其那个粗壮的傻小子伯璠会被爷爷奶奶、舅舅舅妈、叔叔婶婶们还有干爹干妈们（很多）抱来搂去地疼爱。他得到的压岁钱应该是最多的。孩子们过年还是快乐的。

银行工作的收入应该还不错，上下班有包月车（三轮），找了个保姆在家照顾孩子，孩子们在南新华街师大附小读书也有三轮车接送。一个银行文员的工作，让三个孩子都有体面的生活。

两个女儿完成学业出嫁后，婆婆和伯璿母子二人搬到西单附近，当时叫文昌阁现在叫东安福胡同八号中院的北房。一大一小两个房间，还有一个小厨房，比起下斜街的房子是小得多了，但被收拾得干干净净、整整齐齐。房东是婆婆的娘家郑氏亲戚。里院住的也是娘家人，两个哥哥（伯璿的舅舅）和老母亲（伯璿的外婆林丹华）。

舅舅们生病早亡，两个家庭很快破落。二舅家的大女儿嫁到上海，全家也就移居上海了。大舅妈是北京人，长得非常漂亮，当第一次被带到福建老家时轰动了郑家老小。红颜薄命吧，嫁到郑家后没过几天好日子，只是一个接一个地生女儿，据说生了十来个，活下来的有五个。生了最后一个小女儿没两年就得乳腺癌去世了，大舅也随后过世。三个大女儿已经嫁人，两个小女儿郑金华、郑金敦陪老祖母艰难度日。

婆婆郑秀华时不时地还要接济一下自己的老母亲。郑金华小小年纪就到六部口高台阶副食店当了售货员。因其聪明能干，人生得漂亮，肯吃苦，新中国成立后积极进步，后来调到轻工业部工艺美术部门当了一名会计，正式成为国家干部。金华还是总工会文工团的业余演员，跳过民族舞、演过话剧

《女飞行员》。金敦好像也学了会计,嫁到武汉去了。金华为人热情,注重亲情,老祖母去世后,她背着一块石碑到八宝山安葬了她的奶奶,伯璿的外婆林丹华。后来伯璿的母亲郑秀华、三姐黄伯贤、五姐黄伯慧都葬在了那里,一块小小的墓穴成了母女三代人在另外一个世界的家园。

伯璿和金华非常要好,曾谈婚论嫁。后来金华反悔了,婆婆郑秀华很生气,要找她问个明白,据说小姑娘很忙,每天都很晚才回来,母亲就到里院坐等。伯璿怎么拦都拦不住,终于等到金华,问她为什么不和表哥在一起,她回答得非常理直气壮:"近亲不能结婚!"婆婆无言可对,又气又恼地回来了。伯璿百般安慰说,赶明儿我给你找个更好的,这一赶明儿就是好多年。

其实金华小姑娘是爱上了别人,大家都心知肚明。果然,不久东安福胡同八号里院就来了一位高大帅气的男士,他就是金华未来的丈夫。他们结婚后金华就搬走了。

说心里话,虽然婚事未成,但表妹对表哥还是非常尊重和爱护的,感情一生都没改变。她知道表哥嘴馋,每次来看望时都大包小包地带很多吃的,稻香村的点心、酱肘子、酱猪蹄、肚子、炸带鱼等。她一来冰箱就装得满满的。

伯璿血脂高、尿酸高、血压高"三高"以后,我提醒金华不要买这么多东西了,她不听,照买。有一次我跟她急了,说:"再买就别来了!"她张着嘴巴看着我好像有点委屈也有点伤感……事后伯璿对我的态度很是不满。为此和我闹了好几天脾气。但就这样仍没阻止她买买买,也许只是少了一两样而已。每次从口袋里掏吃的东西,每掏一样都看看我,好像小孩子犯了错等着挨骂的眼神,我能怎么样呢!只好叹口气,照收吧。

有一次说好了要来看表哥,我们却没有等到人,一打听才知道去王府井给表哥买吃的,在稻香村门口摔了一跤,压缩性骨折了。自己痛苦也给儿女们带来麻烦,让我说她什么好呢!养了一两个月好了,我打电话对她说:"如果想表哥了就在电话里说说话吧,不要再来回跑了。"

金华住在亦庄,来到林科院要坐三个小时的公交车,每次下车后第一件事就是到办公楼里找厕所方便,实在是让尿憋坏了。谁知没过多久她又来了,这次倒是有个保姆陪着,当然还是带着好多吃的东西。

金华还在工艺美术部门上班时,伯璿表哥的书桌上就会有一些当时看来很稀罕的玩意儿。只要表哥喜欢的东西她都会想方设法地给他弄来,比如老鼠成亲的蜡染绣品、限量版的荷塘月色花瓶等,不管多贵她都买来送给表哥,因为他喜欢。

伯璿骨折住院,单位里看他的人很多,等人都走了他对我说:"这些人我都不想见。"我问:"你想见谁?金华是吗?"他闭着眼不语,默认了。很快又补充说:"还有林叔平(大学好友)、梅先(表弟)。"我赶紧打电话给这三个人让他们到医院来看他,以解思念之情。

2017年7月,伯璿的病日渐加重,吃不下东西、说不出完整的话,整天发呆,有一天我问他:"你想金华了吗?"他点点头。我知道他的生命快走到尽头了,心想是不是该让他们

053

见上一面呢？和孩子们商量，很快得到女儿和外甥女的支持。外甥女把她的妈妈金华送到林科院，大家一起吃了一顿饭。俩人都有点糊涂，都没有意识到这是最后的诀别，所以没有流露伤感的情绪。金华只是关心表哥怎么不吃东西了呢，就不停地往他碗里夹菜。他什么都吃不下，还是我喂了他几口。

外甥女把她妈妈的轮椅留了下来给舅舅坐，一直抵制不肯坐轮椅的他却乖乖地坐上去了，坐着这个轮椅度过了他最后的几天。伯璿去世的消息没告诉金华，当时她又摔骨折了，胸部、腰部疼痛难忍，睡不好觉、吃不好饭，就是告诉她，她也自顾不暇，雪上加霜。

前一段我的小女儿黄悦去看望华姑姑。头发白了、腿走不动路了、老态龙钟的金华和黄悦有这样一段对话。

金华说："不知道那是最后一面，如果知道我有话跟你爸爸说的。"

黄悦说："知道你俩曾经谈婚论嫁了！"

金华惊讶地瞪圆了眼睛说："你怎么知道的？"

黄悦说："这事在我们家根本不是秘密。"

金华更惊讶了："你妈妈知道怎么还对我那么好？"

黄悦说："因为信任啊！"

"对、对、对！"她用那因甲状腺手术变得沙哑的嗓音连说了三个"对"。金华被这"信任"俩字感动哭了，动情地说："你爸爸是个很正直的人，很正很正。"

黄伯璿跟母亲、三姐、五姐长大,他在女人堆里一直很自在

郑秀华的工作证,中国最早的office lady

黄家后代,长相都没太离开黄伯璿的这个大致模子

黄伯璿和大长腿三姐黄伯贤

家中很多照片,都被黄伯璿这样粘贴过,趣味盎然

黄伯璿是母亲郑秀华的大宝贝,长大后他特别孝顺,妈妈没白溺爱他

黄伯璿的外婆

福建人在北京

大吉和郑金华

七　妈妈想辞就辞吧

黄伯璿大学毕业参加工作，供给制改为工资制后，每月都会给母亲一点钱，由几块、十几块到二三十块。母亲收入多了，往外出的少了，渐渐多了些积蓄。后来开会啊运动啊什么的太多，她不适应，就萌生了辞职的想法。最先和儿子商量，这个儿子对这些事从来不过脑子，说妈妈想辞就辞吧！

姐姐们认为妈妈上下班很辛苦也都赞成，最热心的三姐夫江汉生说以后生活上有什么困难他会照顾的。这样，母亲从银行离职，拿到一笔退职费（好像还不少，当时曾想过买下东安福胡同七号院的房子）。

婆婆回家过起了悠闲自在的生活。谁知没过多久国家出台了退休制度，可把老太太后悔坏了，我嫁到这个家后她还在念叨呢！再挺几个月就可以按月拿退休金了。特别是看到我们有了两个孩子，又都在干校，分居两地日子过得紧巴，她总说要有退休金就好了，可以少要或不要你们的钱了。我说你不是还提前悠闲了几个月吗？天下哪有卖后悔药的。这些话伯璿还有姐姐姐夫们不知对她说过多少遍了。可能这是要强的婆婆一生中做过的最后悔的事吧。

伯璿上大学后家中就没有保姆了，所有的家务事都是婆婆一个人担着。在那个年代做一个家中没有男人的家庭主妇可不是轻松的事。柴米油盐酱醋茶样样得来都不容易。

就拿喝茶的水来说，新中国成立前和初期院里没有自来水管，家家有个水缸。婆婆的水缸超大，直径大约有一米。有劳力的人家都到什么甜水井、苦水井的地方去担水，没劳力的人家就花钱请人送水。送水的车是独轮的，轮的两边各安有一个木架子，架子上放个大桶装水。送水的师傅很辛苦，一个宽宽的带子套在脖子上，带子两端固定在两个车把上，一路走来那车轱辘一扭一歪的，还吱吱呀呀地唱着歌，地上点点水滴有的是桶里洒出来的，也有师傅脸上掉下来的。水有人送了，但那缸隔个十天半月就得刷一刷吧，比缸高不了多少的婆婆是怎么刷的呢？

后来院子里安了自来水管，送水的师傅和水车就都失业了。全院就一个水管，夏天随接随用，用水高峰都要排队接水。冬天就太可怕了，中午11点左右开水，下午3点左右关水。开关水是用铁钩子把水井盖钩到一边，人跳到井里把阀门扭开，没点力气还真不行。在这段时间内，院里人们排着队，用水桶接满水拎着倒入自家的水缸中。

在滴水成冰的季节里，水管周围都是冰，一不小心就会滑倒。大家用炉灰洒在冰上防滑，但是越垫越高，人都站不住了，只能用镐头把冰铲掉……这一系列的体力活都是各家各户轮流干的。据说婆婆在六十多岁比较年轻的时候还真干过,干不动了就偷偷塞点钱给院里的半大小子帮忙干一下。搞林业的儿子伯瓒总是出差,平时又住在林科院集体宿舍里,周末才回来,完全指不上他。老太太该有多难啊!

住平房冬天要烧炉子取暖,伺候一个炉子可不是件容易的事儿,家家门旁都有个小棚子,送煤的师傅将煤球或蜂窝煤卸到小棚子里,每天用的煤要自己搬到屋里。晚上睡觉前把炉子封上,封不好就灭了。如果是蜂窝煤还好办,用一块没烧过的煤,到邻居家换一块带着火苗烧得红红的煤,放到自家的炉子中,再加上一两块新煤就妥了。要是煤球可就麻烦了,得先把炉子里的灰掏干净,放些纸点燃,再放入小块木柴点燃,再放大点的木柴燃烧充分后再加煤,加早了不行,晚了也不行,加少了不行,多了也不行。等把炉子大人伺候着了,灰头灰脸的你也累个半死了。这一切南方人婆婆做得很自如,她极少会让炉子灭,偶尔灭了,她也会麻利地很快重新点着,不知道多少年前刚来北京的时候,是不是也曾经让自己灰头灰脸、累个半死过?反正在我们自己过日子的时候我总是玩不转那该死的炉子,十天有五天会将它封死,笨手笨脚地让家人挨半天冻。

那年代家里除了有个话匣子(收音机)外没有任何电器。洗大件衣物是个难题。婆婆有两个大搪瓷盆,大点的洗澡,小点的洗衣服,每当拆了被子(那个时候没有被罩)和床单什么的,就坐在小板凳上,抱着大盆用搓衣板吭哧吭哧地洗,往盆里倒入水容易,洗完后往外倒就不容易了。夏天还好坐在院子里洗，离下水管道近，冬天只能用小盆，一盆一盆地舀着往外倒。这些洗呀倒的活我会干。但在没有我的那几十年里，或我不在北京的日子里老人家是怎么干的呢？我还真没问过。

由于长期自己生活，大小事儿都得靠自己，婆婆坚韧、独立，养成了非常细致的生活习惯。明天的事，后天的事，哪怕是明年的事，她都会提前想到并安排妥当。一些生活日用品只要不是要票证的，她都会预备双份。比如今天刚打开一瓶酱油或醋，或一包盐开始用了，明天一定要再买一瓶或一包新的预备在家里。

夏天有时暴雨会浇破窗户纸，她马上就会拿出新的纸糊上，第二天就上街再买回同样多的纸留备。天暖和了，拆掉炉子时查看哪节烟筒不行了要换新的，还有安烟囱需要的铁丝、通风用的风斗等都会在近期置办齐全以备冬天用。

最让伯璟和我还有亲友们吃惊和感动的是，1976年老人家已经走了，我们竟在犄角旮旯儿及床底下找出了不少的砖头，而且大多是整砖好砖。我们用这些砖翻修了因地震而摇摇欲坠的小厨房。这种习惯不知不觉中传给了伯璟，在我们自己过日子后他负责采买，什么东西也都会有备份。我还笑他说："都是跟你妈学的，也不怕占地方。"现在家中就剩下我一个人了，日常用的东西如果没有备份的，怎么心里也会不踏实了呢？这叫潜移默化吗？还是说，不是一家人不进一家门呢？

为没赶上退休郁闷的郑秀华　　　　职业女性郑秀华

母与子

八　你期不期

婆婆曾在北京女一中读书，后来又在北京生活了好几十年，但说话仍然带着家乡的味道，有时候干脆就说北京人听不懂的福州话。我到水缸里舀水洗这洗那总会不小心将水洒在地上，如果洒得多了点她就会一脸不能容忍的样子，一边用墩布擦一边叨唠："滴滴诺！滴滴诺！"开始我不明白什么意思，后来看她的表情、动作猜到可能是嫌我将水洒到地上了吧。

1999年，台湾的黄东炳叔叔带伯璿和我回了一趟福州老家。亲友聚会的餐桌上大家一定让我这个外乡人说句福州话以证明我是福州人的媳妇。我想都没想脱口而出："滴滴诺。"大家都愣了一下，等反应过来，明白过来后使劲为我鼓掌。事后伯璿对我说："我还真为你捏了一把汗呢！没想到获得了满堂彩！"我说这都是你妈的功劳，老"滴滴诺"我。

婆婆差不多每天都要到一个叫"比末湾"的地方买东西，据说那个湾里有一个大的副食店，还有杂货店，挺热闹的。

有一天我跟她去了一趟,走到那个"湾",一看路牌我差点笑得背过气去,半天说不出话来,她不解我笑什么,我稍平静后对她说:"您看清楚,这地方叫'兵部洼',不是什么'比末湾'。"她满不认账地说:"就是比末湾嘛,有什么好笑的。"认准了决不改口。

我们有了大女儿黄啸,当奶奶的非常高兴,张口"喂妙,喂妙"、闭口"弄肝,弄肝"地叫,这些福州话是什么意思呀?伯璿告诉了我们,"喂妙"是"我的命","弄肝"是"肉肝",也就是北京人说的心肝宝贝的意思。伯璿还说这些爱称原来是属于他的,现在属于我们的女儿了。后来小闹肝、黄闹肝的昵称,在曾经帮我带孩子的大姑家的王家园大院里传开,人人都这么叫她。

有一次我半开玩笑地对婆婆说:"妈,您真偏心,把两个姐姐生得那么漂亮,把儿子生得那么难看。"话音刚落她就跟我急了,"谁说我弟(家人都叫伯璿小弟)难看,健康大方就是好看,你嫌他难看怎么还找他呢!"将我噎得要撞南墙了。

伯璿穿衣服和鞋子都特别费,一条裤子穿不了多久膝盖处就破了,我妈帮他补上不久又破了,只好剪成短裤穿。我叨叨了他几句,婆婆又不愿听了,说:"身体好穿衣服费呢!像你这样弱不禁风的,一件衣服老也穿不破。"什么逻辑呀!一个朋友来看望刚生完孩子的我,看着不足满月的女儿黄啸说:"这脸圆得像块饼!"她又不高兴了,拉着脸说:"圆如满月好不好!反正比你好看。"说完就出去了。弄得我和朋友都很尴尬。我连忙解释说:"老太太说话直,别介意。"什么直呀,就是一个护犊子。

伯璿的馋嘴巴是从他妈那儿继承来的。老太太真是够馋的,吃得不多,但荤多素少,娘儿俩都是,中、晚餐都得有荤菜,老太太干脆就吃荤菜。冬天的时候炉子上总是炖着一锅吃的。除了猪肉、牛肉、羊肉、鸡肉或排骨外,那些猪下水、鸡头、鸡脚、鸡翅膀等炖在锅里也是满屋子飘香。当这些东西出香味后,也就是刚开锅不久,老太太就迫不及待地打开盖夹一块尝尝,用浓浓的福州口音说:"熟了没有?"接着就说:"该死,没熟!"过个十分八分的又来一遍,"熟了没有""该死,没熟"。等这锅东西真的熟了时,恐怕已经被她尝了四分之一多了,她的肚子也差不多饱了。因为馋,婆婆练就了一手好厨艺。有几道菜我一直念念不忘,至今口中仍留有余香。

第一个是清炖羊肉。她就用了盐、葱、姜、料酒,但烧出来的肉不膻不腻,入口就化,那汤更是鲜美。

第二个是卤肉。先将大块猪肉(偏肥的)煮成八成熟后肉和汤分开,汤可以用来熬白菜什么的。肉中除了盐、葱、姜、料酒等调料外,她要放入定量的卤虾油,然后小火炖熟入味,晾凉。吃时切成片,完全是福建家乡的味道。

还有炒螃蟹。当时西单菜市场经常有冻的海螃蟹卖。婆婆是不会放过这个好机会的,隔三岔五地买回来。后来跑不动了,就差我们去买。这种螃蟹清蒸肯定不好吃,婆婆把它们炒来吃那真是太好吃了。螃蟹洗净后切成四块,用油和葱姜蒜片爆炒,差不多熟了以后倒入预先准备好的汁料:酱油、糖、料酒、姜末。出锅后撒上一点香菜末,色香味俱全。

暂且举这三个例子。

婆婆拿手的很多菜肴伯璿都会做了,那是在她老人家病重,伯璿请假在家照顾她的日子里,她说他做,他一点一点学会的。从此伯璿这个嘴馋的人喜欢上了烧菜。他收集了几本菜谱,其中有一本还是自己手抄的。但不论是母亲教的还是菜谱上的,他都不照搬,而是会增加一些自己的趣向和味道。不过这些趣向和味道是没有什么规矩的,每一道菜加什么调料,加多少随心所欲,今天一样明天又一样。后来孩子们有时问他:"爸,××菜怎么做呀?"他只说个大概而说不出细节,开始还误解他不愿意教,后来才明白他自己心里都没数怎么说得出来呢?但他烧的菜好吃,独具风格,家人、亲友都喜欢。可惜我一样也没有学会,总觉着他会永远给我烧菜、永远给我做饭、永远让我吃现成的呢!

老太太饭量不大,一小碗未装满的米饭、几片稻香村的小肚或一小碟放了香油的卤猪脑就是一顿饭,但夜宵和零食总是要有一点的。她特喜欢吃糯米的黏东西,经常是煮几个汤圆,煎几片年糕当夜宵。吃前总要问我一下:"期不期(吃不吃)?"我赶紧摇摇头:"不期。"心想大晚上的吃黏东西,我可没那么好的胃。但伯璿和孩子都会跟她一块吃。

她有一个蓝色的玻璃碗,碗里面总会有些橄榄、水果糖什么的零食。晚上上床了还含块糖,开始我很奇怪就问她:"要睡觉了怎么还吃糖?"她张开嘴给我看说:"没牙了,怕什么。"以后我也就看惯了,反正她不会让自己的嘴闲着。有了孩子之后我总是提醒她晚上别给孩子吃糖。她答应得好好的,但只要我一转脸她就会在孩子的嘴里偷偷地塞一块糖。孩子也配合着骗我。黄啸三岁就闹牙疼开始看牙补牙,不知道跟这无原则的溺爱有没有关系?

婆婆病重躺在医院里,显得更加瘦小的她什么也吃不下了,当家人问:"想吃点什么?"她就摇摇头:"什么也不想期。"忽然有一天她说想吃螃蟹了,当时是阳历8月吧,还不到吃螃蟹的季节,但是她的两个女婿,汉生、姚琼和外甥涂梅先都找来了螃蟹。伯瑢把螃蟹剥开喂她,她只是吃了一点蟹黄和夹子肉就说:"不期了。"又熬了两个月,1974年10月30日,正好是吃螃蟹的时候,她永远地走了。

黄伯璿童年时代

姐弟三人

黄伯璿青年时代

黄伯璿在台湾

九　万一我当官了还能遇见你吗

伯璠是不幸的,四岁的时候父亲就去世了。他在成长过程中缺失了来自父亲的养育和父亲的关爱、呵护。伯璠是幸福的,在短暂的四年中,他得到了最完美的父爱。父亲把儿子视为珍宝,所以取名"璠",也就是一块宝玉的意思。据说父亲只要在家眼睛就不离开这块玉,虽然下面还有个小妹妹,但他的怀抱,永远属于这块玉。抱着吃饭,抱着写大字……父亲重金为儿子请了一个年轻的奶妈,每天鸡呀、鱼呀地供了两年多,也就是说这个宝贝两岁多才断奶。母亲总是说小弟那么壮实就是从小奶吃得好,而五姐身体不好就是因为没请好奶妈,总觉得对五姐有愧疚。

伯璠是幸福的,他一出生就注定被黄家人加倍疼爱,因为他是男孩,因为他是小弟。据说他九岁了还和妈妈睡在一起,还是保姆帮着穿衣穿鞋系鞋带。五六岁时候得了猩红热,好了以后全身脱皮,两个姐姐守在身边给他剥皮。妈妈说会传染的,姐姐们说不怕,她们吃了预防药,小弟病了这么长时间没出去玩闷坏了，她们给他解闷。

　　姐姐带着弟弟一起上学，中午在一家预定的饭馆吃饭，姐姐总是把好吃的夹到弟弟的碗里，有时放学路上遇到下雨，等三轮车的时候姐姐会将童子军帽给弟弟戴上。

　　姐姐手中的好书、好玩的东西只要弟弟喜欢，那没的说一定归弟弟。母亲在银行工作路远，每天回来得很晚，特别是有时账没算清，哪怕只少了一块钱，大家都不能下班，直到找出这一块钱的下落。这天就回家更晚了，姐姐们都睡觉了，陪伴的保姆也困得很了，小弟不困，多晚都等着妈妈回来。一天没见想了，这是主要的，还有更让他想的是妈妈带回来的属于他一个人的好吃的。有时是一两块东安市场起士林的点心，有时是一块五福斋酱猪肝……反正是想了一天的，吃完了才能搂着妈妈睡觉。

　　男孩子七岁八岁讨人嫌，猫也嫌狗也嫌。黄伯璿可能不到七八岁就开始讨人嫌了。虽然五岁的时候就被姐姐带着去上学了（幼儿园），但只要不上学就在外面昏天黑地地玩。玩猫、玩狗、玩石头、玩打架。他养了一只狗取名"yellow"。整天带着这只"黄"满院子、满下斜街疯跑，磕磕碰碰在所难免。

　　夏天穿着短裤，那膝盖的伤就没好过，刚刚结了疤的地方很快又被碰破，或其他地方磕破流血，红药水、紫药水地涂着。妈妈和姐姐们问："疼吗？"永远回答说"不疼"。谁疼谁知道。和街上孩子们打架也是常事，但他从不和比自己小的、比自己瘦弱的孩子打架。专门挑那比自己大的、比自己壮实的打，他说打赢了感觉特自豪，可惜赢的时候少、挨打的时候多。挨了打受了伤从来不哭不告状，回家就说是自己摔的碰的。但若打了别人，人家会来告状，母亲就会很生气，他又不会告个饶说点软话。妈妈越问越气，免不了就拉过来打一顿。

外面挨了打，回家还挨打。姐姐们都来说好话求妈妈别打了，但他却忍着决不求饶。他曾经对我说过，妈妈最疼他，但挨打最多的也是他，两个姐姐从不挨打。他也说过，自己虽然小但能看得出体会得到，妈妈比挨了打的他心里更疼更难过。他总觉得母亲就要哭了，但就是看不到她的眼泪。因为整天在外面奔跑，衣服和鞋子都特别地费。鞋子穿不了多长时间，不是小了就是破了，妈妈总是不断地给他买鞋穿。他看到了妈妈的劳累和为难，有一天对妈妈说："妈，你给我做双铁鞋吧。"听到这句话妈妈的心五味杂陈，儿子懂得心疼妈妈了，她立刻把儿子搂到怀里："弟，喂妙（我的命）好乖！"他感觉到了眼泪在妈妈的眼里打转，但还是没有看到它们掉下来。这句话很快就在亲朋中传了开来。霎时，这个淘气包收获了好几双新鞋子。婆婆给我讲这段故事的时候，好像还沉浸在儿子心疼妈妈带给她的喜悦之中。

有一样能让这个淘气没边的男孩子安静，那就是书。从小听妈妈讲书，七八岁后认识的字多了点就自己抱着书读，什么大部头的书他都敢看，《西游记》《水浒传》《三国演义》《封神榜》，等等。到了中学涉及的面更多了，古今中外，白话的、文言的什么书都看。经济独立后工资的三分之一（可能都不止）都是用来买书了。博览群书赋予他的文学素养不亚于他的林学专业，为后来成为林科院的笔杆子打下了基础。

伯璿从小到大爱读书，用嗜书如命来形容他好像不为过。他对我讲过这样一件事，在北京大学读书时学生分成左、中、右三派，他让我猜他是哪一派，我想都没想就说："肯定是中间的了。"他摇摇头说："不对，是左派。"当时他和大多数有正义感的学生一样对国民党的腐败、专制政权非常反感。积极参加了反独裁、反内战的学运，和左派同学也包括一些地下共产党员都成为好朋友，他们还介绍他参加了地下党组织的进步学生到解放区参观的活动，可惜半路遇到战事而没去成。很可能他都上了国民党的黑名单了。

有一天，他正在图书馆看书，一个要好的同学找到他说让他去参加一个会，这个会要开好几天，但没有告诉他这会是什么人召开的，什么内容。他当时正在读莎士比亚全集，入迷得很，听说要开那么多天就拒绝了，说不想开会。可以这么说，就是这个拒绝，也就是为了那几本书的拒绝，改变了他以后的人生轨迹。多少年后，全国都解放了，他才听说那次的会是北大中共地下党挑选进步学生，组织他们学习和培训后，准备发展入党的积极分子会。他的拒绝让党组织认为这个人不具备为共产主义献身的信仰和决心，从此再也没有人和他提入党的事。而当时的地下党员在新中国成立后绝大部分都从政当了干部，极个别的搞学问。

我问他："后悔吗？"

他说："不后悔，我不是当官的料。再说万一我从政当官的话还能遇见你吗？"

看两个姐姐美的，妈妈郑秀华再不肯承认，也抹杀不了宝贝儿子是美人窝子里出来的一个土豆，五短身材、五官模糊，要命的是还基因强大，所有人见了黄啸、黄悦、桐桐、鸭子、瑞老，都是一个评价，像你爸，像你爷爷

黄伯璿的妈妈和五姐黄伯慧

右起：黄伯璿、伯璿的妈妈郑秀华、三姐的儿子江海洋、三姐黄伯贤、五姐黄伯慧

黄伯璿的大姐黄伯瑶、姐夫何利川以及他们的女儿

郑秀华和女儿黄伯贤、女婿江汉生及他们的大儿子江海洋

郑秀华和女儿黄伯慧一家

十　他的同学疑心我是骗子

伯璿这个皮孩子还有一个爱好，那就是运动。从小就有人说他像个举重运动员，或者说是像个短跑运动员。自行车摔了几跤就会骑了，因个子矮不能坐着骑就掏着裆（不知道你们是否明白什么样叫掏裆）骑着满街跑。三姐带着他去游泳，三下两下就学会了狗刨，也许喝了几口水吧，什么仰泳、自由泳、蛙泳很快都会了，没人正经教过他。滑冰也是，尽管把屁股蛋摔得生疼，但花样刀、球刀、跑刀样样都能招呼。林科院的老人都知道游泳、滑冰都曾赫赫有名的人物是黄伯璿，可惜现在记得的人不多了。他乒乓球、羽毛球也打得像模像样，三大球虽玩得不多却是个铁杆球迷。为此结交了许多不相干的朋友，到了菜市场、超市都有人找他聊球，哪场球为什么输为什么赢，哪脚踢得臭，哪个进球漂亮等。退休后更是随心所欲地看了，熬夜是常事。他霸占着客厅的大电视，除了新闻联播外基本就锁定体育频道了。可笑的是喜欢的球队输球了，他会一连几天不高兴。开始我不知道他为什么生气,稍一招惹他就对我发脾气,后来明白了是因为球队输球了,再遇到这情况我就提醒自己和孩子:"别惹他,这几天气儿不顺。"

除了书和体育这两个挚爱之外,音乐也是他喜欢的。他有一副带着磁性的好嗓音,曾经是北京大学合唱团团员,唱第二低声部(second bass),参加了多次《黄河大合唱》的演出。

好友林叔平生于钢琴世家,十几岁时就开钢琴独奏会了,是中央音乐学院钢琴老师,音乐方面的造诣颇高。他曾想教伯璟弹钢琴,但他那双手短粗又僵硬,没学成。两人见面不是聊书就是聊音乐,林叔平认为伯璟在音乐方面有一定的鉴赏能力,两人能聊到一块儿。

家里买了录像机以后,每年维也纳金色大厅的音乐会都录下来。我们俩都喜欢那不朽的施特劳斯。如果没有什么好的体育节目或电视剧,就把那美妙的旋律放一段听听,感到非常惬意。晚年我们俩逛公园,坐的时候多,走的时候少。每次我都带几张歌片,一首一首地唱给他听,他很高兴。我把在合唱团及合唱小组学的歌都唱了个遍。他最喜欢的是一首英文歌曲 When We Were Young。还有一首德国名曲《罗蕾莱》 Die Loreley,他说:"这首歌曲好、词也好,有寓意。但是你唱得不好,没唱出味儿来。"

伯璟从小顽皮,喜读书,爱体育,但他可不是个好学生。对数、理、化不感兴趣,常常是老师在上面讲,他在下面看小说。有一次上化学实验课,老师制了一瓶氯气,让同学观察其颜色和气味。老师教大家说:"氯气有毒,不能直接闻，要离自己远一点，盖子开一点点缝，用手扇着闻一下就可以了。"他没听见老师讲的这一切，瓶子传到他手上后，啪一下就打开了盖子，用鼻子使劲吸了一口，立刻就晕了过去，可把老师吓坏了。七手八脚地要把他送医务室的时候他醒了，说："老师，我没事。"他是没事了，但一顿批评教育是少不了的了。长大以后特别是老年时他的气管一直不太好，不知和这口氯气有无关系。虽然不好好听课，但功课倒也能应付。小学他可能只上了三四年，因有战事学校会停课，复课时他就跳一班。他妈曾非常骄傲地对我说："跳班前是六七十分，跳班后还是六七十分。中学没有因为哪门课不及格而留级。我们上的可都是好学校，师大附小，三十一中（他上学时还不叫三十一中，是教会学校），育英中学。十七岁就考取了北大。"在她眼里儿子是天才。

伯璿十七岁考取了北京大学农学院森林系，开始了四年的大学生活。他考上大学最高兴的是含辛茹苦几十年的母亲。儿子是她的骄傲、是她的希望、是她的一切。亲朋们都为这一对母子高兴，纷纷送来了贺礼。

眼泪又在眼睛里打转了，但这位坚强的母亲还是没有让儿子看到流下来的泪水。母亲给他买了一辆德国蓝牌倒轮闸的自行车，在学校里骑，周末骑着回家，和同学一起出去玩也骑着它，也就二三年吧，愣让他给骑坏了。他对我说有一次看完夜场电影骑车回家，在胡同里不知从哪儿窜出来一个人拿着刀向他扑过来，他急中生智，跳下车举起自行车就向那个人砸去，那人丢了刀受了伤，逃跑了。这辆自行车坏得那么快可能和这一砸有点关系吧。母亲又给他买了辆同样的蓝牌车,这辆车一直骑到老。在90年代中后期吧,他骑着车在街上被一个人拦住,确认了这是一辆德国蓝牌车后出两千元想买下这车,被他一口回绝。两千元在当时挺值钱的。

没过多久林科院一个工人看上了这辆车,左打听右打听的,多次和他聊蓝牌车。他聊得一高兴就说:"你喜欢,送你了。"在一旁的我想拦着没拦住,车已经到人家手里了。我心疼的不完全是钱,这是辆有意义的车呀。他说:"你们不是不让我骑这么高的车了吗,送给喜欢的人,物有所值。"

我问过伯璠:"为什么考森林系?"他说:"森林属于大自然,合我的兴趣。数、理、化不喜欢,你让我学什么?再说如果我不学林能遇到你吗?"又来了。学习时他一如既往地马马虎虎,绝不是个用功的学生。他的兴趣还是文学,博览群书。

日本投降后,他竞选上了北大学生会的干部,整天忙于学生运动。演出《黄河大合唱》,或到图书馆看小说,还有就是出游。当时北大农学院的地址在现在的钓鱼台国宾馆附近,方圆面积很大,够他一逛的。还有个他爱去的地方就是玉泉山,骑着自行车一玩就是一天。他对我说过,玉泉山分前山和后山,各有一个标志性的塔,园子特大特美,到处都是"突突突"冒着水的泉眼,还有几片清澈的水面,夏天游泳、钓鱼,冬天滑冰。三姐和汉生结婚后曾住在中南海,中南海当然也是他常来常往的地方了。也就是说现在北京老百姓不能随便参观的三个地方他都玩过、见识过了,真是福气不浅呀!

在同学当中伯璿年纪最小，也单纯，用现在的时髦话来说就是有点萌。同学们都很喜欢他，他是大家的小弟，永远的小黄。六七十岁后他的同学来电话说找小黄，我故意问："我们家有三个黄。一个老黄、两个小黄，你找哪个黄？"那边回答说："找我们的小黄，你的老黄。"

大学里女生不多，森林系没有女生。农学系几届的女生加起来也就十来个。黄伯璿年龄比她们都小，对这些姐姐他总是敬而远之，很少和她们往来。倒是毕业后，特别是年纪大了，退休了，有时间了，大家都亲近了起来，一年总要聚会一两次。我还跟着他去参加过聚会，他要好的同学我都叫得出名字，包括几个女生。

外号叫小鬼的虞佩玉，还有在广州的焦保青和我都成了好朋友呢！小鬼和她爱人都是在科学院工作的知名专家。伯璿和我到她家看望，破旧的小三居，破旧的家具，没有任何装饰品，有的就是书和昆虫标本。我们来访，老两口特别高兴，把家中珍藏的好吃的都拿出来招待我们。小鬼也常来我们家，喜欢吃伯璿做的炒米粉和卤肉，看到我有一架钢琴高兴得不得了。她还是小姑娘的时候学过几年钢琴，有童子功，她弹一首曲子，我弹一首曲子，互相吹捧着，哈哈哈地笑着很是开心。伯璿骨折时她来看望，带来一大堆吃的东西，我们非常感动。到底是八十多岁的人了，怎么拿得动呢！我对她说："你看我冰箱里东西很多，都放不下什么了，你和老伴年纪大了买点东西不容易，我留一两样剩下的你拿回去行吗？"她看了看冰箱说："真的放不下了，那好吧。"我把东西包好放在袋子里，走的时候我拿着送她到公交站看着她上车。事后伯璿说："也就是小鬼人实在，你让人家拿回去就拿回去了。"我说："我也是实在人啊！"那个时代的人真的实在，不会虚头巴脑地说假话。

记得20世纪90年代初伯璿和我有机会一起到广州出差开会，会开完后我俩留下来玩了几天，就住在焦保青的家里。焦大姐每晚都让保姆给我们煲各种汤喝，像亲人一样招待我们。有一天坐在一起闲聊时她对我说："小黄在大学时腼腆着呢。"我问："怎么腼腆？"她说，除了正事他从不和女生讲话，碰了面也好像视而不见，扬长而去。有一天几个女生商量了一下，把他围住，并把他拉到女生宿舍，群起而攻之，问他对她们有什么看法，有什么意见，为什么那么自大，把他给急得面红耳赤，磕磕巴巴地一句整话都说不出来。大家看着他可怜的样子，总算出了口气才把他给放了。焦大姐又说，地下党组织进步学生到解放区参观，让她和伯璿假扮一对情侣，他死活不干，怎么都说不通，最后焦大姐自己出面对他说："这是假的，要是真的我还看不上你呢！你有什么了不起的，不干就别去了。"当时她已经是中共地下党员了，这样连哄带吓他才同意了。焦大姐说："事后他还给我起外号，叫我焦保儿，并说焦保儿够厉害的。"

"解放后我和爱人来到广州，我在广州市政府工作。20世纪50年代他来广州出差还不是来找我了，我请了假坐着三轮车陪他逛了一天呢！都三十好几的人了还没有女朋友，大家都为他着急，北京的同学也给他张罗过，都没成。后来听说他结婚了，这小子终于开窍了！怪不得老大不小了才结婚，原来是等着你呢！"大姐边说边笑，我们也跟着傻笑，其实这些事伯璿都已经给我讲过了。离开广州时焦大姐说："在广州生活了几十年，天天这个汤那个汤的其实我还是觉得家乡的小米粥好喝。但这里人认为小米是喂鸟的，也没有什么好小米。"说完又哈哈笑了起来。第二年我到番禺出差特意绕道广州给焦大姐带去一些小米和玉米面，大姐非常高兴。

有一个叫大眼的王汝琪，伯璿说是他最要好的同学。在学校时他非要调宿舍和大眼住一个房间，惹得同样喜欢他的曹华林很生气。记得我们刚结婚时大眼带着礼物来祝贺，可能看到我和伯璿的外表有些反差吧，趁我出去倒茶时他小声对伯璿说："你怎么找了个这么年轻的？别上当受骗呀！"人家都结婚了他还提醒别受骗，要不是至亲至友能这样说话吗？我这个又傻又笨的人被别人当成骗子也真挺光荣的！后来接触多了，我和伯璿有了同样的感觉，大眼就像一位老大哥。他知道我喜欢养花，曾多次送我他自己培育的各色朱顶红，我很是喜欢。

还有一位叫王保康。伯璿出差他就主动来看望并照顾伯璿母亲。他后来由农转行舞台美术设计，被派到苏联学习，参加了史诗《东方红》的舞美设计，并请伯璿母亲免费看了一场《东方红》。婆婆曾对我说："真好看，就是时间太长，一直没敢去厕所。回家后因小便憋得太久半天尿不出来。""文化大革命"中保康的母亲挨批斗，被剃头、被弯腰挂牌，受尽屈辱，保康受不了自杀了。每每提到这些伯璿总是伤心不已，在保康的照片上写着"保康、你永远活在我的心中"。

要好的同学中还有一起去台湾的曹华林、北京农大校长刘毅、人民大学党委书记赵××、唯一学畜牧的女同学曲川梅等等,我真的说不过来了。

1947年伯璿大学毕业了。相册里还留有一张戴着学士帽的毕业照。当时时局动荡,毕业就失业,找不到工作。1948年有一个去台湾进修并工作的机会,这个没有政治头脑的人和几个要好的同学一商量就去了台湾。

在台湾伯璿参加了一个以农林为主题的见习班,为期三个月,结业后是可以留在台湾工作的。当时叫北平的北京快解放了,在台湾的叔叔黄东炳力劝他回大陆,一是因为台湾政局复杂,怕这个不谙世故的愣小子会吃亏,二是大陆有老母需要他照顾。叔叔送给他一个金戒指作为路费催他赶紧回去。他听了叔叔的话和好友曹华林一起回大陆了。因为有老母在等着他,另外共产党的天下不是他一直向往的吗,他是奔着光明回来的。但是这一去一回有着说不清的复杂,有了洗不清的疑惑。

各种体育爱好者黄伯璿　　　　黄伯璿画像

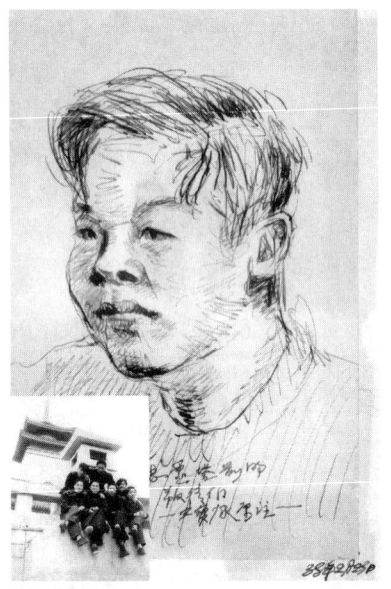

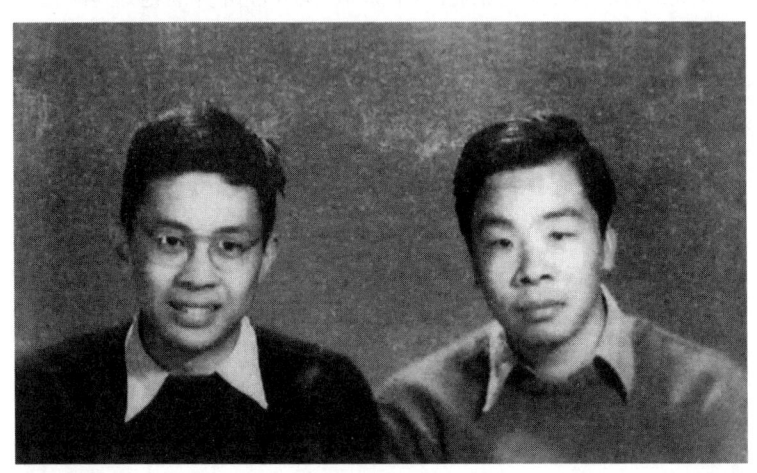

黄伯璿和大学同学也是一辈子的好友林叔平（左），林叔平是音乐家，也是大吉的钢琴启蒙老师，他生前住院时候特别受医护和病友欢迎，每天在病房弹琴给大家听

黄伯璿和他的德国蓝牌车

黄伯璿参加北大学生会主席竞选

大学同学曹华林、王汝琪、黄伯璿、林叔平

大吉和黄伯璿的大学同学小鬼虞佩玉

黄伯璿和大吉在广州焦大姐家（左、右）

大眼王汝琪大学时代

好友王保康

黄伯璿大学毕业照

黄伯璿1948年在台湾

黄伯璿多次参加北京学生组织的反内战反饥饿游行

十一　一个是单手扶把的cowboy，
　　一个是还在上中学的青春片

中华人民共和国成立后，百废待兴，急需各方面的人才。伯璿很快在华北局林业厅找到工作，后来直接转入新成立的中华人民共和国林业部。当时的林业部在东四六条，女二中读中学的我也在东四六条八十号住，上下学都经过林业部大门，不知是否碰过面？即使碰到过，他也不会对我这个当年的小丫头多看一眼的。

他在部里算年轻的小字辈。每天穿着土黄色卡其布的衣裤，系着宽皮带，脚蹬黄色皮靴，骑着那辆蓝牌车一溜歪斜地就上班来了。有个英文翻译特别喜欢他，一见面就叫他"cowboy"。部里的工作比较杂，行政管理的事多，专业方面的事少。镇反运动后，领导派他到内蒙古扎兰屯干部培训班教书。可笑的是这个差点被打成反革命的人，居然让他教政治课。除了时事外还要讲什么政治经济学、毛泽东的《论持久战》等。这个人也够胆大的，一不小心说错什么话不是又要当反革命了吗？

学生都是在职调来学习的，大部分人都比他大或差不多大。他也没有架子，和学生们一起打球、疯玩。课堂上学生随意发言、讨论，挺热闹。大家都爱上他的课，也都很喜欢他。这些学生结业后就都回到各地当个小干部，后来伯璹出差到基层总能碰到他的学生，总能受到好吃好喝的招待。七十岁那年还收到当年的一个学生邓中畅亲笔写的一幅字《百寿图》。扎兰屯有内蒙古小江南之称，夏天凉爽舒适，冬天也没有东北其他地方那么冷，有山有水，风景秀丽。他对我说过很喜欢那个地方，也很怀念那一段时光。

1954—1958年之间，具体哪年我也说不清了。林业部门成立了研究机构——林业研究所，1958年扩大为中国林业科学研究院。伯璹被调到林研所，开始了几十年有关林业的研究和调研工作。他被分到林业经理经营室，到现在我也不清楚这个室是研究什么的，可能和经济有关系吧。他曾搞了一个关于林价调研的课题，用了几年的时间，走遍了全国大大小小的林区，走访了国内及科学院有名的经济学家，查阅了大量古今中外的资料，写出了一个在当时看来非常有价值，也非常精彩的调研报告。因此他升为助理研究员，工资涨了好几块钱呢。除了所长、室主任及从国外回来的专家外，他的工资算高的。

伯璹对我说，自从供给制改为工资制后，每月几十块钱的工资都是和他妈妈平分。他自己的三十几块钱除了买饭票，就是买书、买吃的、买烟抽，花钱大手大脚，往往是不到下月发工资就没了。要知道我妈是用三十多块钱养着我、我奶奶和一个小姑姑一家四口,还供我读中学呢!他没钱了就向妈妈借,我问:"下月还吗?"他回答说:"多半就耍赖不还了。"有一次看到室里一个养家糊口、家境困难的同事向主任提出预领一点下月工资,写了个申请,主任一批,钱就领到了。他特别高兴,到月底没钱了也写了个预领下月工资的申请交给主任。但是主任没批,对他说:"你一个单身汉、没老婆没孩子的,几十块钱怎么说花完就花完了呢?预领工资你以为白给的吗?下个月就少了,不是更不够花了吗?不能惯你这个毛病。"又说:"这样吧,我个人借你五块钱先花着。"让主任说得他不太好意思了,哪能向主任借钱呢?还是回家向妈妈借吧!

1962年春我已经来到林科院了。有一天我正在办公室看资料,同室同组的王小映风风火火地进门拉着我就往楼下走,边走边说:"去听一个精彩的报告。"走进西楼小会议室,只见满屋子的人,座位两侧及后面也都站着人,好像报告已经开始一会儿了。我俩挤了个地方站住脚,我往台上一看,报告人是个男同志,个子不高挺壮实,远远望去看不清长相,但我觉得那眼睛和嘴巴怎么有点歪呢,那鼻子怎么那么大呢,站也没个站相,斜着身子。突然觉得自己很好笑,听报告来了,评论人家眼睛鼻子干吗?这才静下心来听讲,开始根本听不懂他讲的是什么,学了五年化工的我对林业一窍不通。但这人口若悬河,好像都不怎么看讲稿,那一串串数字脱口而出。听着听着我觉得有点意思,他把那所谓的学术报告、那枯燥的调查报告说得轻松愉快、风趣盎然。从古代有货币流通后老百姓用作薪材的价格，帝王将相盖宫殿用的木料价格，詹天佑修中国第一条铁路所用木料的价格，到现代的木材价格及与其他国家相比的差价，推演出木材价格的趋势，等等。

他用一个个小故事把那些枯燥的数据串联起来，让我听得津津有味。从木材的价格引出森林的价值，用主要省份及国家的森林覆盖率，也就是森林面积与土地面积之比，以及人均拥有的森林面积等数据与世界很多国家相比，得出了这样一个结论："我国是一个缺林和少林的国家。"我听后很吃惊，心想上中学时地理课上不是说祖国地大物博吗？他提出林业要开源节流，不能重伐轻种，用生动的语言描述出他走过的大大小小的林区地被地貌，提出什么样的林区适合种什么样的树种，不是所有的林区都适合种杨树、泡桐等速生林，要保证优质树种的面积，等等。他的报告使我这个林业外行真长了不少见识。在座的大多是学林的人，我觉得他们听得也挺来劲。走出会议室时发现门上贴着一个通知："学术报告，时间：×月×日×时，题目：我国林价调研报告，报告人：黄伯璠，主持人：陶东岱院长。"我第一次看到这个名字，第一次看到这个人。留给我的印象是其貌不扬，是一个做学问的人。几年后我和那个做报告的人结婚了，王小映闹着让我请客，她说她是媒人。

"文化大革命"以后，伯璠牵头又搞了几个有价值的课题和调研报告，那时的我业务工作忙、家务也忙，再也没听过他的报告了。只知道有一个是长江流域森林资源和生态方面的调研，他带领课题组成员从长江源头走到入海处，收集了大量宝贵的资料和数据，提出长江流域林业及生态发展前景。还有一个是公元2000年后我国林业发展规划的调研报告。这两个课题都得了奖，调研报告中的一些数据、建议和观点被林业部五年计划采用。当时他在林业部里有点小名，几个课题都是部里直接下达并指名让他负责和牵头的。另外，几个部长秘书总是找他帮忙为部长们写会议发言稿，"笔杆子"这个称呼被公认了。

除了调研工作外，他还做了一件非常重要和有意义的事情——筹备恢复重建在"文化大革命"中解散了的中国林科院。"文化大革命"中林科院绝大部分人都下放到广西干校，后又分到河北省江西省各地的科研所、林场、农场工作。林业部和农业、水产等合并成农林部，中国林科院和中国农科院合并成农林科学院。1975年邓小平复出时，召开了第一届科学大会，科研又被重视了。在老院长陶东岱积极努力奔波下，在中央和部里有关领导的支持下，决定恢复重建中国林科院。陶院长牵头成立了筹备组，他点名黄伯璿参加。

当时我们的家，西单东安福胡同八号就是筹备组的另一个办公地点，多少林科院的老人都到过我家，他们来打听消息，来出谋划策。多少人都喝过我妈倒的水、泡的茶，吃过我妈做的葱花炝锅白菜丝热汤面。

摆在筹备组面前的第一个难题是在哪里重建林科院。以陶院长为首、黄伯璿积极支持的一派是回北京原址，还有一个意见是在河北省比如石家庄、保定、承德等地重建。伯璿和组里的几个同志在陶院长的出策指示下艰难地奔走了近两年，上跑中央、农林部、科学院，下还要和"河北派"们斗智斗勇，终于在1977年底拿到了中央批文《在北京原址重建中国林业科学研究院》。筹备组的第二个难题是人才的回归。被集体分到河北、江西的人好办，但有些人当时没服从分配而是自谋了出路，回了老家、到爱人单位去了等。这部分人中有些还真是林业部门难得的人才，当地把住不放人，一纸调令不管用。陶院长求贤若渴，指示黄伯璠一定想办法把他圈定的几个人引进来。为此伯璠再持调令前往各地一次次地和地方协商，好话说了不知多少箩筐，在他的努力下真的调回来几个精英人才。

比如徐冠华，回来后任资源信息所所长，科研成果累累，被评为科学院院士，后调到科技部当了部长；唐守正，一个学林业的数学家，曾在数学方面顶尖的杂志上发表有价值的论文，回到资源信息所后在科研方面作出突出贡献，被评为科学院院士；黄全，调回来后任林研所所长，在沙棘的育种、栽培、应用方面取得突出成就，荣获国家科技进步奖一等奖，成为全国劳动模范；还有成为林研所科研骨干、被评为研究员的郑世凯、于淑兰夫妇等。当然还有我这个不是人才的人也从黑龙江嫩江调回来了，因为我是伯璠的爱人。这几个经伯璠的手回归林科院的人，大都成了他的好朋友。徐冠华当官后无论多忙每年都会来看望黄大哥一两次，谈谈国事、林业的事以及家事。唐守正、郑世凯等也非常关心他，有什么好东西从不忘与老大哥分享。

黄伯璿的经典打扮，就是一身黄色卡其布。老了以后，女儿黄啸给他买了一件军装似的黄色卡其布棉服，他特别喜欢，穿上有型有款

黄伯璿和大吉相差11岁，所以一个已经是单手扶车把的cowboy了，一个还是青涩中学生，特别像青春小说的情节

母与子

扎兰屯7人滑冰组,左二是黄伯璿

黄伯璿（左一）和陶东岱院长（左四）下基层

黄伯璿和陶东岱院长新疆出差

黄伯璿（右一）和课题组搭档

老年伯璿

十二　一个不大的地方

新中国成立后第一个政治运动是镇压反革命。当时伯璿已经在林业部工作了,在积极参加运动学习讨论会上他被叫走了。隔离审查一关就是好几个月,天天审,天天问,翻来覆去就是:"为什么去台湾,为什么又回来了,在台湾都干了什么,有没有参加什么组织,谁能证明你……"这个人哪受过这种待遇啊,开始他还配合,同样的问题被问几次就烦了,态度不好。后来被告知再不配合就移送公安部门了,在高压下老实了些,提供几个大学同学名单请他们证明,其实人家早就找他的同学去外调核实了。

这些同学一致的声音是:"黄伯璿是左派进步学生。曾经参加了多次中共地下党组织的学生运动。"一个在北京市政府任要职的女同学力保黄伯璿不是反革命。北京大学校方也证实去台湾见习班是学校介绍和推荐的,纯属学术行为,没有任何政治内容。况且见习班一结业就回来了,没有在台湾停留。这样才将他放了。

第二次被查是反右运动,也算他走运,在"大鸣大放""向党交心"进行得轰轰烈烈的时候,他在一个非常偏僻的林区蹲点,没在北京。真的有人想利用去台湾做文章抓他个右派,但是却没有找到他说的一句反动话,加上他人缘不错又逃过了一劫。第三次因为去台湾被审查是在"文化大革命"中,这次就没那么幸运了。在广西干校被打成"五一六分子",我现在也说不清这"五一六"是怎么回事了,反正就是被关着不能自由行动,挨污蔑人格的批斗,写交代材料,重体力劳动……那年我生二女儿,他没能回来,春节也没让他回来。甚至有造反派给我写信说他是台湾特务、反动分子,让我划清界限,管得真够宽的。

当然在运动后期平反了,但是台湾之行是一个挥之不去、抹之不掉的黑点,永远记在了档案中:"此人不能重用。"所以他几十年的工作中,连室主任都没有当过,只是升副研究员后有个括号(处级待遇),升研究员后括号(司局级待遇)而已。

黄伯璿曾对我说过,大学毕业后,任性跑去台湾当见习生是他人生中第一件后悔又后怕的事。影响自己的前途,历次运动中被查、被审、被整是一方面,更重要的是万一没能回来,那将是骨肉分离几十年啊!老母亲该怎么过呀?说不定从此就见不到母亲了呢!生命中也不会有燕吉、黄啸、黄悦了,真是太后怕了。所以他非常感谢催他回家的东炳叔叔。

不止一个人对伯璿说过这样的话:"老黄,你是老陶头(大家对陶院长的尊称)的亲信,在筹备组又立下汗马功劳,林科院恢复后怎么着也得当个所长了吧。"每听到这样的话他都瞪着眼跟人家急："别瞎说，不可能的事。"当时我不解，一句玩笑话，急什么？后来我才明白因为触到他的痛处了。

1978年春天，大家从四面八方回到了北京玉泉山脚下的中国林科院。大院里春意盎然，迎春花、玉兰花盛开，鸟儿们"喳喳喳"地叫着向人们道喜。祥和、欢愉的气氛笼罩着整个林科院。那时没有大礼堂、没有大会议室。一天，大家搬着板凳椅子坐在西楼东侧的树荫下开全院职工大会。陶院长和部里任命的书记站在台阶上。会上宣布了京内有几个研究所，京外有几个研究所，还有几个试验基地；各研究所内设几个研究室，同时宣布了室主任以上的领导名单，没有黄伯璿的名字。我抬头四下望了望，没看到他的人影，也不知道他坐在哪里。中午吃饭的时候我观察他一如既往大大咧咧高高兴兴，在我面前也都没有显出一点点失落的情绪，我也不提不问开会的事，但他还是以平静的口气对我说，老陶头找他谈了，他被调到林学会了，说是要加强学术部的工作，仅仅是一名普通业务人员而已。多少年后他对我说老陶头在那次找他谈话时明确暗示，因政审不合格，在仕途上不会被重用，希望他努力做业务，做出成绩。他也体会到了这个说得上知己的老院长无奈和惋惜的心情。

可能是在筹备组配合默契，可能是这个人能领会自己的意思，可能是这个人能把自己交代的事情办好，可能是和这个人谈得来，老陶头每次出差，无论是到京外所调研视察，还是接受地方林业部门或政府的邀请，甚至是中国林科院恢复后第一次组团出国去日本考察，他都点名带着黄伯璿。

伯璿对我说他做过一件非常后悔和对不住老陶头的事，老陶头在退休前想邀伯璿一起去趟西藏，当时他不知道忙什么没有答应，老人家很是失望，结果这两个人此生中谁都没有去成西藏。

陶是个倔老头，不苟言笑，严肃得很，很多人包括我都挺怕他，远远地看见能躲就躲了，实在躲不过就叫一声："陶院长！"他看都不看你一眼，只是"哼"一声算回答你了。有一天下班后在大门口等班车，我和他不期而遇，硬着头皮叫了他一声，他也哼了一声。站在那里挺尴尬，我看他穿着一双布底布面的鞋，当时很少见，就没话找话地说："陶院长，您这鞋真好，谁给您做的？"那倔劲又来了，用河南话瓮声瓮气地说："做，你能做呀？这是在山西的一个小村镇上买的，里面还有绣花的鞋垫呢！"我赶紧说："真好。"老头高兴了又说："穿着舒服，又便宜，我还给老伴买了一双呢！"

回家后我把这段对话讲给伯璿听，他笑着说："你不了解，他其实是一个非常好亲近和顾家的好老头。出差在外有时会和他住一个房间，除了谈工作外他还会和你聊他的家和孩子们，儿子陶钢、陶铁，女儿陶红、陶青、陶绿，说得津津有味。"还说老头工资不低但孩子多，负担重。在外面碰到便宜的哪怕针头线脑的东西他都会买。

我从东北调回来后申请到木材所防腐室搞木材保护工作，谁知木材所几个政工干部反对，理由是出身不好。林研所树皮专家张英伯先生听说后主动邀请我到他的课题组。当时我和伯璿都很感动，但我知道树皮研究有大量的化学分析工作，而当时仪器分析很少，主要靠人工。记得在学校时，1958年大炼钢铁，我和另一个女同学在一个老师的带领下负责矿石分析，我太清楚那几十个上百个瓶子做重复性的化学分析是什么滋味了，所以我不太想去。

当时就伯璿和陶院长的关系求他说句话，木材所不会不听的，但伯璿不愿开这个口，而是动员我说："张先生人不错，搞分析也不用动脑子，轻松，你还是去吧。"我抗议说："我愿意做动脑子的活。"我知道伯璿的脾气，不想勉强他，也就同意去林研所了。没想到木材所一位老领导王云樵发了火，对那几个左派人士说："刘燕吉是林科院的老人了，是个搞业务的人，老老实实地工作没犯过什么错误，这样的人你们为什么不要？"峰回路转，我就如愿到木材所防腐室上班了。我和伯璿至今都非常感谢张英伯先生和老领导王云樵。

有一件个人的事伯璿破例向陶院长请求了帮助，仅此一件，就是住房。林科院恢复后我们一直住在东安福胡同八号老房子，每天坐班车、倒公交两三个小时，早出晚归非常辛苦。但我们知道院里很多同志回来了却没有住房，有的在附近租农民房住，有的两三家住在一个单元房，共用一个厨房和卫生间，一家人挤在一个房间里。院里几次盖楼分房我们都没有要，知道不会有我们的份儿。1983年，院里又盖了几栋楼，而且大部分人家都有了自己的单元房，心想该轮到我们了吧，伯璿向分房委员会提出了住房申请。谁知一位负责分房的女领导傲慢地拒绝了，而且说出了"没有资格"这样伤人的话。一个派到我家调查的同志偷偷对我说:"你们三代人住在两间半的平房里,两个孩子还住上下铺,的确困难。我都如实汇报了,也说了好话,但××就是不点头。"

伯璿真的气了,急了。他找了陶院长,陶院长一拍桌子大声说:"什么叫没资格,你没资格谁有资格?"立马拿起电话打给分房委员会,就这样我们分到一个小小两居室的新房。

那天忘了为什么我和他闹了别扭,中午吃饭谁也没理谁,下午我正做着试验接到他的电话,让我出来一下,我没好气地说:"没空。"他也没好气地说:"我在东楼门口等你,有事。"我故意磨蹭了半天,还是去了东楼。见面后他笑眯眯地说:"别生气了,你看这是什么?"我一看他手里拿着一串钥匙:"分到房了?!"气一下子就没了。

我俩三步并两步地奔向当时叫十一号楼现在叫二号楼的二单元302,一大一小的两个卧室、一个小厨房、一个带浴缸的小卫生间、一个小阳台、一个小客厅,全部朝阳。那个时候不讲装修,水泥地,粉刷过的白墙,看得我俩心花怒放。他一下子就抱住我在我耳边说:"我们有自己的房、自己的家了。"要谢谢老陶头,至于那位女领导为什么卡我们,这里就不说了,她和她的先生早伯璿二三十年就去世了,希望伯璿和他们在天堂相遇不要再横眉冷对了吧。

陶院长退休后,伯璿隔段时间就去家里看他,聊聊家常和他关心的林科院,也利用课题组出差的机会邀请他一同前往指导工作。过年的时候老人家都会打个电话拜年,还不忘说一句:"向燕吉问好!"不记得是哪年了,没听说生什么病,突然传来噩耗，陶东岱院长去世了。我们都去参加了追悼会，这是我到林科院以来人最多、最伤感的一次追悼会。对伯璪有着知遇之恩、亦师亦友、忘年交的老领导老朋友就这样走了，我看得出、体会得到伯璪内心深处的伤痛……

一家五口在林科院十一号楼的家，第五口是我们的笨点点

黄伯璿出差日本，难得见他西装革履

第三章

谢谢你不喜欢我

十三　世界上有那么多人并不喜欢我

在保定的十年里，我是被爱包裹着、被捧在手心里长大的。自从来到北京及以后的几十年中我渐渐一点一点地认识到、体会到，我不是一个人见人爱的公主，世界上有那么多那么多的人并不喜欢我，讨厌我，甚至厌恶我。如果早点意识到也不至于二十来年不吃炸馒头片了。

1947年秋，一家人来到当时的北平，投奔到东四六条八十号大姑的婆婆申家。婆婆是那位九门提督的长儿媳，但丈夫早逝。据说当年官老爷回家下轿时她都要带领全家跪接，并接过挺沉挺沉的什么印顶在头上送到书房。大姑的婆婆早早地就有点秃顶了，她说是顶印顶的。她生了三男一女，两儿一女的婚嫁都是她一人张罗。一大家人的生活是她撑着，虽不是官府的夫人了，但举手投足间总是带着大气和贵族的派头，礼数周全，对我妈她都称为"您"。满族人称母亲为奶奶，孙子辈的称奶奶为太太。我随美君叫她太太，见面时我不会满人的请安，但会鞠个躬，叫一声"太太"。她虽坐着但也会微微地弯下身笑眯眯地答应并说一句:"大吉吉祥!"一口京腔京韵,但从不笑话我的保定口音,是个精明厚道又善良的老太太。在她的指示下,我们在后院安排了三间南房安身,所用日常家具都由申家提供。

爷爷奶奶住西头一间,爹妈住东头一间。这间后门外是个带假山石的小院子,夏天搭了个棚做饭。只要不太冷那山石下就是我读书的地方。而我的卧室在当中的房间,大姑拿来了屏风隔了一个只能放一个小床的小屋。别看屋小,可是全家最暖和的地方。因冬天取暖做饭的炉子就安在这中间的房里,两侧的房间只靠弯弯曲曲走过的烟筒给点热乎气,白天大家都在中间屋里待着。晚上呢,想念着保定家里的热炕再加上一个火炉子。北平的冬天是不是太冷了,爷爷奶奶是怎么熬过那一个个漫长的冬夜的呢?我们在这三间小房子里一住四年,直到搬走的那天我都没数清六条八十号大院里有多少间房子,有多少个小院子,住了多少人。就记得有大姑的婆婆、大姑父的大哥大嫂及他们的一双儿女。大姑、姑父和他们的两个孩子一家人住在原日本人住过、并经过日本人改造过的五六间南北通透的大单元房中,有独立的厨房、卫生间和浴室。朝南的五六个大玻璃窗正对着我们的小南房。

1948年初,爷爷找到了原保定军界的朋友王先生,托他给我爹在部队里谋了一个军需的职位,挣点钱补贴家用。军需正连级,刚刚上线。这不到半年的军需经历,给他自己和这个家又添加了一顶历史反革命的帽子。当年夏天军队开拔南下,王先生劝爷爷和爹随军走。但爷爷担心家里老小无法生活，又舍不得让儿子一个人待在军队里，没听劝留下了没走，大概那个王最后到了台湾。没了收入，一家人只能靠变卖当年许诺给我做嫁妆的东西换吃换穿了。

到北平后爷爷让我和美君上同一个学校，同一个班。美君上的是四年级，这样不是等于留了一级吗？我不干，但大家都吓我说："咱们是从小地方来的，五年级人家不要你。"我将信将疑，但毫无反抗之力。第一天是妈送我去的，交给一个年轻的男老师，就是这位男老师给了我一个下马威。

班上是按照成绩排座位的，不好的坐在后面。我刚来没有成绩，被安排在最后一排，因个子小完全看不到黑板。第一节就是那位男老师的语文课。未讲课前先收作业，一篇大字。老师问谁没交，好像有那么两三个男同学磨磨蹭蹭地举了手。"到前面来！"老师又发话了。我旁边的一个男生问我："你交了吗？"我想说，我第一天来，不知有作业所以没交。但我不敢说那么多话，怕保定口音露馅儿被人笑话，就摇了摇头。谁知他得意地大声说："老师她也没交，她不举手。"老师看都没看我一眼，也是一句："到前面来。"我战战兢兢地走到前面，"把手伸出来！"那几个男生轻车熟路地就伸出了手，我吓得不知所措就没伸手。每只伸出的手都被重重地打了两板子。该我了，老师看了我一眼，他应该认清我是今天早上才来的新生吧！但毫不留情，还是一句："伸出手来！"我不敢不伸，"左手！"谢谢他还是留了点情面，只在我的左手上打了一板，力度好像也比其他板子轻一些。这一板打得我无地自容，想哭不敢哭，想说不敢说。委屈、害怕、羞辱……五味俱全充满心头。

我忘了是怎么熬过的那一天，回家后把书包一扔就大哭起来，边哭边说，再也不去上学了！要求回保定。

大家都弄明白了原因后，爹说话了："不就是让老师打了一板子吗？至于吗？哪个当学生的不挨板子呀？"看来他当学生的时候没少挨板子。

爷爷奶奶都笑着哄我，爷爷还假装地说："明儿我就去找老师算账去，凭什么打哪们（我们）大吉呀？"看我不吃饭就让妈到街上买来我爱吃的糖火烧、螺丝转什么的。我仍然不听劝不认哄就是哭着要回保定。爷爷也急了大声说："你自己个儿人回去吧，找你耐古姑（爱姑姑）跟她过去！"我一愣，爷爷从来没这么对我说话呀？哭得就更厉害了。大姑听到哭声也过来了，和妈一起把我拉到妈的房间，我可能也哭累了吧，和衣在妈的床上睡着了。

第二天早上起来妈已经给我煮了荷包蛋，热好了糖火烧。一天没怎么吃东西的我真是饿了。爷爷也起来了，给了我一点钱，忘了当时说的是什么钱，只记得对于孩子来说是一笔不少的钱。爷爷对我说："大吉，好好上学去，过了阳历年就大考了（期末考试），咱们奋发图强考个第一不就坐在第一排了吗？"不知是爷爷的话启发了我，还是那笔巨款起了作用，两者都有吧，我乖乖地又去上学了。

四年级的课程我都学过了，轻而易举，第二学期就坐到了前排。在这个学校待了一个多学期没有交到一个好朋友，班上绝大部分人的名字我都叫不上来。其实也学会了北京话，但就是抵制，不情愿，不想说，采取了沉默的态度。上课从不发言，下课就自己待着。记得只有一个姓于的女同学和我说说话，现在想起来还真的非常感谢她。上体育课时打雪仗，有的男生往我脖子里塞雪球，也是一个字"忍"，顶多捡一团雪回击一下，但他早就跑远了。

终于熬到暑假，我初小毕业了。五六年级是高小，要一个一个学校报名，一个一个学校考试。凭成绩可以直升本校，但我可不想再在这个学校待下去了。考取了当时叫三区中心小学，现在叫府学胡同小学的一个百年老校，一个北京数得上名的好学校。记得校园里还有一个供有宋末民族英雄文天祥塑像的祠堂和元朝初关押文天祥的小楼。在这个小楼里，文天祥拒绝了一次次的劝降逼降，甚至接到他妻女在元宫里做劳役后写给他的信，只要降元，妻女就能解除劳役，一身正气的文天祥还是选择了赴刑场就义。所以府学胡同小学的孩子们虽然都还很小，但"人生自古谁无死，留取丹心照汗青"那句悲壮豪言都深深印在脑海中。那气势磅礴的《正气歌》，不知教育、鼓励了多少人呢！

虽然敬仰英雄，但孩子就是孩子，照样淘气。课间的时候都愿意到祠堂小院里驮着石碑的乌龟头上爬着玩，有的男生就编故事吓我们说，文天祥忌日那天会下雨，乌龟的眼睛里都要流血呢！将信将疑的小女生们再也不敢一个人到祠堂院里去玩了，特别是下雨的时候。

可能我会说流利的北京话了，可能我不再封闭自己了，可能我喜欢这个学校、喜欢这里的老师和同学，就能融入其中了。记得教音乐的大辫子罗老师教我们跳插秧播种的秧歌舞，带着我和另外三个女生到北京广播电台唱《老渔翁》，也记得和老师们同台演出《黄河大合唱》，第一次被那震撼的旋律折服。在这里我交了好几个要好的朋友，包括现在仍然往来的，也是大学同学的周政和。一个叫王文惠的女同学还把我带到她家院子里，和我拜干姐妹呢！总之在府学胡同小学愉快地学习了两年，毕业后没有辜负母校的培养，考取了北京市第二女子中学。

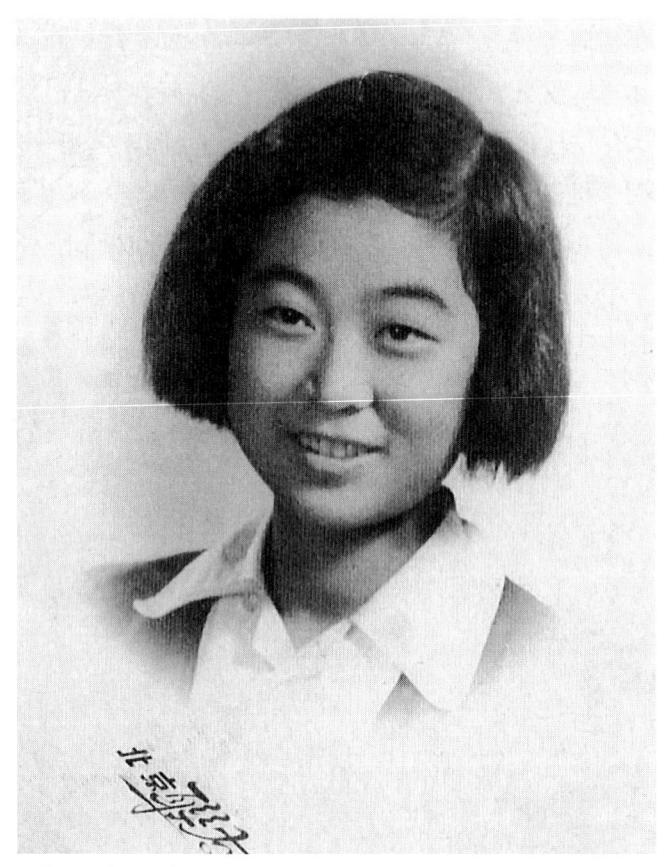

漂亮的北京女二中学生大吉

十四　哪们（我们）大吉考上秀才了

　　提起考中学也挺惊心动魄的。当时北京市中学男女不同校，而市属女中只有五个，加上师大女附中，一共六所公立中学。大量的私立学校是在公立未发榜前招生的，要先交一袋洋面粉（就是现在的白面粉），不交的话，成绩好也不要你，交了的话，你不来我校上学也不退还。当时妈问我有把握考上女二中吗？我哪儿敢保证啊！还是爷爷相信我："不用交洋面，哪们（我们）大吉能考上。"说相信我倒不如说一袋洋面对那时的他来说已不是轻松的事了，如果是在保定时早就交了吧。

　　当他在《北京日报》女二中发榜栏里找到刘燕吉三个字时，爷爷甭提多高兴了，一遍一遍地说："哪们（我们）大吉考上秀才咧！"还有特别高兴的人是前面提到的王叔——王祖烈。中学快开学的时候爷爷卖了个什么东西，给我买了一辆自行车。在大院里孩子们的帮助下我学会了骑车。那天歪歪扭扭地骑着车上街想找同学显摆一下，没承想就撞了个老头，其实也就是碰了一下,他向前趴但没趴倒又站住了,但老头不依不饶一定要去医院。

我求着饶说:"爷爷,您不是没摔着吗?我就有一毛钱,给了您吧!"旁边看热闹的人也帮着说:"人家小姑娘又没撞到你,就别不饶人了。"他一边说:"那不行,你得跟我待一会儿,我觉着没事了你才能走。"一边把那一毛钱拿过去放到自己的口袋里。

没辙,只能在路边阴凉地儿跟他坐下了,心想真倒霉遇上这么个老头子!他有一搭没一搭地问:多大了?上几年级了?家在哪儿?学校在哪儿……我一一回答了。听说住在东四六条东口,新考上的学校在北新桥方家胡同西口时,他说:"是该有辆车。"过来个卖冰棍的,老头从怀里掏出个脏兮兮的包,拣出几分钱买了两根冰棍,递给我一个说:"吃吧。"正热得难受呢,心想反正给了他一毛钱,吃就吃呗!但他这举动让我有点没想到。

吃完冰棍他站起来拍了拍屁股上的土说:"行了,你走吧。"又说:"丫头,长得还挺俊,好好念书学点本事,别老骑着车瞎逛,碰了我没事,我老了,要是把自己个儿碰个好歹怎么办?"说着把口袋里的一毛钱掏出来塞给我就走了。

我站在那里半天没动,没反应过来,怎么会是这么个结果呢?他走出十几米远了,我才喊了一声:"爷爷,对不起,谢谢你啊!"其实他可能就是想找个人陪他坐会儿、说说话吧!步入耄耋之年的我才真正体会到老年人的孤独感是多么可怕。我没对家里人说这件事,怕他们又该限制我这限制我那了,只告诉了院子里的朋友，他们哈哈哈地笑了半天，一个男孩子说："大吉，你真够傻的，骑上车一溜烟不就得了吗？反正他也追不上你。"是啊！我怎么没想到呢？但是，如果那样做不就更对不起那个可怜又可爱的老头儿了吗？

自从考上府学胡同小学及女二中后，东四六条八十号的孩子们渐渐地就都不歧视我了，他们再也不会逗我说话，引起哄笑。比如："大吉，美君在哪边呢？"我一张口："害边（那边）。"现在有时也会漏出一两句保定话，他们也不再起哄，而是微笑着纠正我北平话该怎么说。大家主动地邀请我参加游戏，如捉迷藏什么的。友好温暖了我，也让我悟出了人生的第一个哲理：要想让人尊重和喜欢，必须有让人尊重和喜欢的本钱和实力。在保定时只因是个独苗就任意撒娇被宠爱，是不会长远的。

从此我开始自觉地努力了。1948年冬天解放军围城，经常听到炮声，学校早早地放了假。东四六条八十一号是申家另一族人的府第。那里有和我及美君同龄的或大几岁的孩子们，好像他们都比美君长一辈。美君称他们"爹爹"（叔叔），"姑爸"（姑姑），我也就随着美君这样叫了。他们懂得多，对玩也主意多。冬日里太阳早早地就下山了，漫长的黄昏和夜晚大家就凑在一起，男孩子把你一分、我三分集资的钱趁还没戒严的时候到小店里买回一堆"半空"和冻柿子。现在的人可能不知道什么是"半空"吧，炒花生中挑出饱满的卖高点的价钱。剩下的就是"半空"，有的只有一个仁儿或仁儿很小或炒得有点过，那仁儿不是白白的而是有点发黄但还没煳……吃起来还是很香的,"半空"非常便宜,对于孩子来说真是物美价廉的好东西。大家围着火炉,吃着"半空"和冻柿子,讲着笑话,破着谜语。或者把"半空"平分给每个人,掷骰子玩、谁的点最大就是赢家,点小的依次给他一个、两个或三个"半空",玩得好快乐。

有时候他们让我讲讲保定的事,这些没出过北平城的孩子对外面的世界很感兴趣。我就煞有介事地说保定怎么好怎么好,还用保定话告诉他们:"哪们(我们)保定有三宝:铁球、酱菜、春巴(不)老。"他们瞪着眼睛齐声问:"什么是'春巴老'?"我故弄玄虚:"猜猜看!"大眼瞪小眼都猜不出来。我得意地拉着长音、一个字一个字地大声说:"雪——里——蕻!""啊?哈哈哈!"都笑翻了,是善意的笑,开心的笑!比起在保定时那么大的一个院子里就我一个孩子的寂寞童年,有趣得多了。我开始有点喜欢北平了。

过年前一个寒冷的早上,也忘了是谁来叫我说:"大吉,胡同里好多当兵的站岗,看看去呀!"我说:"现在还戒严吗?"她说:"不是国民党军,是共产党的兵。""是吗?"立马跟着她就跑出去了。大门口已有两三个孩子在那里了,一个个身子在门里,只把脑袋伸出去看,你伸一下、他伸一下,我也跟着伸了几下。看清楚了,隔一段路就有个持枪的兵笔直地站着,穿着土黄色的棉军服,帽子上有个红五星,离大门最近的兵是个非常年轻的小战士,不知站多久了?那脸都冻得发紫了。有人兴奋地轻轻地说了一句:"北平解放了!"北平就这样和和平平、安安静静、没有枪声没有炮声地解放了。

以后学历史才知道，有多少共产党人抛头颅洒热血才换来了这和平解放，在我们吃着"半空"讲着故事时，又有多少人用大爱、大度和那一个个不眠之夜的协调筹措换来了这和平解放。那年春季开学也晚了些天，说是解放军借住学校。当正式开学我们来到校园时，看到教室里明亮的玻璃窗、整洁的桌椅、犄角旮旯都扫得干干净净的地面，黑板上面的墙上贴着毛主席和朱德总司令的照片。老师们都面带笑容，整个学校笼罩着一种喜庆的气氛，解放了的气氛。新中国成立不久，1949年10月13日，我和班里的同学们被批准成为新中国第一批少年儿童队员（1953年改名为少年先锋队），戴上了用烈士鲜血染成的红领巾。

走进女二中的大门，是一片新天地，满校园都是叽叽喳喳的女孩子。初一乙班更是一个朝气勃勃、妙趣横生的班集体。开学不久，两个最聪明又最淘气的同学，王保榕、陈慧如给班上大部分同学都起了外号。脸红红的叫"胡萝卜"，家住豆芽菜胡同当然就叫"豆芽菜"了，"佟大哥"给了说话声音大的班长，个子最小的马珍丽爱称"小马豆儿"等，我因为脸蛋总是红红的，头发有点卷曲，得了个好听的名字"娃娃宁"。娃娃宁是当时一种婴幼儿常用药，药盒上有个小女娃的头像……冬天我穿着妈做的旁开扣的棉袄，在我专心听课的时候，同桌的陈慧如有本事把我旁边的扣子全解开，让你哭笑不得。

王、陈二位还以各科老师看手表的不同姿态（有的用手腕带着胳膊在眼前画个圈，张扬地看；有的把胳膊伸出好长，自然地露出手表；有的只是轻轻地翻一下衣袖就看到了；有的在讲台下面悄悄地看；近视眼的放在眼前看，老花眼的远远地看……）为主线编了一个小相声，用现在的观点来看应该是个小品，在全校文艺晚会中演出，逗得全校师生笑得前仰后合。从此她俩就出名了。这友好的、善意的淘气也赢得了全班同学对她们的喜爱。

初中的功课不忙，也不像现在的孩子有那么多作业。精力旺盛的我有更多的时间干点别的事，比如看小说、跳舞。记得还在六年级时，妈和大姑她们传看的小说就引起了我的兴趣，我曾偷偷看了一段张恨水的书，名字忘了，只记得是说一个唱大鼓书的女孩子的故事。偷看时让爷爷发现了，他只说了一句："考中学了，还看闲书。"但转眼就把妈说了一顿，我就再也摸不着那闲书了。

中学考完是漫长的暑假，整天琢磨着想看书，有一天在邻居家发现一本巴金小说《秋》，忙着借了回来，先给妈看了一眼，妈说："巴金写的能看。"我如获至宝，小后院山石下阴凉之地就是我的天堂，我抱着这本《秋》一坐就是半天，常常被妈喊两三次才去吃饭。爷爷问："看什么呢？"妈忙回答："正经书，巴金写的。"也不知爷爷知不知道巴金这个人，反正信了妈的话就默许了。我也奇怪了，他对儿子是那样放纵，怎么对我管得那么多呢？记得他还禁止我听话匣子（收音机）里电影明星白光唱的歌。就因为我是个女孩子吗？再说张恨水的书有什么，怎么就不能看了？

大吉和好友王保榕的初中时代

大吉和好友王保榕的高中时代

大吉和好友王保榕的大学时代

十五　供大吉读书

一本《秋》我反复看了三遍。它是我人生中读的第一本小说，我被里面描写的人、物、景深深吸引。第一次看到男女青年谈情说爱的场景，其实也就是觉民和琴表妹一起为进步刊物抄写文章，二人在窗前赏月，拉着手说些悄悄话……真是太美了，我有了自己也想成为小说中人物的愿望。小说中提到的《家》《春》中的人物，觉慧、瑞珏、鸣凤、梅表妹、淑英、惠表妹等等像模糊的影子站在面前，使我迫不及待地想要看看他们的真面貌，看看他们经历的悲惋人生。生活圈子窄小的我没有找到《家》和《春》这两本书，只有《秋》陪伴了我一个夏天。我记住了里面的一句话："秋天过了，春天就会来的。"

在女二中的图书馆里惊喜地发现了巴金三部曲：《家》《春》《秋》，十二岁的我流着眼泪读完了那一个个曲折又悲凉的故事。从牺牲在封建礼教下美丽的少女们想到了我的母亲、大姑、二姑。甚至想到如果不是解放了，我是不是也就嫁人、生孩子了此一生呢？图书馆里大量小说是苏联的，《钢铁是怎样炼成的》《青年近卫军》《卓娅和舒拉的故事》等。这些书为我打开了一扇窗，心中充满了敬仰、振奋，充满了要向英雄学习的向往和决心。升入初二、初三时这些书已满足不了我的胃口，我和图书馆的老师熟悉了，就能借到高中生才允许看的书，如大仲马的《基督山伯爵》、美国小说《飘》（后改编成电影《乱世佳人》）等。记得一本《牛虻》在同学中传看，每人限两天，挑灯夜战也要看完。也记得可能是初二下学期吧，从同学处借了一本《红楼梦》，似懂非懂，可以说大部分都不懂，只是看故事。一天自习课上做好作业，就把它拿出来读了，突然感到有人敲我的桌子，抬头一看，班主任方先生（那时的中学生称老师为先生）站在眼前，吓了一跳，她拿起我手中的书看了看说："能懂吗？到大学再看吧！"就走开了。

方先生，初中三年的班主任，也教了我们三年的语文课。她从不大声说话，也从不啰唆地训人，和蔼中透着威严，同学们怕她但也喜欢她。方先生对学习好的、差点的都一视同仁，没表现出半点偏向，但是我却隐隐地感觉到她喜欢我。我作文写得好，常当作范文读给全班同学听。初中三年的作文绝大部分都是五分。初中毕业时一个考取师专的同学向我要走了所有的作文，说将来读给她的学生听。我挺得意，大大方方地都给了她。现在想起来有点后悔。要是留下一两篇，等老了以后再看看那幼稚的小文该多有意思啊！

学生会组织了好几个课外活动的社团。我参加了舞蹈队，队长是高中的学姐，她到外面学会了什么舞或自己编了什么舞再教我们。我总是被她挑出来参加表演。记得她为我和另外两个初一的女孩叶霭云、赵挺梅编了一个三人新疆舞，非常受欢迎，成为女二中的保留节目。每次开大会的时候就把我们三个叫出来跳一次，大有百演不衰、百看不厌的架势。记得三十多岁时，有一天在商场碰到一个人，看了我半天说："女二中的吧？跳新疆舞的吧？"多少年了还有人认得出我，感动至极。到了高中我成了队长，带领舞蹈队排练了荷花舞、采茶扑蝶、朝鲜族扇舞、铃鼓舞等。铃鼓舞在中学生会演中还得了奖呢！女二中的舞蹈队小有名气！所以把跳舞重墨一笔，不完全是显摆。因为这门技术使我在"文化大革命"中免去了一顶"敌我矛盾"的帽子。跳舞带来快乐又救了一命，这是后话。感谢舞蹈。

　　一天傍晚，家里来了两个穿军装的人，其中官模样的人进了屋，小兵站在了门外。那个军官看了看爷爷叫了一声"舅姥爷"，爷爷端详了他一下，惊喜地说："这是钧儿吧！"

　　严炳钧，我一个堂姑姑的孩子。堂姑去世后炳钧和他的弟弟炳衡寄养在大刘庄。他参加了八路军，后来去了延安，现在是解放军总后勤部的一个不小的官。可能是他叫舅姥爷的人当初对他不错，他进京后东打听西打听地找到东四六条八十号。炳钧看到家中没有生活来源，就给爷爷介绍了生意，解放军被服厂的下脚料、碎布条子什么的卖给爷爷，爷爷再转卖给收废品的赚差价，家里的生活改善了不少。另外他还给爹介绍了工作，在新成立的轻工业部当了一名会计。不再坐吃山空了，我们就搬家了。

爷爷在朝阳门附近的老君堂租了个小院，三间北房三间西房，我又有了独立的卧室。奶奶怕热，北房前搭了个葡萄架，挨着厕所的东边栽了一棵开紫色花的木槿，墙角下也种了些花花草草。虽然不能和保定比，但比那三间南房改善了不少。只是我又没有玩伴了。

从初二起开始参加五一劳动节、十一国庆节的游行，那是我最兴奋和快乐的日子。初中少先队员有次是打着腰鼓，有次是手捧自制的纸花通过天安门。当踮着脚尖能看到毛主席时，哪怕看得不是很清楚也会兴奋好几天。记得初三那年十一，天不亮就集合，大卡车把我们拉到一个大学的化学实验室，有大学生教我们制氢气、灌气球。那实验室的味道、那简单的化学操作，使我非常着迷。这就是命吧，从大学到工作，我在那样的实验室里一待几十年。

我们被卡车送到好像是北池子大街，排队走到天安门对面的广场，哇！那里坐满了和我们一样手拿两三个氢气球的"红领巾"们。等游行的队伍都走完了，我们站起身来边喊"毛主席万岁！"边跑到金水桥前，放掉手中的气球。满天都是红红绿绿的气球，煞是壮观！城楼上的领袖微笑着向我们招手，那是看领袖最清楚的一次，真是让人高兴坏了。晚上天安门广场的狂欢是庆祝节日的又一次高潮。记得我写了一篇作文，描述了手拉着手跳集体舞时的欢快，描述了像菊花、像彩色流星雨一样绽放的烟花是多么的绚烂美丽，描述了轻柔的晚风吹拂着我们胸前的红领巾，也吹拂着年轻水兵帽子上的飘带……作文在班上宣读了，我感觉到了老师的欣喜和同学们的赞赏！

　　1950年，中国的一件大事就是抗美援朝。十月，中国人民志愿军雄赳赳、气昂昂，浩浩荡荡跨过了鸭绿江赴朝参战。北京师范大学的学生们到女二中做宣传，号召大家为抗美援朝出一份力。于是我们高喊着"打倒美帝国主义""保家卫国"的口号上街游行，高中的学姐们纷纷报名参军，只有一个被批准戴上大红花当上了一名战士，把大家都羡慕坏了。我们都写了几封给志愿军叔叔的慰问信，由学生会统一送到相关部门，并寄到朝鲜前线。我收到了两封给刘燕吉小朋友的回信，信中说他们得到了鼓舞，增强了战胜敌人的决心……其中有一位战地摄影记者名叫朱鹿童，他寄来一张英姿飒爽的照片，背面写着送给刘燕吉小朋友。这张照片我一直保存着。1953年他转业到解放军画报社做了一名专业摄影师。

　　1950年还有一件大事，镇反运动。夏天的一个夜晚爷爷被抓走了，一个月还是两个月后爹也被抓走了，他们都被关在徐水县监狱。据爹后来说在放风的时候看到了爷爷，这是父子的最后一面，爷爷在最后的时刻写了一封信给家里，我只记得最后一句话："供大吉念书。"接到死亡通知书后大姑、妈还有四叔（他的爹也就是爷爷的弟弟也被镇压了），一起到了徐水。一是处理后事，大刘庄善良厚道的乡亲们帮着把那曾对乡亲们有罪的兄弟二人埋葬了，当然"文化大革命"中那两个土包包也被夷为平地了。二是探监，爹被判了三年。三是卖保定的房子。顺便提一句，那个给爷爷介绍生意、给爹介绍工作的严炳钧受到牵连被降职处分，后来跟着他的那个小勤务兵都比他官大了。

家庭的巨大变动，带给我这个十二三岁的孩子有多大的压力和阴影是一般人想象不到的。估计那房子也没卖多少钱，家里值钱点的东西卖的卖、当的当（但那辆自行车给我留下了，夏天一身汗、冬天也会一身汗地骑了六年）。维持了一年多，后来的日子越来越不好过了。还好在爷爷的支持下，妈曾经上了个缝纫班，学会了踩缝纫机，就去一个私人裁缝店帮工，每月有十块八块的收入。我那可怜又可敬的妈扛起了养家糊口并供我上学的重担。那么多的房子肯定住不起了，奶奶、妈和我，后来还有二姑，搬入不到二十平方米的西房中。因总是交不起房租，房东就不给维修，几年后那房子破烂不堪了。星期天妈总是想办法让我们改善一下伙食，比如到胡同口排队买一小锅烧羊肉汤，运气好时还会有两三块羊肉，拌上黄瓜丝吃顿面条。或者花一毛钱买一块肥肉烙肉饼吃，可香可香呢！

最右是起外号"解扣子"
的陈慧如

大吉和中学班主任及中学同学

大学时的凤元

大吉跳木兰舞，看得出来女二中舞蹈队队长的底子吧

十六 海报少女的心事

在学校一点也不敢暴露家里的事，两道杠的中队长照当，舞蹈照样跳，少先队献花、迎宾什么的活动也都没有少了我。但是细心的同学应该发现我不那么爱笑了，以前不管可笑不可笑都会嘎嘎嘎地笑半天。细心的同学也应该发现我中午带的饭从发面饼、葱花饼、芝麻酱糖饼变成玉米面发糕、小米面的窝头了。细心的同学还应该发现我的零花钱由五分、八分变成一分了，再也不和同学到北新桥买五香小花生豆、小酱萝卜或去喝一碗芝麻酱素丸子汤了……那年南斯拉夫马佐夫舍歌舞团来北京演出，我被选中去献花。几天后东四西北口明星电影院门前竖着一个大海报，上面是一个穿着白衬衫女二中校裙、手捧鲜花的女孩子，我吃惊地发现那就是我呀！我急切地想看看这个纪录片电影。票价一毛钱，就演五天或一周，反正说什么也攒不够那一毛钱，只能放学路过时下车看看那海报了。

有一次作文课老师出了两个题:《我的家》《我心中的秘

密》，任选一。第一肯定不能选，第二个嘛，老师也真是的，既然是秘密而且还是心中的，为什么要写给你看呢？我的秘密就是家里那点事，但就是没勇气说出来，老师是不是知道我家的事了？是不是针对我出的题呢？左思右想的半节课过去了，一个字也没写出来。老师溜达到我这儿奇怪地问："怎么回事？"我开始说谎了："方先生，我有点头晕。""那你就回家休息吧，后天把作文交上来。"我走到教室门口时她又嘱咐了一句："路上注意安全。"我答应了一声就骑车回家了。一路上绞尽脑汁，冥思苦想，终于想出了点子，晚上一挥而就。

题目是《我心中的秘密——两个理想》，内容是长大了我要做一个巴金、高尔基那样的作家，同时当一个戴爱莲那样的舞蹈家（真够胆大的，也真够大言不惭的）。这篇作文没有被选为范文，批语大概还记得：理想不是幻想，理想不是爱好，实现理想是要付出艰辛和努力的。当然也夸了语言通顺什么的。

进入初三，十四岁了。很多同学都当上了共青团员，我连想都不敢想。有一天团支部书记于荣英，一个从农村出来的朴实的大姐姐，有意无意地问我："怎么不申请入团啊？"我吃了一惊，怯生生地说："觉得自己条件不够，不敢。"后面两个字是实话。她说："你功课好，表现也不错，还是中队长，这样吧，你写份申请书，我找个团员联系你，少先队中队委员会可以做你的一个介绍人呢！"

那天我失眠了，做一名共青团员是那一代青年人崇高的理想，我也不例外。申请入团意味着要把家里的事抖搂出来，同学们会怎么看我？老师会怎么看我？再说这样的家庭出身共青团能要我吗？我患得患失，翻过来倒过去地想了一个晚上，也不知道怎么办，也没个人可以商量商量，最后还是决定先不申请吧！

过了一两个星期吧，有一天放学后做完值日，教室里就剩下我和李凤元，一个和我挺要好的同学，她已经入团了。有意无意地问："你怎么不要求进步？怎么不靠近组织呢？"我愣在那里不知道怎么回答，她看了看我疑惑地说："你是不是有什么事儿呀？"这句话触动了我全身的神经，没忍住眼泪一下子就掉下来了，她说："我一猜你就是有事，跟我说说呗！"我擦了擦眼泪："没事。"还是不敢说。她一把拉住我："憋在心里多难受啊！咱俩那么好有什么不能跟我说呢？"像开了闸的水收不住了，就大声地哭了，那天我俩聊了很久，主要是我说她听，我感觉到了她的吃惊和同情，我突然觉得有一点点轻松，是存在心里的那块黑乎乎的东西吐了出来的轻松。但我还是对她说："凤元，你不要跟别人说行吗？"她掏出手绢一边给我擦眼泪一边说："我不会和一般人说的，你放心。"

回家的路上我想，她说不对一般人说，那会不会和不一般的人说呢？比如团支部的人。我又有点后悔了，怎么没忍住呢？从第二天开始凤元对我格外亲近，有事没事地都找我说说话，但再也没提要求进步和接近组织的事。大概又过了两三个星期，团支书于荣英和凤元一起找我谈话。她们也就比我大一两岁吧，但像是大人、像是老师一样对我说了些以前从未听过的话："一个人的出身不能选择，但可以选择走什么样的道路。共青团的大门向所有要求进步的青年敞开着，包括你，当然入团完全是自愿的，就看你有没有为共产主义奋斗的决心。对你来说入不入团都应该把家里事搞清楚，他们犯了什么罪、为什么被抓被镇压。新中国的青年都应该和敌人划清界限包括自己的亲人……"

难怪是共青团员呢！觉悟和水平就是高。我这个只知道看小说只知道跳舞的傻丫头佩服之至，连句整话都说不出来，只会频频点头。事后凤元悄悄地对我说："团支部对你的印象不错，你可以先写个入团申请书，再把家里的事弄清楚写一份详细的材料，当然得有自己的认识，一起交上来。入团是有希望的。"

我又失眠了，写还是不写？入团是非常向往的事，团支部和凤元这么关心和鼓励我，最后决定："写！"于是向大姑和妈了解了情况，花了两个晚上写完了，交上去了。我一下子觉得特别轻松，觉睡得也挺香。但很快又紧张起来了，因为团支部要求我十天半个月地汇报一下思想，头脑简单的我有什么思想要汇报的呢？

求助凤元，她说："你就把自己学习、生活情况，最近都想了些什么说说呗！别忘了每次都要说说对家庭的认识。"虽然都照着做了，但没有任何要发展我入团的信息和迹象，而别的同学交了申请后一两个月就批准了。渐渐地想开了，我这样出身的人不配入团。到初三下学期作业多学习忙起来了，那十天半个月的汇报总会忽略，倒是凤元常找我聊聊，她一找我，我就会积极地汇报几次。直到有一天，毕业考试考完了，就在放假的前一个星期吧，凤元笑眯眯地递给我一张表说："快填吧，这两天就发展你入团。"

　　我觉得好像是在做梦！真的假的呀？就这样在初中的最后几天我加入了共青团。加上前几天被通知保送本校高中，双喜临门！我觉得天是那样的蓝，阳光是那样的灿烂，花儿是那样的红。而我的心比阳光还灿烂、比花儿还红！用现在的话来形容：那叫一个爽！真的应该感谢团支部、感谢好友凤元（三年后我俩携手一起走进天津大学化工系，又做了五年同学），感谢班主任方先生、感谢教我的各科老师，特别要感谢的是体育老师。

　　体育老师个子不高、齐耳短发、说话大嗓门。初三的体育课好像按照教育局规定的"劳卫制"标准，如长跑、短跑、跳高、跳远、广播操、垫上运动等，一样一样地教，一样一样地过。最后剩了一项——投掷，就是扔手榴弹，及格标准是18米。第一节投掷课上不到一半的人达标，她们可以自由活动，愿意玩什么玩什么。不达标的听大嗓门讲要领继续练，我扔得最近，好像不足十米。老师扯着嗓子喊："你叫什么？要是在战场上你不是把自己炸死了吗？"再讲要领，什么要扔出抛物线，手腕、小臂、大臂如何用力，等等，同学们一个一个都掌握了要领，我们这拨儿人越来越少。老师每次都少不了"在战场上就把自己炸死了"那句话。非常不幸最后就剩下我一个了。老师终于知道了我的名字，她真着急，真怕我有一天会把自己炸死！手把手地教，大声地喊，偶尔一次多投了一两米她比我还高兴。但无论怎样就是扔不到那该死的

18米。我开始怕她了，课余时间碰到她扭头就跑："刘燕吉，你躲着我就能及格了吗？好好练！"她那嗓门喊得恨不得全校人都听到了，终于惊动了班主任，有一天下课后我被叫住问：

"知道保送高中的条件吗？"

"知道。"

"说说看。"

"主科90分以上，副科及格。"

"副科都有什么？"

"音乐、美术、体育。"

"还知道有体育呀？"

她说完扭头走了。看着她的背影我心里愁苦："方先生，我就是扔不到18米，怎么办呢？"

我清楚得很，这18米对我意味着什么。

妈曾经跟我商量："初中毕业上个护士学校吧，学了技术将来饿不着。"我知道供我上学是如何不容易。我怎么不懂得妈的艰辛呢？但大学是我多么向往的地方啊！含着眼泪和妈讨价还价，最后保证说："如果不能保送本校高中就学护士。"眼看着这18米就要断送大学梦了，还是那大嗓门救了我，她想出了个主意说爬绳也是考验臂力的，你能在规定的时间内爬到顶就算及格。这可没难住我，蹭蹭蹭就爬上去了！亲爱的老师，我该怎么谢谢您呢？您现在好吗？还是那么大声说话吗？祝福您幸福快乐！

畢業證書

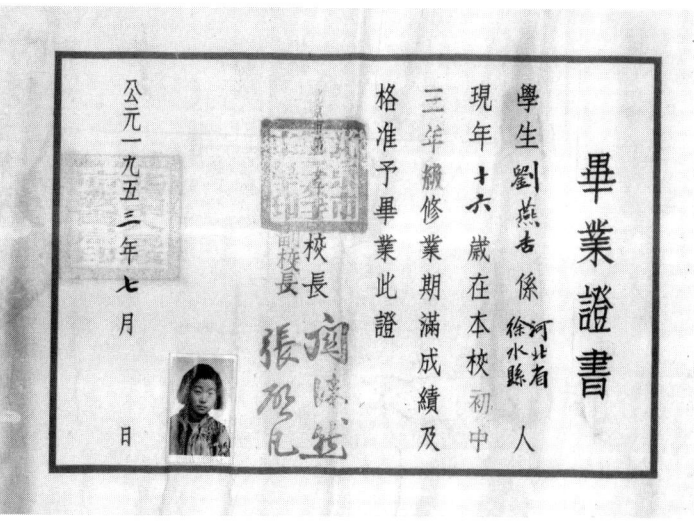

學生劉燕吉係河北省徐水縣人現年十六歲在本校初中三年級修業期滿成績及格准予畢業此證

校長 張賀元

公元一九五三年七月 日

大吉的初中毕业证书

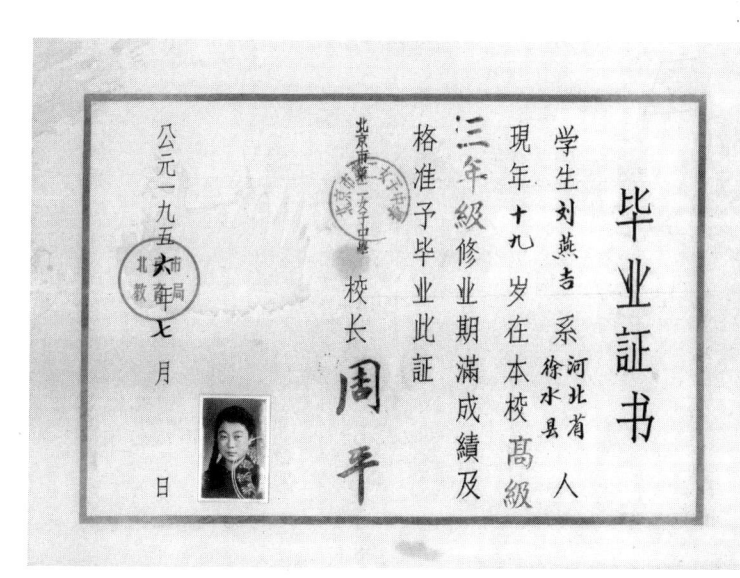

毕业证书

学生刘燕吉系河北省徐水县人现年十九岁在本校高級三年級修业期满成绩及格准予毕业此证

校长 周平

公元一九五六年七月 日

大吉的高中毕业证书

大吉的北京市优秀学生奖章

大吉退休后在王保榕家

十七　出身不能选择

　　到高中后我被学生会聘为文艺干事，负责舞蹈队，高一那年被评为北京市优秀学生，相当于现在的三好学生吧，一切顺利。

　　到高二下学期，我感到有些不对劲了。班主任换了一个教代数的老师，我的数学包括代数都学得不错，不止一次考试全班最高分，但是参加区及市的数学比赛都没有我的份。我没太在意，因为更喜欢参加舞蹈的表演和比赛。但我敏感地觉察到这个班主任很不喜欢我，从未主动和我说过话，和他唯一的交流是问数学问题时，他还是很耐心地回答。要知道同学们跟他很亲近，知道他交女朋友了，大家起着哄让他买糖吃，我都是远远地看着决不参与。有一天他真的请客了，把班干部、学生会的干部，还有几个要求进步申请入党的积极分子请到家里吃饭，我是唯一被排除在外的学生会干部。第二天被请的人兴奋地谈论老师家里如何如何、有保姆做饭什么的。我听了心里有一点点发酸，想来想去也想明白了，他之所以对我这么冷，不是我表现不好，而是家庭出身太不好。他生在革命之家，据说父母都是地下党，现在都是高干，对我这种人天生就排斥吧。想通了，无所谓，照样高高兴兴地跳舞。

但有件事深深地触动了我。越南胡志明主席来访，班上选了十几个人去迎宾，我没选上。

迎宾回来的她们欢呼跳跃，说近距离看到了毛主席。我在厕所里偷偷地流泪了。要知道，以前全校只选一个人献花我可能都有机会！为没有见到毛主席流泪，也为第一次感受到被冷落、被排斥、被看成另类的孤独和恐惧而流泪……后来我也想通了，悟出了人生的第二个哲理：出身是不能选择，但烙印永远存在，我必须接受和正视。不能、也没有必要在意别人对自己的态度。我想以后这种事会很多。我不会再流泪了。

升入高二的冬天，班上来了一个新同学——叶恬。上海女孩，两个长长的辫子，穿红色呢大衣、红色棉皮鞋，头戴一顶红色毛线帽，说话嗲嗲的，张口阿拉闭口阿拉的，在以朴素著称的女二中的学生中显得非常扎眼。她活泼可爱，其实大家挺喜欢她的，就是有爱开玩笑的同学常常想点小花招逗她，比如把实验用仪器包装箱上的小纸片悄悄挂在她背后大衣领上。当她带着"小心轻放""请勿倒置"的牌牌走来走去时，同学们看着笑得肚子痛。我也忍不住地笑，但一想起刚来北京的时候也被捉弄的情景就笑不起来了，趁大家不注意就把那牌牌摘下来，放入自己的口袋里或扔到什么地方，反正不让她看见。她一脸茫然,始终不知道大家为什么笑。她在上海学英语,不跟我们上俄文课。有一次她问大家:"俄文的女孩或姑娘怎么说?"有同学又逗她了,教她念:"ya kelasaiwaya SabaKa"(用拼音代替俄文字母,意思是"我是一只美丽的狗"),但告诉她:"我是一个美丽的女孩。"她努力地学,大声地念,同学们又笑破肚子了。我偷偷地向她摇手,她也看不见,但从笑声中意识到不对劲,就说:"去问问老师。"我想拦着,没拦住她就跑了,回来后抹着眼泪说:"你们欺负我。"班长说话了:"不许再开这样的玩笑了!"逗她的同学也向她道歉说:"跟你闹着玩呢!别生气了啊!"她从我的态度和眼神中看到了善意,跟我亲近了起来。我俩有个共同爱好,都喜欢化学课,喜欢教化学的老师——那个温文尔雅的老太太,所以经常一起复习化学、一起做化学作业。

有一天放学后叶恬请我到她家吃饭,她妈妈气质颇佳,用上海腔的普通话说:"恬恬刚来北京,一切都不太适应,请你多关照她。"有鸡有鱼有肉,这么丰盛的饭菜我多少年没吃过了?隐隐约约好像闻到久违了的保定餐桌上的味道。我奇怪地想,家中怎么就妈妈一个人呢?后来听消息灵通的同学说,她爸爸曾是国民党高级军官,在北京服刑,政府为了方便探监,有利于她爸的改造,就把她们母女接到北京,找了住房,安排了生活,够仁至义尽的。不知是真是假,我没好意思问。高考她比我考得好,进了南开大学化学系。南开和天大校园相通,一年级时她常来找我玩,后来渐渐失去联系。听说她和一个外国留学生谈恋爱受到学校处分,也不知是真是假。

活泼可爱又善良的恬恬，希望你一生幸福！

　　同学中我有一起跳舞的朋友，有能谈心里话帮我进步的朋友，有一起做化学作业的朋友。还有一个同学王保榕，同班六年，我俩性格、兴趣完全不一样，却总是腻在一起。缘分吗？是她愿意依赖我而我又愿意被依赖的缘分。她极其聪明、精力旺盛，有时因淘气招惹同学，同学们都会来找我告状。我一边安抚被招惹的人，一边说服她向人家服个软、道个歉。

　　王保榕大我一岁，我却像是她的姐姐。她妈妈在一个大校军官家照看孩子，帮着带大了两三个孩子，大校家大人孩子对这位老妈妈非常亲，把王保榕母女当成自己家人，给了她们一间房子，而这小屋也成了我第二个家，节假日就常在那里和保榕一起做功课、看小说、下跳棋。她妈妈常常给我们炖土豆茄子、烙发面饼、熬豆粥。有一个星期一，她把我叫到一边，神秘地拿出一样吃的东西给我说："你看看这是什么？我从来没吃过，你尝尝。"小饭盒里几片红里夹着白点点的东西是什么呀？我吃了一片，是腊肉的味道，又有点甜，越嚼越香。她说："这叫香肠，大校夫人给的，留了几片给你。"我深深地体会到亲姐妹的情谊。高一时她入团了，我是她的介绍人。她说："你介绍我入团，你得管我一辈子。"一句玩笑话，我当然不可能管她一辈子，但一辈子的友谊却牢牢地保持住了。

　　我们都八十多岁了，她一直被类风湿关节炎折磨着，常常打电话向我哭诉：手指怎么疼了、腿怎么疼了，好像听我几句宽慰的话就会减轻痛苦一样！有次她对我说，腿肿了又怕冷，一般的棉裤穿不进，让我找条大棉裤给她。跑了好几个地方才买到一条胖男棉裤。有一次她又住院了，打电话给我说："来看我给我带两条小毛巾，我要吃你拌的土豆沙拉。"我就是她的老姐姐。

高三了，生活的中心就是备战高考，特别是下学期，学校要求上完晚自习再回家。晚自习上有各科老师轮流答疑，这就必须在学校吃饭。一个月八块钱，还好可以分两次交，上半月交四块下半个月再交四块，好像这样容易凑些。学校只有厨房没有食堂，开饭时由值日生用盆把饭菜端到教室再分给每个人，和大家一起说笑着吃饭非常快乐。而且那咸菜黄豆和少量肉末炒得那么香，小米面的发糕是那样的松软，小豆粥是那样的香甜。最让人惊喜的是，只要吃米饭就会有香脆锅巴吃。顺便提一句，1956年社会治安非常好，下晚自习已是晚上九点来钟了，一个个十八九岁的女孩子走那么远的路回家，没有一个人说过害怕。

高考要报志愿了，从不拿正眼看我的班主任找我谈话，问："准备怎么报？"

"还没想好呢！"

"志愿报得合不合适直接影响有没有大学上。你语文学得不错，作文写得好，我建议你学师范文科，这样比较有把握，你说呢？"

我沉默了一会儿回答说："考虑一下。"但心里特别不舒服，心想，我化学还学得不错呢！数学还学得不错呢！也太看不起人了。当时的中学生都是以学理工为荣，公认功课不好才学文科、农林呢！报志愿时没听他的，第一志愿，化学：北京大学、南开大学；第二志愿，化工：天津大学……

多少年后我才知道当年高三学生分成三等。第一等：留苏预备班（没考试呢，两条腿已迈入大学门了，而且是到苏联留学）。第二等：推荐考试，也叫保考（没考试呢，一条腿迈进大学了）。当然这两种人也必须参加高考，但只要够上基本分数线就可以了。第三等就是我们这些必须凭本事考试才能上大学的人了，而这部分人考得再好，一些学校和专业也不会要你的。

多少年后我也明白了当年班主任谈话的用意，他怕我自不量力志愿报得太高，最后落空，看来他的用心还是良苦的。

退休后的一天，接到班长的电话说××先生（班主任）从国外回来，想见见他的学生。我考虑再三还是去了。他听到我天津大学毕业，在林科院工作并晋升为研究员，露出了高兴的笑容。老师就是老师，他还是希望他的学生好的。

叶恬考取了南开化学系。而我是被第二志愿天津大学录取了，说明高考我没有发挥好。王保榕考取了北京师范大学物理系，在报志愿的时候保榕再三要求我报一个北京师范大学化学专业，这样有可能和她同校，我为了和班主任作对就是没报师范。为此，保榕生了很大的气，好几天不理我。历史证明这个决定真是太对了，如果我当了老师，"文化大革命"中说不定会被造反派学生打死呢！

接到天津大学录取通知书的那个时刻，我妈她哭了。这么多年的磨难，不是已经把她的眼泪磨干了吗？她已经不会哭了呀！但那个通知书却像久旱的雨露又润湿了她的眼睛，那是走夜路的人看到前方远处点点闪烁的灯光；那是付出多少艰辛劳动的人看到了一点收获的前景……我的脑子一片空白，跟着妈也落泪了。不知是为妈流的泪，还是为自己终于圆了大学梦而流泪，还是因为没有学成化学而遗憾的流泪。一向看不起我们家的北屋邻居，还有得到消息的对门住的房东都来了说："这是喜事啊，娘儿俩哭什么呀？"

大吉和大学好友张瑞芬

天大的湖数不清

大吉和大学好友张瑞芬

大吉和好友张瑞芬夫妇

十八　谢谢你来做客，走时请把门关好

伤感很快过去了，骑上车就去找王保榕。她接到了北京师范大学物理系的通知书。哄着她不生我气了，就拉着她又去找别的同学。班上除了个别人，在一个星期内都收到了录取通知书，那几个没收到的人经过第二次录取，虽不是好学校但都有学上了。女二中1956届高三二班全体同学都迈进了大学门！保榕请我看电影，说庆祝一下，反特片《虎穴追踪》。我们看得如醉如痴，那个男演员赵联成为我俩共同的偶像，他的样子深深印在我的脑海中。后来闯入我生活的黄伯璠，经常有人说他长得像英若诚，大街上拉着他问："你是英若诚吧？"但也有人说他有点像赵联。

1956年还有件大事，妈打工的裁缝店公私合营了。阮尚珍成为国营企业的一名正式职工，工资36.5元。另外早两三年吧，大姑托人在京郊农村找了个老实善良的老光棍把二姑母女接走了。还有，1955年底爹回来了，被分配到京郊一个劳改农场继续被监督改造，每月不仅有十几块钱的收入，还可以

回家住两天。妈被聘为扫盲班的老师，我又考取了大学。久违了的笑容出现在了她的脸上，也出现在了我的脸上，娘儿俩有盼头了。

西单学院胡同天津大学办事处为考取天大的北京孩子买了火车票，同学们乘同一列车带着简单的行李来到天津。一出火车站津味扑面而来："冰棒！冰棒！三分一颗！"是卖冰棍的小贩在叫。学校有车来接，司机师傅大声说："排好队上车，拿好自己的行李，别落下嘛的。"已经被"三分一颗"逗笑了，再听着这逗哏的天津话，北京的孩子们更忍不住笑了，师傅又说了："笑嘛呢？笑嘛呢？快上车！"笑声更大了。在车上有人一遍一遍地学"三分一颗""笑嘛呢"……一路笑声不断。五年天津大学的校园里都会这样充满着阳光和欢声笑语吗？

天津大学的校园真是太大了，分六里台、七里台两个校区，有着数不清的湖面，夏天划船、冬天滑冰，有时去上课或周末看电影都是从冰上走来走去。隆冬季节，也常看到有人穿着大棉袄、戴着棉帽子、拿个板凳坐在冰上钻个洞钓鱼。

那一栋栋的学生宿舍楼长得都一样。据说有个建筑系的女生周末跳舞回来倒床就睡，早上一睁眼，傻了，这不是自己的宿舍呀！枕边有个纸条上写着："同学，这是机械系男生宿舍，你睡的床主人周末回家了，刚好有空位，谢谢你来做客，走时请把门关好。"善良的男孩子们早起发现一个不速之客，但没有惊扰她，一个个悄悄地出去了。

天大有名的是吃得好，每月伙食费12.5元。在七里台大食堂里，大师傅拿着个小红旗数人，八人一桌两荤两素，米饭馒头随便吃，食堂中间一溜大桶装着汤也是随便喝，一勺下去常常会捞出好几个大虾仁呢！周末是各种炒饭，周日是各种包子。怪不得有的男同学进校一年长了十公斤和十公分呢！每当外出实习前，系里的老师讲注意事项时都会提一句："你们上届，上上届的还是更上一届的学生因挑剔工厂伙食被送了一个'天津大爷'的称号。天大食堂把你们惯坏了，提醒你们一定要注意，并把'大爷'的帽子彻底摘下来。"

进校后我被分配到化工系新成立的经济专业，经济是干吗的？不明白，我想学的是分子变化、原子变化、物质变化的化学呀，怎么要一辈子扒拉算盘鼓捣钱、鼓捣什么经济？心里实在不痛快。但我却遇到了一个最好的班集体。

那年，冬天来得早，10月中旬就有点冷了，学校里闹起了流感，被人认为弱不禁风的我却没被传染上，跟着班长和团支书给病号们送饭，抄课堂笔记……风里来雨里去把我冻得够呛，记得清清楚楚是10月25日那天，我收到了北京寄来的包裹。一件软软的小棉袄和一件有绒领子的蓝色棉大衣，大衣是买的，那个小棉袄还有一件黑底小红碎花的罩衣可是妈一针一线缝的，慈母手中线！含着泪穿在身上，顿时从外暖到心，仿佛看到了妈在灯下给我缝衣服的样子，看到了她累得捶背捶腰的样子，看到她因困乏被针扎破手的样子……小棉袄之所以暖和，重要的是它饱含了妈的体温啊！

妈把我惯坏了，尽管家境不好但仍然让我吃现成、喝现成、穿现成的。说件丢人的事,女孩子用的月经带(那时是用布缝个带子上面铺上纸)都是妈给我洗。奶奶总叨唠:"学熬粥吧,别饿死了。"一直到工作后,有个同事发烧让我在煤气炉上熬点粥,我还真不知道该凉水放米还是开水放米。在家妈做饭,学校吃食堂,出嫁了有婆婆,后来连买带做都是我那黄老头的事,除了洗菜、洗碗、收拾卫生外他都不让我进厨房,我乐得不进厨房。直到他糊涂了,常把酱油当成醋,把醋当酱油,百分之百地不会关燃气,我才接过做饭的活儿。我清晰记得小女儿黄悦惊讶的表情:"妈,你进厨房了,凉拌菜味道不错,跟谁学的?"我自嘲地说:"无师自通。"女儿们有个笨妈妈。

笨妈妈生来就不喜欢做饭,不会烧菜,现在老了仍然如此。黄老头走后,女儿、亲友及吃过他烧的菜的同事们都埋怨我:"你怎么一样菜都没学会呢?看也看会了呀?"笨是主要的,问题是他从来不让我看呀!再说,我怎么会知道有一天他就这么扔下我不管了呢?

啰唆这些是想说,生活能力极差的我到了大学后得到班上同学们热情的帮助,他们教会了我洗衣服、缝扣子、补袜子……放寒假了,我想把被褥打包带回家拆洗,一个不同宿舍的同学张瑞芬看到后笑着说:"别麻烦了,我帮你。"她麻利地拆洗缝,边做边教我。这一次交往注定了我们一生的友谊,注定了一生的姐妹情。中学的王保榕,我是她姐姐;而张瑞芬,我则是她的妹妹。

一年级下学期,1957年4月吧,党中央公布了整风运动的决定，号召大鸣大放，到6月就开始反右了。感谢班上那位大姐一样的团支书（非常不应该，我和瑞芬都忘记她叫什么了），她带着我们看大字报，带着我们开会政治学习的时候总是提醒大家，一定要认清形势，相信党中央，认真思考，该说的说，不该说的少说、不说；感谢女二中共青团组织的教育，我对共产党说得上是耿耿忠心，一些过激的言论听了内心还真是反感呢！感谢我自己的愚钝、木讷，开会发言从来说不出什么个人的见解，团支书说什么我也就跟着说点什么，让我平安地度过了这段危险时光。

现在的天津大学前身是世界闻名的北洋大学，很多高年级学生提出恢复北洋大学的名称。七里台大烟筒上挂着巨幅标语："北洋大学万万岁！天津大学六点五岁！"这个课题成为全校师生大辩论的重要内容，也使很多天津大学学子，其中不乏优秀人才被打成了右派。记得当时班上开会讨论的时候，我说了句傻傻的话："改北洋大学，太浪费了吧！那么多的教室、礼堂、宿舍，哪儿都有天津大学的牌子，要改起来得花多少钱啊！"没想到这幼稚的发言得到同学们热烈的支持，究竟是十八九岁的孩子，脑子没那么复杂。你一言我一语："是啊！太浪费了！"就这样全班同学没有一个支持北洋大学的，也没有一个人被打成右派。反右运动后期，一个大右派储安平的追随者，一个梳着两个小辫子的高个子女孩被派到我们班里，白天批判她，晚上我们两小时一换班地监视她。她在上铺睡得香香的，也不知道要监视她什么。再后来她和所有右派一样被开除学籍、送到大西北劳动改造去了。看到他们的下场,我的心里常常会出现一丝丝的不安和后怕。当时我要是说了一句半句错话,那不就与他们为伍了吗?突然觉得自己长大了,告诫自己,以后不能太幼稚,说话、做事要小心,再小心!

天大丁班女生

大吉和跳《毛主席万岁》的演员们

十九　那你们就离我远点呗

考上大学后，就有家里的亲友给我提亲，不知天高地厚、高傲的我，不管是什么军官呀，保定绸布庄老板的儿子呀，一律不听、不见。心想男朋友必须自己找，哪能要介绍的呀？

刚入校就遇到一个真心喜欢我的男孩子D，但我没有珍惜。我们俩同在经济班，平时接触也不多，课余时间碰到聊几句，周末舞会上他请我跳跳舞，仅此而已。他突然提出交朋友的要求，是我没有思想准备？还是没引起我的心跳呢？我拒绝了。

一年级暑假他追到北京，到家找我，我躲着没见。他仍未灰心，回校后到系教务处提出，刘燕吉是我女朋友，要求分到一个班（那年取消了经济专业，1956届入学的化工系学生重新分专业重新分班，我和他都分到无机专业）并为我领了学习讲义。

我听说后特别不高兴，谁是你女朋友啊？凭什么跟你分到一个班啊！拉着瑞芬就到教务处做声明要求改变班次。这举动深深地伤了他，伤了他的初恋。从此他再也没找过我，一直到毕业都再也没和我说一句话。过了很多年，经历了那么多人间冷暖，偶尔想起这个人，内心深处总会有一点点温暖流过，究竟是在少女时代被人真心喜欢过。特别是大学五年我虽然感觉到了有些男同学和一两个男老师对我表示好感，但正式提出谈恋爱的仅此一个人。

记得在三年级吧，团小组长经常找我谈话，青春少女当然知道谈话不仅仅是为帮助进步，我装傻、打岔，就是不给他机会。有一天他又约我，态度严肃，说老干部找他谈话了。老干部是班上的一个调干生、老党员、老革命，被崇拜的对象，政治运动中同学们生杀大权的掌握者，要求进步的人都向他靠近，经常去汇报思想什么的，而我这种人只有敬而远之的份儿。我根本不想知道老干部和他谈什么了，所以只是点头应了一声，谁知他却说："谈到你了。"我吃惊地看了他一眼，他挺得意地说："老干部说了，你们这些男同学看清楚、想清楚了，谁和刘燕吉好，前途就毁了，别想入党、别想升迁。"听了他的话我心里轰的一声，相信他说的是实话，但为什么要告诉我呢？是成心恶心我，报复我的冷漠吗？一时间弄不明白，就说："那你们就离我远点呗。"站起来就走了，把他晾在了那儿。

那天我在图书馆前湖岸上坐了一个晚上，记得高中时我曾经教育过自己，不再为别人对我的态度如何而流泪了。但那天我还是哭了，老干部认为我是个丧门星，那些男同学们呢？难道不是吗？一直以为之所以没收到一份恋爱申请书是因为我的冷漠，真是太高看自己了……我发誓，绝不在大学里交男朋友！

此时又想起D同学，他没把我看成丧门星，没有嫌弃我的出身，没有嫌弃我北京那个破旧的家。1995年百年校庆（当然只有北洋大学才能有百年）时他没回校，但听说毕业后他分到边远地区的一个化工厂，工作非常出色，荣升到总工的职位，并拥有一个幸福、温暖的家。从心里为他高兴，就请和他有联系的化工系的同学捎去了我的问候，不知是否捎到，反正我没收到回音。尽管知道他不可能看到这篇《家事》，但还是想借此书，说一声迟到了的"对不起"！

1958年是值得记住的一年，一个运动接着一个运动，好像都没怎么正经上过课。年初，中共中央、国务院发出"除四害"：老鼠、麻雀、苍蝇、蚊子的讲卫生指示。女同学拿着拍子找最脏的地方打苍蝇，每天打死几只如数报告班长，一个都不敢多报。男生则到犄角旮旯捉老鼠，每捉到一只就把尾巴剁下来交上去以证明消灭了多少老鼠。那飞着的"喳喳喳"叫着的小麻雀们呢？中国人就是聪明，几个人围成一个一个的圈子，拿着脸盆什么的，只要有麻雀飞过就当当当地敲，不让它们有喘息的机会，一直累得那小精灵一头栽到地上，见上帝去了。人们一阵欢呼，因为响应号召消灭了一个四害分子……

大概四月份吧，全国掀起人民公社化运动，据说农村都建立了公共食堂吃大锅饭了。我跟着化工系舞蹈队到各个礼堂、教学楼演出《人民公社好》的舞蹈，心里无比兴奋，祖国太伟大了，共产主义提前到来了，我妈也不必那么辛苦了吧？接着就是"大跃进"、大炼钢铁，1070万吨，那神圣的数字鼓舞着我们没日没夜地干。我和张瑞芬在一个老师的带领下担起了矿石分析的任务。早上六点来钟来到实验室，打开一包包铁矿石，摆上几十个、上百个瓶子，一直干到晚上十一点多，三个人轮流吃饭、轮流上厕所、轮流洗澡……

1958年的"拔白旗"、向党交心、整顿共青团组织……几个老师翻译了一本化工教科书分了点钱被批判，学生们编了个《五马分尸》的活报剧，老师的颜面丢尽了！出身不好、学习好、又爱发表意见的同学也被批判了。

在头发白了、眼睛花了的时候，一个当年核心组成员的老同学周政和对我说："刘燕吉呀！那个时候我一直为你捏把汗，每次核心组开会都把你们这些出身不好的人扒拉一遍，表现如何？有什么言论？还好，真没抓住你什么小辫子！"是啊，在他们眼里我理所当然就应该是一个挨批的对象，但在他们眼里我还是一个只热衷于唱歌跳舞、对政治不敏感也不太用功的笨笨的傻丫头！也多亏了这种笨和傻，使我有惊无险地迈过了大学中一个个的沟沟坎坎，而没有被那夹带着冰雹的暴风骤雨击得粉碎！

1958年还有两件大事。

其一：在天大最西边，无机专业的师生们建成了一个小型硫酸厂，在建设过程中我被重物砸伤，现在脑门上还留有一个小坑呢！大家开始三班倒地生产硫酸了，只记得最喜欢的两件衬衫被酸烧了一个个的小洞洞，但不记得生产了多少硫酸。这个硫酸厂使我彻底认识到，我喜欢的是化学而不是化工。论考试、各科成绩还不错，实验室的活儿完成得也可以，但一到工厂眼就晕，那么多那么重的阀门搬起来特费劲，还有那曲曲弯弯的管道常常认不准它们的走向，动手能力极差的我真不是学工的料。

其二：8月13日毛主席来到天津大学视察。全校师生、校园的各个角落都沸腾了！先是在行政楼九楼前开了个简短的大会，然后一部分人回实验室等待，我们则是跑了两公里多到西大坑的硫酸厂。不知他老人家要到哪里视察？幸运的是硫酸厂的工人们！我们排着队、鼓着掌、含着泪迎来了毛主席。他和这些学生工人一个个地握手，走到我面前时，可能是一个洞一个洞的花衬衫引起了关注，他上下打量了我一下，那手很厚很温暖。刹那间突然想起高二时几个同学去欢迎胡志明主席近距离看到领袖后欢呼跳跃的情景，我想问问她们：有我现在这么近吗？从此8月13日成为天津大学隆重纪念和庆祝的日子。

1959年初，为庆祝毛主席视察天津大学一周年，学校及化工系都准备举办文艺会演，作为班上的文艺干事，我的任务重大而艰巨，最后完成的节目应该是一部大作，各族人民歌颂领袖的歌舞——《毛主席万岁》。我和另一位女同学编导了一个二十多人表演的舞蹈在台上露脸，而在台下默默奉献的是二十多人的伴唱组、十来个人的乐队、五六个人的服装道具组。他们非常辛苦，比如苗族男演员拿着的芦笙都是道具组同学手工制作出来的。无机专业四个班多于三分之一的同学参与了这个节目。为了排练还真影响了学习，当学习委员一次次向老师申请延迟硫酸考试时，李绍芬老师非常恼火："叫刘燕吉来说清情况。"吓得我一直躲着不敢见他。

　　功夫不负有心人，演出非常成功，被要求多次返场。我偷偷瞄了瞄台下，隐隐地好像看到了李绍芬老师，他也在使劲鼓掌呢！节目被选中到学校和天津市多次演出。歌舞《毛主席万岁》成为无机专业全体同学的骄傲，1995年校庆时大家久别重逢，当年排练和演出的趣事仍是津津乐道的话题，有人开玩笑说，1964年人民大会堂演出的革命历史史诗《东方红》中天安门广场前各民族的歌舞是抄袭了我们《毛主席万岁》的内容，当时申请专利就对了。

大学时代的大吉（左、右）

天大校徽

畢業文憑

學生劉燕吉(女)系河北省徐水人現年卅歲於一九五六年九月入本校化學工程系无机合成工學專業學習五年按教育計划完成全部學業,成績及格,准予畢業。

校長 張國藩

一九六一年 月 日

文凭登記 字 0117 号

全心全意為人民服務

大吉的天津大学毕业文凭

第四章 从大学到林科院

二十　别人知道的事我怎么都不知道呢

入学后，经济班第一次班会上每个人做自我介绍。一个戴眼镜黑黑瘦瘦的男生结结巴巴地说自己家住在北京东……东四区，于是乎东四区就成了这位男同学的雅号，今天我已忘了他叫什么，但"东四区"这个词还一直记着。有一天体育课上学滑冰，大家都是初学，举步艰难，稍有不慎就是个屁股蹲儿！一个女同学就要摔下来的时候像抓住救命稻草一样抓住了旁边一个人的双手，这个人就是"东四区"，两人谁也不敢松手，一旦松手，不是她摔就是他摔，或者一起都摔。同学们起着哄大声喊："坚持住，别松开！坚持住，别松开！"

就这样坚持了好几分钟，还是老师过来把他们俩分开了。而这几分钟的牵手、对视，却牵出了情分、对出了火花！"东四区"穷追不舍终于把女朋友追到了手。女生宿舍门上常常看到一个字条："霞妹，下课后老地方等你。"

"霞妹"成为女同学们开玩笑的素材。周末看电影《夜半歌声》，是恐怖片，里面女主角好像叫"霞妹"，看到这两个字就仿佛看到了影片中吓人的画面，女孩子们就会叽里哇啦地惊叫。于是乎全体女生向"东四区"提出严正抗议："东四区，不许你在门上再贴有'霞妹'两个字的纸条！"

从此那个字条上的称谓就只有"妹"一个字了。二年级经济班解散，重新分了专业和班级，我和"东四区"及霞妹都失去了联系。真心地祝福他们修成正果，花好月圆！

同班同学魏俊媛外号"大胖"，北京人，和我很要好。一次在男生宿舍开小组会，大胖怕热顺手拿起一个扇子扇风，散会后无意中把扇子带走了。在女生宿舍开会时扇子主人发现了自己的扇子，就在上面写了几个字："赤日炎炎似火烧，小小扇子送凉风，主人想你又想风，要想借扇子请到立秋中。"

散会后他并没有把扇子拿走。大胖看到扇子上的字后有点不好意思，也不太高兴，就也写了几个字："拿你扇子纯是无意中，小气鬼，还你就是了，不必等立秋！"

再开会时大胖就把扇子还回去了。但不久大胖的床上又出现了那把扇子，上面写着："开个玩笑嘛，何必当真？扇子还有凉风，都送给你了！"

那个扇子主人——一上课就迷糊想睡觉的生活委员、北京人王熙德利用这把扇子牵针引线，死追活追地把大胖追到手，大学毕业双双分到新疆，生儿育女一待几十年。退休后他们拿出毕生积蓄在老家北京买了一套二手房，我去看望，房子布置得很温馨。大胖拉着我的手说："燕吉，我最大的愿望是能在这房子里再生活十年。"

非常不幸，也就三四年吧，大胖突发心脏病去世了，告别时看着那仍然胖胖的脸庞，想起我们共同度过的青春时光，当然还有那把扇子和扇子上的佳句。

1958是"大跃进"之年，什么都讲究"放卫星"，校方做出决定：全校学生都要通过大学生劳卫制指标，天津大学要放一个体育大卫星！于是乎全校开展了轰轰烈烈的体育活动，校领导都到各系各年级坐镇督查。短跑百米练习和测试都在晚上进行，据说经科学论证，人在月光下会比白天跑得快。

"加油！加油！"的呐喊声，咚咚锵锵的锣鼓声震天响！今天回忆起来好像就在眼前似的。

对我来说最大的难点还是投掷，那个铅球就是扔不到标准线上。有个规定，在一定时间内负重行走几公里可代替800米长跑或投掷，算达标。我别无选择。那也是个晚上，我准备了一条裤子，用绳子把腰部扎住，从裤腿处装沙子，监督的人认可沙子够量了就用裤腿绑在腰间。有一个不认识的男生可能看我又瘦又弱的有点可怜，走过来问："同学，你的这裤子是好的新的吗？"

"不是啊，是条很旧的裤子，怎么了？"

"那我告诉你一个窍门，在裤子上扎个小洞，沙子在你走动的时候就会一点点漏到地上，漏出一点你就会轻松一点，回去后把那小洞缝上就好了。"

"能行吗？"我将信将疑。

"能行，我帮你。"他从口袋里掏出个铁丝，在我那装有沙子的裤子上扎了个洞。"放心，别人不会发现的。"

开走后，他可以比我走得快，但却一直陪着我走，说东说西地聊天，减轻那负重又漫长的疲劳感。他告诉了我他叫什么，哪个系，哪个年级的，但我累得什么也没记住，天太黑也没看清他长什么样，到终点后我就坐在地上了，都没对帮我作弊的那个同学说声"谢谢"。但我发现裤子里的沙子只剩下不到一半了，他扎的可真不是个小洞呀！

球类标准是打满几个半场篮球，我对女体委说："甦甦，你别把球传给我了，反正球到我手中也投不进篮，我跟着你们跑完15分钟就可以了。行吗？"她说："行吧，但你装得像些，别让大体委看出来。"紧接着她又反悔了："不行，好几场球呢，你一次都不投篮怎么成，这样吧大体委过来检查时我传给你一两个球，你就投一下篮，投不进也没关系。"

我只能认命了。让我跳一个小时的舞都不会觉得累，但15分钟的篮球场上为什么感到那么漫长？大体委徐恒达，一米八以上的大个子，不善言辞，不苟言笑，从来不说那些政治道理和名词，但是个非常认真的人。我体育不好，有时还真有点怕他。

跑步项目中，百米和四百米都没太费劲，通过了。八百米测了几次都不过。大体委找我说要陪我单练。我说："我不是负重行走了吗？可以代替八百米呀！"

"那次是代替投掷的，除非你再走一次可以代替八百米。刘燕吉，女同学中你跑得还可以，八百米离达标差得不多，那几个差得多的就让她们负重行走吧，咱们班女生不能都去走步吧。我陪你练几天，没问题，会通过的。"

我心想负重行走的味道也不好受，跑就跑吧。每天下午下课后就跟着他到操场练，练得我特烦。有一天下午上试验课，我装着试验没做完，磨蹭了一会儿，心想他不会等我吧。十几分钟后我一下楼，他还在门口等着呢！真够倒霉的。

"大体委，下午站了两节课做实验，特别累，今天不练了行吗？"

他一点都不可怜我，透过眼镜用非常严厉的目光看了我一眼：

"不行，一间断的话，就前功尽弃了。"

我只能乖乖地跟着他去操场了。星期天他也不放过，下午三点准时在宿舍楼下喊："刘燕吉，下楼！"

开始他带着我跑，让我体会第一圈用什么速度，第二圈用什么速度，冲刺前用什么速度，如何呼吸，手臂如何摆动，等等。后来让我一个人跑，他看着秒表在一旁指导。也就两个星期吧，我还真让他训练得八百米跑合格了！

过去很久，同宿舍的人有时还会突然吓我："刘燕吉，大体委找你呢！"我仍然下意识地紧张一下。

我这个大笨蛋，能够做到大学生劳卫制全部合格，容易吗？

毕业分配时，西藏只有一个名额，这个殊荣给了大体委徐恒达。他只身去了西藏，不知是怎么度过那些寂寞而艰难的岁月的。听说"文革"后他在老同学的帮助下调到辽宁丹东市化工研究所，在那里成了家，立了业。不知他是否还记得我这个笨学生？

从1959年下半年开始，食堂伙食越来越差，肚子总是饿得难受，总想找东西吃。寒假回家发现家里多了一杆小秤，每次熬粥、蒸窝头，妈和奶奶都会把面或米称一下如数下锅。我明白粮食用粮票才能买到，而粮票是有限的，我每月28斤、妈30斤、奶奶才24斤，这顿吃多了月底就得饿肚子，今天的娃儿们一定疑惑，那么多粮食还不够吃？是啊，现在一个月我能吃到15斤粮食就不错了。但那时候有肉有鱼有蛋吗？有点心有糖有坚果吗？有足够的食用油吗？有蔬菜水果吗？什么都没有，肚子里没有丁点儿的油水，只靠玉米面充饥，能不饿吗？1959年至1961年叫三年困难时期，国家遭到自然灾害。1960年最严重，很多同学开始浮肿，相当一部分女同学闭经了。而我却什么都没有摊上，闭经的人会得到一瓶盐水煮黄豆，每个月我都会祈祷："例假别来了！"但总是失望地看着别人吃黄豆！后来有人帮我分析说："你人瘦，本来吃得就不多，身体需求量少，对你的影响就小一些。"但我相信是奶奶和妈让我受的影响小一些！

假期回家，奶奶和妈都会宁可自己少吃一口也保障让我吃饱。攒了几个月的白面、大米、油、糖、芝麻酱……都放在寒暑假里吃。记得妈不知通过什么途径买来了很多红萝卜放在桌子下面用沙土埋着，每天连皮切丝炒一两个（说是炒其实根本就没什么油），吃上一碗嘴里香香的、肚子饱饱的。一个假期妈和奶奶把我喂得脑满肠肥的，所以又能撑几个月，看着别人吃煮黄豆了。

返校时妈会烙上两张芝麻酱糖饼给我带上。还没到学校呢，就吃掉一张了，另一张忍着不吃留一点给好朋友张瑞芬尝尝。每隔一段时间瑞芬就叫我到她家吃一顿她妈和她奶奶包的茴香馅饺子，我觉得那是世界上最美味的饺子了。瑞芬的伯父从国外捎来一块国内还非常少见的人造丝布料，不掉色、不起皱，亮丽的天蓝色。我们俩各做了一件短袖衬衫，美得我手舞足蹈。从少女时代到老太婆，我们俩虽一直生活在不同的城市，但心却从来都没有分开过。我们珍惜每一次在北京、天津、上海、深圳相聚的时刻，珍惜每一次共游山水的机会，珍惜每一次在我家或她家一起做的饭菜、一起包的饺子那含着情义的味道，珍惜着她送给我的戒指、围巾等一个个美丽的礼物……张瑞芬是我永远的姐妹、永远的挚友。

1960年下半年，五年级了，要做毕业设计。老干部提出分小组完成一项设计。老干部真够伟大的，把学校的规矩都改了，要知道以前从来都是以个人为单位完成一项设计的。这样的改革为我这样的什么塔呀、炉呀、阀门管道流程都不感兴趣的学生创造了偷懒的机会，真的想不起来我们小组设计的是什么了，只记得当年我也就是描了描图，拉了拉计算尺就顺利地毕业了！1961毕业年，被称为"左派王"的年级辅导员和老干部带领着核心小组成员起草同学们的毕业鉴定，和系里老师一起忙活着大家的工作分配。我还真感谢他们来着，"文化大革命"中，一位负责外调看过我档案的同事曾偷偷告诉我说："小刘，你大学毕业鉴定写得不错，有不少好听的话呢！"再后来又听一个老同学说："你用不着感谢他们，当时中央有政策，我们那届的学生经历了那么多的运动和三年困难时期，要求毕业鉴定都要写得好一点，一些因吃不饱而偷改饭卡及偷拿粮票的学生都不给处分不记档案。"别人知道的事我怎么都不知道呢？

毕业分配用人单位明细下来了，好像可以报五个志愿。记得我填了化工学院、化工研究院……最后写了化工实验厂，地点都在北京。用人单位明细中，中国林业科学研究院有两个名额，被认为是北京地区最不好的单位，因为远离专业、因为工科生看不起那个"林"字。我没有报名，但最后却分到了这个林科院。是啊！因为是独生女，让你回北京已经开恩了，当然不能去好单位了。我是不是应该感谢一下他们呢？因为这个林科院成就了我的一点点事业，这个林科院也送给我一个疼我爱我五十多年的老伴和两个知冷知热的女儿，还有那么多快乐的老朋友。1995年校庆时，我听说当年有那么几个同学向有关人员送了毛毯什么的礼物，被分到了好单位、被分到北京。校庆的餐桌上一个喝了点酒的男生拍着桌子喊出了压抑了几十年的话："凭什么把我分到边远地区？是因为没送礼吗？"真佩服这些人，我怎么就没这根弦呢？要知道我妈、大姑还有奶奶当时多揪心啊！要是晓得有送礼这条道儿砸锅卖铁也得送点呀！幸好不知晓，使我那穷得叮当响的妈没有砸锅卖铁，女儿也回到她身边了。

大吉和小学大学都同学的周政和

相隔三十多年再相聚的老同学（左、右）

二十一　遥远的王家园

以前说过，我们一家来北京，落脚在大姑姑家。

大姑姑家在北京东四六条八十号大宅门里，有多少院子、多少房子我还没数清，就被卖了。姑父和他的哥哥分了卖房产的钱各过各的。姑父没有正式工作，和大姑带着三个孩子仍然坐吃山空。先是买了一个小院子居住，没两年又把小院儿卖了，在我家住的老君堂附近的竹杆巷租了几间房子，在这里不到四年的时间里大姑又连续生了三个孩子。奶奶见面就唠叨："找点药吃吧，别再生了。"

大姑一家，加上大姑的婆婆，一家九口，生活日渐艰难。大姑就到街道工厂干活养家了，最小的表弟白天送给我奶奶带着，吃不到母亲的奶，只能吃面糊糊，奶奶把他喂饱就交给我了，照看这个小男孩成为我假期里的主要工作。院子里地上铺一张席子，上面放几个瓶子盖什么的当玩具，孩子在席子上爬来爬去。我的任务是定时给他把尿，另外不让他爬出席面。我手中拿着本小说，总是看得入迷的时候就听到奶奶喊一声："大吉，孩子！"那个小东西要么是尿尿了，我得赶紧用抹布擦，将抹布在水龙头下洗干净了再擦；要么就是爬出了席子到土地上去了，将他抱回席子上时总会在他的小屁股上拍两下："让你还往外爬！"当然不能拍重了，因为心里还是疼他的，再说若打重了哭起来奶奶也会说我的呀！可能是看过他几天，拍过他的小屁股吧，有种自然的亲近感。等他长大点会走了我常带着他出去玩。在大姑的几个孩子中奶奶也最疼他，有点什么吃的东西偷偷地塞给他，我妈也曾幻想过将他收为养子呢。

大姑有六个孩子，四男两女，我均视为亲弟妹，最让人心疼的是老二，长得非常漂亮，但两岁时患大脑炎后遗症智力低下，家人都叫他傻老二。他和我、我妈还有奶奶都很亲，冬天往缸里提水的杂活都是他干，当然也会伸手要钱："舅妈，两毛。""表姐，两毛。"我大女儿黄啸住在他家时他逢人就说："表姐的孩子！"眼神中充满了爱，傻老二大概二三十岁时就去世了，我伤心地哭了一场。

大表妹申美琏是个大大咧咧、心直口快、热情善良的女孩子，上下学的路上爱边走边玩，或不看路看小人书，有天一脚迈入了路边开着盖的下水井，井下的两个工人叔叔半天才缓过劲来说："姑娘，幸亏井底下有人，还是两个人，如果没人你非得摔出个好歹来！"美琏小学毕业就当了学徒工，一辈子的工人阶级，市劳动模范，每年春节只要我在家她都会带着大包小包地来给我拜年，她生的儿子是我最喜欢的外甥。

下面的表弟被称为"三儿"，老了尊为"三爷"，特别聪明，是大姑也是我爷爷我爹最喜欢的一个。我俩挺要好，他小时候我常带着他看电影、滑冰，他有什么好吃的从不忘了给表姐留着点。可惜没赶上好时候，错过了读书的机会。发明点什么东西是他追求的理想，好像后来还申请了个专利。当他滔滔不绝时，我觉得有点不对劲，就提醒说："你这是早被否定了的永动机理论吧？"他不承认，说是利用了磁场的力量，衷心地希望他能成功。

有次在他家，他让我看两个古瓶，问："认识吗？舅舅给我的。"当然认识了，这是保定时奶奶房间条案上摆的东西，后来带到了北京，我以为早卖了呢！看来我爹把他看成儿子了，传男不传女。

二表妹申美虹书读得好，师范毕业后先做老师后做校长，还当上了县政协委员呢！

再下面的表弟申志橙，早产，一个皱皱巴巴的小东西，我奶奶看后说："简直就是个小老头。""头儿"成了全家人叫他的爱称，我的女儿黄啸和这个"头儿舅"最亲。早产儿在医院应该放在保温箱里待上十天半个月的吧，他奶奶（旗人叫太太）用棉被裹着那个小东西把自己的怀里当成保温箱保住了她的孙子。后来这孩子长成膀大腰圆的大小伙子，从长相到做人，连说话声音都是最像姑父的。我在林科院搬过三次家，有两次都是这个"头儿"表弟出力、帮忙。

最小的表弟，前面说过是我奶奶用面糊糊喂大的，长大后戴着红袖章当上了市场管理员，小商贩们送他的小米、玉米面什么的，让我这个表姐也沾光吃着了新鲜的杂粮。最应该说的一句感谢话是，这六个表弟表妹对我女儿黄啸的爱都大大超过了当时做母亲的我。

大姑住的竹杆巷要盖中学，房子被征用，在朝阳门外王家园分到三间北房，宽敞、亮堂，房租还便宜。王家园是个大杂院，大姑住的四号院是条件最好的，只有北面一排房，有十几户人家，房对面的空地上可以种点花草、向日葵什么的。大姑不知说了多少好话，在新盖的五号院中为我家申请了一间南房。五号院，好热闹呀！北面一排房、南面一排房，中间走道上有三四个带水池的自来水管。一家有两间的都占少数，基本上是一户一间，我数不清有多少间房、有多少户人家，有多少大人和孩子。一间房有十五六平方米，带个小后窗，粉刷过的墙壁，水泥地面。屋前还有一个两米来宽的走廊。比起那摇摇欲坠、黑乎乎的老君堂的西屋来说真的改善了好多。

我们大概是1958年搬过来的吧，那个暑假我就回到了这个新家，在这小屋里一住二十多年。

夏日的一天早晨，东面邻居在生炉子，不知谁把"诸葛亮"请来了，借着阵阵的小东北风黑烟一股一股地往房间里灌，呛得奶奶直咳嗽，我出来对生炉子的人说："大哥，能不能把炉子搬到走廊下面，那烟直往我家窗子里冒，我帮你抬。"那个人就准备和我抬炉子了，一声喊叫使我们停止了动作："谁是你大哥呀？你以为你是谁呀？大学生就了不起吗？谁不知道你们家的底儿呀？嫌有烟了？住大房子去呀！住楼房去呀！我看你呀，下辈子吧！"边喊边从他屋里出来一个年轻的女人，我愣了愣刚想分辩几句就听奶奶叫我："大吉，进屋来，咱们把窗户关上就是了。"从未和人吵过架的我还真不知道该怎么回她，只好听奶奶的进屋，带上门、关上窗，奶奶一边为我扇扇子一边说："大吉，你骂也骂不过她，打也打不过她，真吵闹起来别人都会看热闹，没人帮你，就别理她了。"又不停地说："吃亏是福！吃亏是积福！"不知道我的家人还会有什么福？但目前祖孙俩只能忍了！真是不明白，抬抬炉子和大学生有什么关系？和我们家的底儿又有什么关系呢？等我寒假再回来，"祝"我下辈子才能住上楼房的大姐搬走了。有人说厂子里又给他们换了房子（在那个时代有点不可能），也有人说那位大姐太爱找事，常为排队接水呀、上厕所蹲哪个坑什么的芝麻事和人吵架，我和奶奶惹不起，大院里有人惹得起。老实的工人大哥就把她送回农村老家了。

厉害大姐家那间房换了一个热热闹闹、吵吵嚷嚷的四口之家。上学时只有假期里，工作后也是在周末我才回这个大院，活动场所也就是我家小南屋、四号院的大姑家和厕所三个地方。所以只有东西两侧的邻居稍熟悉外，没认识几个人。和妈、大姑一起走时碰到人就让我叫什么大妈、大嫂的，但一转眼也就忘了，再见面还是不知道叫人家什么。当然那个街道干部孙大妈什么的倒是记住了。于是什么傲啊、有架子啊、凡人不理呀……一个劲地往妈的耳朵里灌。妈一再提醒我，叫叫人、说说话。据了解五号院内除了一家妈让我称王爷爷、王奶奶的出身资本家之外，一水儿的工人阶级。自从因抬炉子被工人大哥家的人"祝福"了一番以后，对工人及其家属有一种惧怕、反感、不敢接近也不愿接近的感觉，包括紧挨着的东西近邻在内，二十多年中我没到过任何一家串过门。

直到1970年生二女儿黄悦坐月子，那些叫不上名字的大妈大婶们拿着鸡蛋、挂面什么的纷纷来看望，帮着做这做那，我感到大院里还是有温暖的，"人以群分"可能也不完全是以阶级为界限而划分的吧，但确实是我经历了"四清""文化大革命"的洗礼，又在北大荒农村插队落户（不是知青插队）两年多接触了一个个鲜鲜活活的工人、农民后悟出的人生第三个哲理。

分到中国林科院的天大化工系四女生

中国林科院院徽

二十二　晚报到一天经济损失惨重

1961年9月1日，我带着兴奋又茫然的心情走进中国林科院的大门。终于有了工作，也就有了工资，可以减轻妈的负担了。但在这个完全陌生、曾经被我看不起的地方，我能干点什么呢？中国林科院位于北京西郊，在颐和园和香山的中间，北靠西山山脉的大昭山、南临皇家园林玉泉山、西到娘娘府、东到遗光寺，面积很大。门前的马路窄窄的，两旁的杨树枝叶繁茂，顶端的枝条都搭在了一起，走在马路上，中午十二点都不会晒到太阳。20世纪60年代城市交通非常不方便，路过林科院门前的公交线只有从香山到颐和园的333路车。那是一辆小小的公交车，因汽油短缺，333路车顶上自带一个大煤气包，每隔二十分钟才有一辆车。除了这个小333和偶尔开过的军用卡车，马路上几乎看不到别的车，异常安静。林科院对面是大片大片的桃林，春天花儿绽放，那如锦如霞满眼的粉红色是我这支笔描绘不出来的美景，身临其境时你会幻想着会不会偶遇陶渊明呢？会不会有幸看到三国时的张飞、关云长呢？你还别说，我还真目睹了在这片桃林中拍摄桃园三结义呢！

林科院，绝没有辜负了这个"林"字。院内树木繁茂，绿草如茵，还有那四季都能看到的鲜花，春天的迎春、玉兰、海棠、丁香，夏天的紫薇、木槿、合欢和玫瑰，秋天的菊花还有那姹紫嫣红的月季，最让人兴奋的是雪中的蜡梅，孤傲、娇柔、淡雅，那飘飘而过、清清甜甜的幽香会沁入你的心底！

后山有成片的试验林，院内有1928年栽种的全国种植最早、树龄最长、面积最大的白皮松人工林。还有柿子、枣、核桃、桃子、樱桃等种类繁多的果树。这样的环境给鸟儿们及野生小动物创建了舒适的家园。鸟儿中的"常住人口"有灰、花两种喜鹊，还有黑乌鸦和死里逃生的小麻雀，春天里有偷偷在喜鹊窝里下蛋并请喜鹊代生产子的布谷鸟，它们边飞边叫："布谷、布谷！光棍好苦！"清脆悦耳。有只闻其声"哚哚哚"不见其鸟的啄木鸟，还有那叫不上名字的张着小黄嘴唱歌的漂亮鸟儿等。小动物中松鼠和刺猬很常见，夏天偶尔会碰到蛇，可怕的是冬天雪地上发现过狼的爪印。

我很喜欢这个地方！

20世纪60年代的林科院面积虽大但房子不多，几栋家属楼，一栋男单身宿舍楼，作为实验办公用的只有正对大门的一座四层黄色大楼。白色两层的西楼是院领导的属地，楼下有个阅览兼小会议室。也有一两个试验室。两层的东楼，楼上是女同胞的天下——女单身宿舍，楼下有个小小的卫生室。

这就是林科院的全部家当。

走进院人事处报到,接待我的是一个小眼睛、小个子的中年女同志,说话细声细语,后来知道她叫林薇。没想到她说的第一句话是:"小刘,你怎么不昨天来呢?8月31日报到就能多拿半个月工资,23块钱呀!你不知道吗?"我吃了一惊!有这种事?怪不得和我一起分到林科院那个外号鸭子的同专业男生非要昨天报到呢?他知道,可是他没告诉我呀!为什么应该知道的事情,别人都知道而我却总是不知道呢?难怪我家黄老头和女儿们经常说我"傻乎乎的"。晚一天少拿二十多块钱,后悔死我了!

林薇接着说:"今年分来的大学生很多、专业种类也多,院里还来不及安排具体工作,所以让你们先到东郊农场劳动几个月。农场可是个好地方,有大碗的菜和白面馒头吃,我们都想去呢!"说完就笑了起来,在困难时期有得吃就是好地方。我觉得这个林薇说话挺实在,在以后的相处中证实了她的确是一个非常关心人的好大姐,没有那个年代政工人事干部特有的官腔、神秘、架子十足的通病。

东郊农场,困难时期是林科院的一宝。在总是饿肚子的时候能分到几个土豆、几个萝卜该是多么美好的事啊!1961年,天津大学化工、机械等专业的七八个人,加上北京大学、南开大学、北京农机学院、南京农机学院、上海交通大学、华东化工学院、成都电讯工程学院,还有各地的林学院,共四十多个朝气蓬勃的大学生聚到了这个农场。热闹非凡,歌声不断,笑声不断。

劳动，在学校时每年都有，早锻炼出来了。再说秋天就是收土豆、花生、黄豆什么的，一点都不累。收拾完了的地，你可以去溜，也就是拿个铲子再扒拉一遍，捡到的花生、黄豆归自己，周末拿回家，奶奶和妈可高兴了。正如林薇所言，农场的饭真的好吃，大碗大碗的炖土豆、炖茄子，两个白面馒头。晚餐是黏黏稠稠的玉米面粥、炒土豆丝、炒咸菜和一个发面窝头。

年轻的大学生们有一两年没吃过这么丰盛的饭菜了。记得元旦前每人发了半斤肉，妈用我捡回来的土豆和肉一起炖了一大锅。让我端了一大碗给申家老太太（大姑的婆婆）送过去，得到孩子们一阵欢呼，可能他们每人都分到了一块吧！我家炖肉的香味飘散在王家园五号院中，这久违了的味道闻一闻好像也能解馋呢！吃得饱、吃得好，又不动脑子，劳动强度也不大，我长胖了，空前绝后，体重超过了一百斤。

在农场结识了天大同届化工系的女生，和她们做了好朋友，也结识了华东化工学院毕业的王小映、常馥华、余雪英。后来我们就成为航空化学灭火研究室（简称航化室）化学药剂组的四位女将。

元旦刚过，大学生们就都被召回了。我被分配到林研所航空化学灭火研究室。我们航化室有一个自称"老马识途"的老先生和一个军队转业干部，分别是主任、秘书两位领导。主力军是十六个刚走出校门的二十几岁的年轻人，因有十位叽叽喳喳特别强势的"穆桂英"而热闹非凡，"穆桂英"们住在东楼二层最东边的大房间中，床挨着床，中间空隙只能一个人侧身而过。其中四人毕业于上海的学校,另有两人家在上海,于是上海话成为宿舍的普通话,当时我还真学会了也听懂了几句"阿拉""白相"什么的常用语呢!

在食堂只要有一个人排队,六七个人就都吵吵嚷嚷地插上去了,旁边的人看着青春四射的女孩子,可爱、可笑、讨厌……什么想法都有吧,但都很宽容,也无可奈何。因为工作及实验室还没调整好,暂时把航化室的人安排在西楼院长办公室的对面。领导让每人借了本《森林学》补补林业的课。那天早饭有臭豆腐,当时算是好东西,大家都买了一块,咸得很、没吃完,又舍不得扔,就带到办公室留着中午吃,刹那间那吃着香闻着臭的味道在西楼散发开来。怎么这么臭啊!楼道里叫声一片,当他们找到源头后,气坏了官老爷、急坏了为他们服务的院办人员:"赶快拿走,下午有外宾来访!"开窗通风,有人点着了蚊香……折腾了一上午。早就被喧哗、吵闹声和用烘箱烤馒头的香味打扰得忍无可忍的院长张克侠下了命令,限定时日让航化室搬出西楼!

黄色实验大楼四层有一大间做办公室,旁边一小间是主任秘书室,一楼进门靠右的一间是我待了三年的小实验室。十位女将渐渐地在分化,有的受不了北京的干燥和漫天的风沙,总也接受不了离所学专业八丈远的森林灭火,闹着想调回南方;有的忙着谈恋爱、钻竹林、结婚、调到其他室了;也有人积极进步总往领导处跑、打个小报告、汇报汇报女孩中谁在闹"专业思想"不安分了,谁表现了资产阶级情调:洒花露水、脚丫子也涂脂抹粉(因脚气抹点牙粉而已),谁没听卫生委的话被子叠得不合要求了，等等。当然，我猜想是不是也应该有我这种出身不好的人说了什么、做了什么的大事呢？

　　航化室里除了两位领导之外另有六个男同志，他们大多是学林业的，每年三四月就都出差到林区，十月份以后才回来，差不多有一年的时间我才和他们熟悉起来，也了解了他们大都非常厚道和实在。李志芳，是个共产党员，和我同龄，但非常成熟，老大哥一样关心着室里的同志们。他的女朋友是个漂亮的四川妹子，1962年大家给他张罗了一个热闹的婚礼，婚后满满的幸福写在脸上，张口就是："小贺，我的新娘……"穆焕文刚从苏联留学回来，学的正是航空护林专业，因小时候骑自行车摔跤使眼睛和嘴巴有一点点歪，年轻力壮，喜开玩笑，在舞会上带着舞伴满场飞奔，当时觉得这个人好像有点靠不住似的，在以后的相处中慢慢体会到他是世界上最靠得住的人。陈盘兴是无锡人，普通话说不清楚，因把射击运动员说成"撒气运动员"而得到外号"撒气"。这三个人在人性被扭曲了的"文化大革命"中，都以不同的方式悄悄地帮助、关照甚至保护过我，那种金不换的友情如手足之情今生不忘。

林科院航化室化学组出差云南游西山龙门 　　舞蹈《好一朵美丽的茉莉花》演员

黄伯璿在林区考察（左、右）

二十三　由糖油饼开始的一生爱恋

　　林科院食堂里有一张张大圆桌，没有椅子，大家都站着吃。1962年夏天我和同屋的两三个同事选择了靠门的桌子吃饭，凉快。有一天这张桌上多了五六个男同志，快言快语的陈德华就说："你们怎么挤到我们这桌了？"那几个人异口同声地说："我们本来就在这儿吃饭，是你们占了我们的地方。"一个年龄稍大的人说："你们是新分来的吧？既然有缘就挤着一块吃吧！"

　　后来了解到他们是森林经理室的，春天都下林区搞调研，到9月中下旬才回院，搞林业的都是这个规律，怪不得食堂里一下子热闹起来了呢，"候鸟们"都飞回来了。这几个老大哥挺有意思，边吃边说见闻："大兴安岭一个林场，黑瞎子（黑狗熊）伤了人，大伙儿齐心合力绑了那个狗日的，宰了它吃肉，谁知那肉特老，咬不动。"说得我们哈哈大笑，从未去过林区，听什么都觉得新鲜。我们爱听，他们讲得来劲："东北林区有三怪：十七八岁的大姑娘叼烟袋；养个孩子吊起来（摇篮吊在屋顶上);第三怪嘛……有点不雅,不说了。"

我们追问:"说呀,说呀!"

对方脸有点红,看来是不好出口,另外的大哥们就说点别的岔过去了。吃饭时间变得快乐起来。他们当中有一个人我看着眼熟,想了半天,是不是前些天在西楼小会议室做林价报告的人呢?第二天把王小映叫了过来,她确认:"就是他。"近距离一看,此人真的其貌不扬,眼睛也有点斜,突然觉得自己挺好笑,管人家扬不扬、斜不斜的呢!但这个人挺逗:"劳您驾!""借光了您呐!"满嘴京油子味,开始以为他是北京人,后来才知道是福州人。对旁边的几位,总是叫外号,"棉杏"(人家叫马杏棉)、"杨喇子"(人家姓杨而已)……很快一桌人都熟悉了。那个人叫黄伯璿,都三十好几了,还单着呢。在西楼小会议室门上的通知中看到过这个名字,不认识最后一个字,就问他:"璿字怎么念、什么意思?"

他解释说:"读音为旋转的旋,玉石的意思。"后来他对我说:"璿,宝玉也!"

9月中下旬,天已渐凉,下午上班时经常看到他拎个湿漉漉的网兜从外面回来,问他:"老黄,你干吗去了?中午也不休息一下。"

"游泳去了,这是最好的休息。"

"不冷吗?"

"开始有点凉,游着游着就不觉得冷了。"更熟悉些后他告诉我,他每天从颐和园佛香阁前下水游到龙王庙岛再游回来。我心想,这个人身体真够棒的。工间操时大家都出去活动活动，能看到他打羽毛球，尽管动作张扬不优雅，却总能救下一个个差不多要落地的险球，得到周围人一片欢呼声。

　　隔壁三部礼堂上演李光羲的歌剧《货郎与小姐》，快开始的时候他进来了，一边啃着手里的不知是鸡腿还是肉骨头，一边找座位。瞬间，周围弥漫开一股肉的香味，大家都朝他望去。我心想这个人可真不拘小节，再说，物资匮乏的时候他怎么弄到的肉骨头呢？（我家黄老头一辈子嘴不缺！没钱买鞋也得有钱买肉。）

　　周六院里有班车送我们进城回家，周一再接回林科院。他也坐这趟班车，周一在新街口站会看到他手拿糖油饼边吃边上车，上车后又边吃边和别人聊天、说笑话、侃大山。他侃得很有内容，我喜欢听他说话。但只要油饼一吃完就立马拿出本书不再理人了。中午饭桌上我说起他吃糖油饼的事，我们室的胡惠琴说："老黄，下星期你给我带一个糖油饼行吗？我也爱吃。"他愣了一下说："可以呀。"

　　下个星期一他上班车后就挤到我身边，递给我两个纸包："给小胡，有你一个啊。"我还没反应过来他已经走开，边吃油饼边和人家聊上了，大有"你不要也得要"的架势。我心想可能是让我转交，出于礼貌也给我买了一个吧。下班车我追着他问："油饼多少钱一个？"他看看我手中的钱和粮票，就拣了二两粮票扬长而去！心想："这个人真怪。"但中午却看见他收了胡的粮票也收下她的五分钱，又心想："是付我劳务费吗？"

　　饭后走出食堂，只听他在后面问："糖油饼好吃吗？""特好吃！"还没等我再说什么他又走开和别人搭话去了。从此每周一他都塞给我一个糖油饼,只收粮票不收钱,体会到他是在别人不注意时塞给我的,而且再也没给小胡买,所以不好意思太张扬,只是碰到他一个人的时候(总有这个时候)就说:"老黄,你不收钱,我不吃你的糖油饼了。"

"老大哥请你吃个油饼还是请得起的,吃吧!"

我捡了些落在地上的玫瑰花瓣(那时候的人绝不敢摘一朵还盛开着的花),拿回家让我妈做了些玫瑰糖饼,作为回礼送给了他两块。下午又碰到时他塞给我一个纸条,打开一看两个字:"好吃!"这个人可真逗,你说不就得了吗?写什么字条呢?从此他开始给我写字条了,直到第二年春天他出差时这种糖油饼和玫瑰饼的交易才告一段落。

春节联欢晚会上我们几个女同志演出了一个舞蹈《好一朵美丽的茉莉花》。第二天他就塞给我一个纸条,打开一看:"不好看!"找到他问:"怎么不好看了?"

"你显得太胖了。"

"那就是我一个人不好看了!"

"都不好看,一个个打扮得像村姑似的!"

"跳得怎么样啊?"

他非常勉强地说了一句:"你跳得还不错。"

有一天晚上食堂里演电影《野火春风斗古城》,我去晚了些,拿着凳子找地方的时候,看到他在靠前的地方站着朝门口望,在等什么人吗?模模糊糊感觉他看见我了而且点了一下头。心想也许那儿有地方吧,就挤了过去,刚好有空摆下我的小板凳。电影是讲我的家乡保定发生的地下工作者抗日斗争的故事，非常感人，演员演得也好，我很投入。看到男主角母亲及金环牺牲的时候，忍不住哭了，在擦眼泪的时候突然发现他在看我，而且在笑，挺不好意思，就说："笑我干吗？你不感动吗？"

"感动，感动，更为你感动！"

多年以后，我们俩在一起了，曾问过他："在给我糖油饼的时候是不是就看上我了？"他不认账："没有，哪敢呀！我看出来了，你也特别馋那糖油饼，又不好意思让我买。另外觉得你和你们室的女孩子们不一样，老实、文静，还有点傻乎乎的，好像随时都会被人欺负似的，有一种想保护你的冲动而已。"

"看电影为什么给我留地方？"

"看见你东张西望的好像没地儿了，就挤了挤，挤出个空地给你呗。"仍然不认账。

"你和黄小妹（一个胖胖的，非常可爱的女孩子）不是挺好的吗？为什么没成？"

"是好呀！我挺喜欢她的，可是人家看不上我呀！她回家结婚前一晚住在我家，我妈特别喜欢她；第二天，送她上火车，她还哭了一鼻子呢！"

"说明她对你还是有意的，你为什么不死追活追？说不定就追到手了呢！"

"这种事不能死追活追的，凭感觉不行就不行，如果你不对我表示好感，我也不会死追活追你的。"

看来是我追的他了？这个人在我面前说假话，可也真敢说大实话!

我们之间的交往很低调,再说心里也没鬼(反正我没有),相处友好而自然,没有引起任何注意。1963年初春我交了一个朋友,还挺满意,对方可能看在介绍人李志芳的面子上吧,交往了个把月就以性格不合告吹。我性格怎么了?又不怪异,隐隐地觉得还是"丧门星"之由吧!幸好性格不合,不然挡了人家的官运岂不是害人一生吗?被人拒绝肯定是不愉快的事,心情有点低落。那天晚上,我一个人在实验室看书,觉得有人在窗前晃,抬头在窗帘的缝隙中看见是他,就打了个招呼。因亮着灯可能看到只有我一个人,他走入大门一拐弯就进屋来了:"小刘,这几天怎么看你不高兴啊?哪儿不舒服吗?"

我吃了一惊,大大咧咧的人都看出我不高兴了!赶紧笑着回答:"没有啊!"

"那就好,过两天我要出差了。"

"是吗?到哪儿去呀?"他说了个地方,我没记住。

"什么时候回来呀?"

"大概七八月份吧!今年准备早点回来。"又没话找话地说:"看电影别再哭鼻子了啊!"扭头就走了。是在向我告别吗?心中有一股温暖流过,老大哥挺关心我的嘛!

4月初,我也出差了。室秘书带着化学组的三个人到西南航空护林站学习和调研。当时是绕道贵阳、安顺才能到达昆明。我第一次坐这么长的火车,出这么远的门,第一次看到田野里被微风吹动着的大片大片黄色油菜花,第一次爬那么高的山,第一次步入那让人敬畏的森林,第一次坐上安-2

护林飞机，在护林员的讲解中了解航空护林的要点和意义，第一次自己割草，模拟利用林区植被营造防火隔离带的作用……总之对护林防火有了初步感性认识，而化学灭火呢？我国还是空白，我能干出点什么吗？

昆明这座美丽的春城，有那么多从未见过的鲜花，在某个公园入口处一株黄色的蝴蝶兰那颜色那姿态看得我直发呆，久久不愿离去。那壮观又生动活泼的石林更是令人流连忘返！也游逛了滇池，以及湖畔西山上鲤鱼跳过的龙门。当然也尝了尝闻名全国的美味——过桥米线。这一切使我的心敞亮起来，那低落的、晦暗的情绪一扫而光。

大吉和黄伯璿在北京中山公园

大吉和黄伯璿在人民大会堂

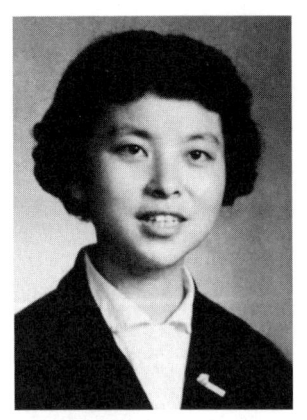

大吉同事王小映

大吉和大学好友吴锦芬在天大湖边

二十四　一切要心说了算才行

7月中，饭桌上、班车里又见到晒黑了的他，又听到了京味的侃大山。可能感觉到了我表现出的老友重逢的欣喜，他也挺高兴。晚上他又来实验室，送给我一小包松子："这是冬天采的，老乡保存得好，挺好吃的，你尝尝。"我从未吃过松子，真是好东西，赶快接了过来，我要拿回家给我妈和大姑她们也尝尝。

"谢谢你啊！老黄。对了，以后你别再给我买糖油饼了，我怕宿舍里的人说什么。"

女孩子们敏感，我只是把他当作一般的朋友，老大哥，干吗要引起不必要的议论呢？看到他有点发愣，就又补充了一句："要请我，就请点好的呗！"话音一落就后悔了，红着脸不知所措。幸好他大大咧咧的（不知是否装出来的）："好啊，赶明儿请你吃好的。"说完就走了。

我感到有些不安，告诫自己，说话一定要注意，不要让人误会，他也老大不小的了，别耽搁了人家找女朋友。但不知为什么再相处好像有点不自然了，心中起了涟漪和坦坦荡荡真的不一样。还好他一如既往，说说笑笑，平安无事地过了两三个星期。一个周六的下午我回宿舍拿东西准备坐班车回家，听见一声："小刘！"回头一看，是他在叫我，带着和平日不一样的表情，兴奋、不好意思，都不是，写在脸上的是艰难地下了决心，又怕失败、怕丢面子的忐忐忑忑。在几十年的相处中我知道，他最要面子，我俩闹别扭八成以上是因为他认为我的言行没有顾及他的面子。

"我有两张《宝莲灯》的舞剧票，赵青（著名电影演员赵丹的女儿）演的，你不是喜欢舞蹈吗？去看吧。"看我有点犹豫，又说："不愿和我去就找个朋友一起去吧！"说完递给我一个信封扭头就走了。

我想说"谢谢你""我没时间""你找朋友一起去吧"，什么也没说成，他已经走远了。

在厕所里（宿舍里有人）打开信封，有两张票和一个字条，这次字多了些，那龙飞凤舞的字还挺不好认："周日晚六点半在民族文化宫礼堂门口等你。"你不是说让我找个朋友一起去吗？怎么又这么不容置疑地说在门口等我呢？

舞剧还是去看了，喜欢，但故事却看不太懂，从三圣母谈恋爱生了儿子沉香，被哥哥二郎神压在山下，到沉香夺回宝莲灯打败舅舅救出母亲，都是他轻轻地讲给我听的。心想这个学林的人懂得还挺多。他看的书实在是太多了。

我在有意地躲避他，因为我又谈朋友了。二十六七岁了，妈着急在心里，奶奶着急就唠叨"不小咧！不小咧！"大姑着急就到处张罗。别说，她还真张罗到一个条件不错的人。北京××厂的总工，第一次见面送我一本英汉科技词典："听说你是搞科研的，这本词典用得着，如果想学我可以帮助你。"完全是知识分子说的话。

跟知识分子没成。大姑问："为什么不成？"

"像个魔术师似的，一会儿掏出个词典、一会儿掏出个钢笔的，除了英文没别的话。"

"你就是找碴儿。"

大姑第一次见到黄伯璿后对我说："他才像个魔术师呢！其……"我知道她想说其貌不扬，没好意思说。后来接触多了，特别是我奶奶去世，当时我在东北，回不来，黄伯璿送来一些钱（要知道他可是个不到月底工资就花光的月光族啊！）帮着办后事。大姑又对我说："黄伯璿是个好人！"

大学好友吴锦芬介绍了一个男朋友，也是天大同届毕业生（不好意思，忘了姓名、也忘了是哪个系的），合肥大户人家的独生子，在二机部工作。我一听就说："算了吧，二机部是保密单位。"谁知锦芬把他领到家里来了，我用眼神向锦芬表示疑问，她悄悄对我说："他一定要来的。"看来锦芬说了我不少好话吧！他一点都没嫌弃贫民窟似的小南屋，还和我一起扶着奶奶上厕所，奶奶真是太喜欢他了！

我们单独一起时我问他："你知道我的家庭出身吗？"

"知道，二机部不同意我就辞职，大不了回合肥。"

我吓了一跳，当了那么多年的丧门星，听到这么坚决又温暖的话真的太感动了，当时竟有想哭一场的冲动。理智告诉我，不能！我不能害得他丢了前程，他家里会怎么看我？我又不是七仙女，值得他做出那么大的牺牲！

除此之外，林科院内也有两三个男士向我递交了交友申请书，包括那个因没看清他的为人被我拒绝了的世间难得的好人，应该说这几个人都是真诚的。所以啰唆这些绝没有显摆之意，在恋爱这事上我是失败者，因为当过丧门星，因为被人拒绝过。我是想说，一个个都没谈成，当然各有各的理由。但心里隐隐的还有个理由，我却躲避着，不想、也不敢承认。那就是在我眼前和心里总是有一个既模糊又清晰，既清晰又模糊的影子，使我在与他人接触时心不在焉、三心二意。

在亲友们的催促下我忙乎了一阵子，但是并没有带来兴奋和喜悦。相反，心中有点点莫名的忧虑、无奈，好像还有一点点渴望。表现出来的就是不愉快，话少了、笑容也少了，有时还会发愣。后来想明白了，介绍这条路不通，不适合我。我不善于与生人相处，更不会在生人面前展示自己。下决心，一切随缘，不再见什么人了，哪怕他是总工。

在此之间以奶奶过生日为由，谢绝了黄伯璠一次看电影的邀请，他就没再怎么搭理我，我的心情一直郁闷着。国庆节前几天他突然塞给我一个字条，看到他离去的背影，我的眼睛湿润了，终于承认，忧虑的就是他不再理我了，而渴望的就是这龙飞凤舞的字条。我赶紧到实验室打开字条："看到你最近情绪不佳，遇到什么难事了吗？"同宿舍的都没看出我情绪不佳，一个粗拉拉的人觉察到了，他是在关注着我，不是吗？国庆放假前一天午饭后塞给他我写的第一个字条："今天下午六点半,113路王家园站见,聊聊!"

那天班车三点就开,心想他回趟家都来得及,另外我没选在公园,觉得那是谈恋爱的地方。没想到的是有个突发事件打乱了我的行程,同室的王小映找到我,脸红红地说不舒服让我陪她去趟医院,我俩赶紧坐公交车去海淀医院,看完病又把她送回林科院,看着她吃完药躺下休息我才333、332……倒四趟公交车到达了113路王家园车站,离见面时间晚了两个多小时。一路上就想,这次会面算泡汤了,这就叫没缘吧!谁知一下车就发现靠在树下抽烟的那个人,又惊又喜又感动:"你还等着哪!没看到我没坐班车吗?"

"看到了,心想你一定有什么事,反正你回家必须在这站下车,总能等到你,除非你今天不回家,但是我觉得你不是那种耍着人玩的人!"

我说:"我还没吃晚饭呢!"

"我也没吃。"

那个年代,那个钟点大街上吃不到什么东西了,就在对面小店里买了几块硬邦邦的所谓的点心,边吃、边聊、边在大街上溜达。

"你怎么确定我一定在这个车站下车呢?"

"你选了一个名不见经传的小车站见面,肯定就是你经常下车的地方了。"还挺福尔摩斯。

"你怎么肯定我不是耍你呢?"

"你怎么那么多问题呢?傻乎乎的,不被别人耍就不错了,哪会有心眼儿耍人。"

"你才傻乎乎呢!都两个多小时了,还傻等。"

"是傻乎乎的,我五点多钟就到了,等了你整整四个小时,但不是也等着了吗?"

"不是定的六点半吗?"

"我不知道113路在哪里倒车,东问西问的,怕迟到就直接来了。"

"为什么总说我傻乎乎?"

"直觉。还没说话呢,脸先红了,看个电影会哭。还有,你决不会让不太熟的人给你带糖油饼。"

虽然"傻乎乎"这个词不太好听,但我体会到了那满满的善意!

那个晚上聊了很多,真把他当哥哥了,把最近的烦恼,以及那次被拒绝的事都对他说了。他听后义愤填膺:"还有人敢拒绝你,我要揍他两拳!"

"小刘,我觉得你不是一个只注重条件的人,一切要心说了算才行。"是的,我也是这么想的。

我问他:"为什么没交女朋友?"

"条件不好,没人要呗!是实话。"又接着说:"跟表妹好过,因为近亲,吹了。后来真动过心的是黄小妹,但最后没有竞争过死追活追她的同学。家里、亲友、同学都给张罗过,自己不在状态,一个也没成。"接着又补充了一句:"这都是发生在认识你以前的事了。"

我抱歉地想,我那些活动可都发生在认识你以后的啊!

他的话我听着很诚恳!一看表,快十一点了:"你快回去吧，太晚了。"

"送你回家吧！"

"不用，进胡同就到了。你别误了末班车。"

"赶不上末班车，就走回去呗，爬回去也行。"玩世不恭、侃大山的劲头又来了。

结婚照和结婚证

左为大姑送的玉石戒指，右为婆婆送的项链和戒指

二十五　出嫁了

从此后，差不多每周日我们都在一起玩半天，有时看电影，有时他也请我吃饭，记得起来的有东安市场的爆肚和前门煤市街的炒疙瘩，更多的时候是找个地方聊天，我喜欢听他侃。

"爱看小说吗？"

"曾经是个小说迷，学了工科后看得少了。"又说："《青春之歌》这本书很好看，大学时看了一遍，这次去云南又看了一遍。"

"是，学生运动写得很真实。女主角的爱情故事能赚到你们这些小女生的不少眼泪吧！"

"什么意思啊？看不上这本书吗？"

"没有、没有，哪能呢？"

从口气中听出了他把我当成小儿科。后来他带给我两部书，托尔斯泰的《复活》、雨果的《悲惨世界》，我只读完了故事性强的《复活》。

对中国的四大名著，他说："《三国演义》写得最好，人物个性鲜明,战争场面宏伟壮观。"还有很多形容词,我记不起来了。

他听说我没看过三国,就开始讲给我听,口若悬河、抑扬顿挫、娓娓道来……至今我没正经读过三国,但从他的口述及后来的电视剧中知道了那一个个惊心动魄的故事。

他曾问:"你猜,我最喜欢三国中哪个人物?"

"是诸葛亮吗?"

"是曹操。"

"他可是个宁负天下人的白脸奸臣呀!"

"一代枭雄,凡想成大事的政治家都会无毒不丈夫。曹操也有柔情的一面,比如对关云长,比如对蔡文姬。"

除了《三国演义》好像他还给我讲过《封神榜》。

我们俩聊《三国演义》《复活》《巴黎圣母院》《红与黑》……聊他去过的中南海、玉泉山,以及那南方北方的大森林……就是没有聊谈恋爱。我的手他都没有碰过,君子也!我期待着周日的相聚,轻松、快乐、长见识。

从云南回来之后,我挺用功的。努力学习着俄文,查看了一些资料,也在制订试验方案,想为森林化学灭火做点事情。但在1964年三四月份吧,传来一个惊雷般的消息:航化室要整体搬迁到黑龙江嫩江航空护林站,与科学院林土所气象室、北方森林病虫害检疫站三方合并,成立森林保护研究所。室里的人都炸了窝,没心思干活了。两位室领导及陶东岱院长在积极努力活动,想让部里撤回决定。那天晚上我将黄伯璿约到实验室,拉上窗帘、锁好门,流着泪告诉他这件可怕的事。

我说:"天津大学的左派们还顾及我是个独生女把我分到北京了呢!林业部的人怎么那么狠心呀!"

他听后也吃了一惊,第一次拉起我的手轻轻地说:"你别哭行吗?我一看你哭就心疼!"又说:"不是还没最后定吗?咱们想办法,还可以从独生女这个角度想办法。"

一两天后他交给我一个信封,说:"替你写了一份申请书,你抄一遍尽早交上去,尘埃落定再交就晚了。"

打开信封除了申请书还有一个字条:"我愿与你同乘一叶轻舟,在人生今后的旅途中漂荡,同享快乐、共闯风浪。不知愿否?"(好像内容还多些比如不让我受欺负什么的,可惜字条没保存下来)眼泪又掉了下来,我有可能要离开北京了,别人躲还躲不及呢!你还愿同乘轻舟,傻不傻呀?但我心里却感到无比的温暖。申请书我是交上去了,但如石沉大海。

周末我又约他113路王家园站见面,在附近工人体育场的台阶上聊了一晚上。告诉他我的出身、家庭、加上可能要离开北京等种种不利条件,问:"你考虑好了吗?"

"1962年见到你的那一刻就考虑好了!"心情压抑了那么多天一下子被他逗笑了。

"你又开玩笑,我说正经的呢!"

"是正经的呀!我觉得你不矫揉造作,不刻意打扮,特别是在男士面前本色出镜。也不鬼精灵(不就是说我傻吗),是我喜欢的那种类型的女孩子。当然也知道院内外都有追求你的人,所以也没奢望能和你怎么样。每当周一在班车里看你愣神了，就猜到：不顺利，心情不悦，心里就有一种想安慰你、想让你高兴起来的愿望。直到你要了我，让我等了四个小时的那天才兴奋地感觉到你对我也有好感。"又接着说："我要的是你，和家庭有什么关系，我又不认识你爷爷。不过说真的，要是你爷爷还在的话一定特别喜欢我。"

"为什么？"

"因为你爷爷疼爱你，就一定喜欢更疼爱你的我了呀！"彻底地被他逗笑了！

他又说："说实话，离开北京这事确实有点突然，但是我认了，因为你已经住在我心里了，管你走到天涯海角！分开是暂时的（这一暂时就是十二年），早晚会在一起的。"

我还能说什么呢？

他提出想抽支烟问我介不介意。我是闻着烟味长大的，当时也不懂尼古丁的危害，就说："你抽吧！"

他也被感动了一下说："你真好！"

他边抽烟边说："我也有件事要告诉你，你必须认真考虑考虑。"接着说："大学毕业后由学校推荐到台湾参加了个三个月的进修班，北京解放前就回来了。镇反的时候被审查了一下，后来弄清楚了。"

"我要考虑什么呢？"

"可能我这辈子都入不了党，可能这辈子都当不上干部。"

"我从没有想过要找个当干部的党员，还有别的吗？"

"镇反、反右都过来了，不会再有别的了吧！"谁能想到后来还有"文化大革命"呢？

"那就算我考虑好了吧！"关系就这样定下来了。

他回家告诉妈妈说有女朋友了。他妈问："多大了？"

"二十六七岁吧！"

"这么小，怎么看上你呢？"

"那怎么样，就看上了！"

"没读过书？"

"名牌大学毕业。"

"高个矮个？胖还是瘦？"

"矮个，不胖不瘦，偏瘦吧。"

"大眼睛、小眼睛？单眼皮、双眼皮？皮肤黑还是白？"

"大眼睛、双眼皮、白皮肤，还白里透红呢！"

"挺漂亮的了？"

"那是当然！不过她不太会做家务，尤其不会做饭。家境也不太好。"

"家境不好怎么还不会做家务？"

"她是独生女儿，被她妈和奶奶惯的！"

上面这段对话是他妈、我的婆婆后来学给我听的。

1964年，为准备什么会议需要写东西，他没有出差。我们有了更多的相聚、聊天、加深了解、加深感情的星期天。

虽然我们很低调，递字条都是在地下进行，但还是被人发现并当作大新闻传开了，有人真心地祝福，也有的人表示好奇，院里有各种传言和议论。

"他们俩怎么走到一起了呢？""航化室要搬出北京了，刘燕吉是想找个有北京户口的人留后路吧！""黄伯璿是乘人之危呀！"

　　算术好的人就给算了，他哪年哪月生，她哪年哪月生，谁按阳历算、谁按阴历算最后结果等于十二。哇噻！相差十二岁呀！要说我吧，确实有点傻，只晓得他比我大不少，还真没问过他年龄几何。算术不好的我认真地问了问，掰着指头算了一下精确到小数点后一位等于10.5，也真是个不小的数字呢！

　　我把大家的议论告诉他时，他说："我也听到了一些。你别说，我还真想过利用我的户口把你留下，但又一想，你们室里有几个女同胞的对象不也都有北京户口吗？此路不通啊！别人爱说什么就说去吧！我就乘人之危了，怎么着吧！"耍赖的劲头十足。

　　"要是只想要个户口的话，那个总工就有，而且年龄、长相、专业都比你有优势！"

　　"那你怎么不找他？"

　　"你不是说要心说了算吗？"他彻底被感动了……

　　有缘在先、顺其自然、循序渐进、水到渠成。由相识、相知到相爱，1965年6月26日我们结婚了。奶奶找出存了多少年的两个绸缎被面，妈给我做了两床被子，大姑送了一个玉石戒指。他给我买了一件的确良衬衣、一条的确良裙子（当时算时髦货）。婆婆送我一条项链、一枚戒指。在中山公园来今雨轩吃了顿饭。

　　爷爷，孙女就这样寒酸而简单地出嫁了，你会难过吗？你给我准备的嫁妆呢？你又带走了吗？

婆媳：大吉和婆婆郑秀华

大吉、婆婆、黄伯璿

二十六 "四清"时候抱过付笛声

让时间再回到1964年,航化室搬迁的事还没出最后结果,林业部又下达了组织工作队下林区搞"四清"(清政治、清组织、清思想、清经济,也叫社会主义教育运动)的任务。

我和黄伯璿都入选了小兴安岭"四清"工作队,来到伊春特区清水河林场。林场三面环山,一面是条清水河,环境优美。但是经过反复学习的工作队员们没有心思也不敢有心思欣赏美景,被"阶级斗争"这根弦绷得紧紧的,每晚开会都要反复地讲"阶级斗争新动向"。

林科院的一位中层女干部李苹领导着我们八个女队员负责家属工作,每人管一个小组。大家睡在一条大炕上,被窝挨着被窝,亲亲密密、热热闹闹。屋外烧火墙的炉子里总有烤着的土豆、松子,是最好的零食。

屋内火炕上很暖和,最大的缺点是有跳蚤,要沿着炕撒六六粉。屋外是真冷呀!最怕是上厕所,天不太冷时你上着上着忽然会听到下面有哼哼的声音,往下看去,妈呀!一头胖猪在吃屎呢！吓得赶紧就得站起来。天冷了那露出的部位冻得生疼生疼的，而排出去的东西快速结冻，你能想象得出来吗？茅坑下面会建成一座塔。当塔尖快要冒出坑时，我们就得用斧头、铲子把尖削掉铲平，好留有余地再建塔。冬天这种活儿三五天就得做一回。有一次削完宝塔尖洗洗手和脸就上食堂了，拿饭票时从口袋里掏出一个还没化冻的屎球球。把周围的人都逗笑了，你说我这饭还吃不吃呢？

家属工作的内容开始是宣讲政策，前十条、后十条、二十三条，好像还有个十六条，接着就启发她们交代自己的出身。队部把我们汇总的每个人老家地址、出身等材料与她们当家的男人材料合并交到团部。据说团部派了相当数量的一批人带着材料奔赴祖国各地去外调，把这些最基层的劳动者及只会生孩子、抱孩子、烧火做饭的家庭妇女们查了个清清楚楚，再接着就让人家交代有什么"四不清"的地方。

这些老娘儿们嘻嘻哈哈的什么也说不出来，一再启发下，有的说拿过公家的一个斧头，有的说捡松子时用过公家的麻袋……开始我还有点紧张，没什么像样的材料，会不会被认为我无能，或上纲上线地被批呢？回到大炕上一交流，都是这些鸡毛蒜皮的事，也就放心了。

最为难的任务是动员生了三四个有儿有女的大嫂们做绝育手术。自己还不明白生孩子是怎么回事呢！简单地被培训了一下就开讲：计划生育对国家、对个人的好处，男性和女性结扎的原理，对身体无害等等。让她们回家商量，大哥、大嫂谁去办这件事？一户一户、一个人一个人地落实。

工作队刚到林场不久，团小组长在团内会议上做动员报告，提出一个号召：未婚的团员在"四清"期间不谈恋爱！当场除我之外都豪迈地表态了："四清"任务不完成坚决不谈恋爱！从此团小组长将我当成了眼中钉，怎能有人不响应他的号召呢？开始他在会上一而再再而三地表扬那些表过态的人以示警告，看我仍然不开窍，就气急败坏地点名了。在争做五好队员的动员会上他说："听说家属们要选刘燕吉当五好队员，我就认为她不合格！"

两个多月来我一直忍着，不想招惹他，今天被点名道姓，只能说两句了："'四清'工作队员守则里没有不准谈恋爱的规定，而我也没有大张旗鼓地谈恋爱，家属们选我当五好队员起码说明我的工作是努力的，完成了应该完成的任务，和谈不谈恋爱毫无关系！"

"我认为你的工作就没做好！"无理取闹，懒得搭理他。

后来听说队领导找他谈话了："你知道黄伯璿多大了吗？还不让他谈恋爱，刘燕吉影响工作了吗？老揪着她不放。"从此他消停点了。

家里人都说我"傻乎乎"，真的名副其实，当时我要是和其他人一样振臂高呼一下："'四清'运动中绝不谈恋爱！"不就没事了吗？干吗那么傻实在呢？其实队领导安排得挺人性化的，队员中有两对夫妻，隔一两周就安排他们相聚，一起过个周末。幸好他们不归团小组长管。

我把团小组长不让谈恋爱的事写字条告诉了黄伯璿，他挺配合，从不单独找我。当然地下进行的传字条很频繁。吃饭时只要碰到，准能接到一个字条，那歪七扭八的字带给我很多快乐。

"头巾包得像个鸡妈妈，但很好看！"

"方格头巾太旧了，回北京买一条。"

"今天和工人上山了，试验了一下油锯，那玩意儿振动得厉害，玩不转。"

"在山上捡了些松子，给你留了一包，但不敢给你。"

"我妈来信了，问你好！"

"手冻得通红，为什么不戴手套？"

"很想念113路王家园站。"

…………

11月的一天发现他的情绪不对劲，打开字条一看：

"我五姐因心脏病医治无效去世了！很难过。"

"离京前去看过她，听说有了你，五姐非常高兴，让我放了假一定把你带给她看看。"

他曾讲过，五姐是个乐观、善良的人，长得也漂亮，亲友们都喜欢她。可惜患有心脏病，身体一直不好。虽与五姐无缘相见心里还是很难过，多么想当面安慰安慰更难过的他，但在那个环境下只能写字条了：

"愿与你一起分担失去亲人的悲哀！代向伯母问候，节哀！保重身体！"

字条式的恋爱，现代的少男少女们会不会觉得很土？

黄伯璠用字条提醒我："别听队部的，只在一两家出身好的人家所谓的扎根串联，万一外调回来这两家出身并不好，又该说你屁股坐歪了。"

有道理。我就今天东家明天西家,不管贫还是富,不管脏还是干净都串到了,一边聊着该聊的话、一边帮着做点家务,比如糊墙纸、往灶膛里添柴火等,但劈柴的事她们不让我干,而且让我躲得远远的,说:"宁看拉屄屄的也不看劈柴的。"因劈的过程中很可能有小棍棍崩到你身上头上脸上甚至眼睛上而受伤。这种技术活儿,笨手笨脚的我也真做不来。

家属们都认为我没偏没向,是个好人。我说的是北京普通话,口齿清楚,开会讲什么的时候深入浅出,她们听得明白。再有,我喜欢她们的孩子,是真心的喜欢,俊的、丑点的、干净的、脏点的我都会接过来抱抱。有一天我抱着一个认为特好看好玩的女娃到宿舍大炕上显摆,受到齐声的挤兑:"我们组××家的娃更好看!"大家都爱自己组的孩子,护犊子!那些半大不小的丫头小子们也追着我,让刘大姐教他们唱《马儿慢些走》,给他们排练蒙古族盅碗舞。

家属大婶大嫂们大多没什么文化,但她们有朴实的情感,知道我对她们好,所以跟我很亲近,让我体会到什么叫敬人一尺,回报一丈。除了聊有关"四清"的话以外,猪啊鸡啊、婆媳关系、邻里关系啊,甚至小两口吵架、听起来耳红心跳的私密话都对我说。我听着、劝着,和她们一起高兴、一起伤心。真的和这些最底层、最普通、劳动着的女人们心连在一起了(外调回来证明她们绝大多数人都出身贫下中农)。记得"四清"结束离开林场时,她们拉着我的手、流着泪送出好远好远!就像和亲人别离,我也哭得眼睛红肿、头生疼。想起了王家园五号院的邻居，跟她们怎么就亲近不起来呢？是我把自己包裹起来，拒人千里之外了吧！

一天晚上，准备洗洗睡了，突然接到通知到队部紧急集合。领导宣布 12 点有重大行动，在队部等着谁也不许离开。屋里静得吓人，我胆小，心又开始突突地跳了。快到 12 点时才告诉大家，一个朝鲜族干部有重大问题，今晚将他隔离审查并抄家。女队员负责卧室，我和另外两个人只管看着女人和孩子，别的人去翻东西。我看着在炕角瑟瑟发抖的年轻女人和她怀中熟睡的孩子，心中升起一股不该有的怜悯和惆怅！她也做坏事了吗？那孩子将来会有怎样的人生？我努力地驱赶着脑海中那遥远的画面，提醒自己：阶级斗争！阶级斗争！

1965 年初夏的一天接到他的字条："清水河'四清'要结束了，下个月将返京，盼着……但最近特忙，写总结报告。开夜车。"

清水河没有揪出个像样的阶级敌人，估计那个朝鲜族干部也不了了之了（我很为那对母子高兴）。但总结还是要交的，大会、小会也开了几次，大家都发言说我们做了很多很多工作，取得很多很多成绩！这编写的任务交给他了。好艰巨呀！

有个小插曲，黑龙江森林文工队曾来林场演出，我们结识了一对小夫妻，男士吹横笛，女士是独唱演员。我们和他们相处得非常友好，工作队返京路过哈尔滨，就拜访了他们家。刚好他们生了娃娃，一个肉嘟嘟的小东西太好玩了。我们排

215

队轮流抱了抱那个可爱的小宝宝，问：

"叫什么名字啊？"

"爸爸是吹笛子的，就叫笛声，付笛声。"

后来在电视里一看到付笛声夫妻演唱时，我就会自言一句："我还抱过你呢！怎么长这么大了，你爸妈都好吧！祝福他们健康长寿！"

清水河"四清"工作队员与林场群众

大吉和伯璿在小兴安岭"四清"工作队

"四清"时被评为五好队员

二十七　离开北京

1965年6月26日我们结婚后，甜甜蜜蜜地一起过了一个多月，8月中双双又一次奔赴小兴安岭参加第二期"四清运动"。这次没有分在一个队，但也没有团小组长管着，不用再地下传字条了，每周他都带着不知哪儿弄到的鱼罐头什么的好吃的来找我，开心地过个周末。

我工作的队叫铁林队，正副队长都是林科院的，队员中增加了林学院的学生和老师。整个队伍年轻化了，朝气蓬勃，大家都相处得很好。特别是和两位女老师同吃同住，情如姐妹。无论是队长还是队员在工作和生活上都给予了我非常大的关心和帮助。很久很久以后我还常常怀念起那个一起战斗过的集体。

在队长及团部领导的全力帮助下我为家属们办成一件实事。我负责的家属组居住在一个小山上，七八个孩子要走四五里地到公社小学上学，其中还有一段山路。夏天好过些，漫长的冬日冻得够呛，小手手都生冻疮。娃儿们在冰雪山路上常摔得鼻青脸肿，小点的孩子总是哭咧咧的。有的家长就不想让孩子们去上学了。有人向我提出建议，能不能在山上办个学点。真是个好主意，但实行起来可不容易啊！在队长的支持下，我去找了团部老领导，请"四清"工作团出面向公社小学申请老师。其中的周折就不细说了，终于有一个未转正的年轻民办老师愿意上山。

第二步是落实地方。其中的周折也不细说了，在大家的建议下相中了××家的一间放杂物的空房子。他家也有一个小学生。白天和大嫂谈，下班后和大哥谈，动之以情晓之以理，在这件事情上发现了我自己还有个优点：挺能说的嘛！

第三步是修房子。这一步大家都很卖力，修房顶、修窗子、盘火炕、通烟筒。会木工活的打了一个长条桌子放在炕上，炕前立了个黑板，我在团部找了些报纸和大嫂们糊了墙面。

学点正式开学了！学生们坐在炕上，低年级上课高年级学生自习，高年级上课低年级学生自习。孩儿娘轮班值日，给老师做饭、烧火炕、打扫卫生。老师晚上就睡在热炕上。大家欢天喜地，我感到了无比的欣慰和快乐！

有一天正在开会，一个年轻的女人突然大声哭喊，她怀中的孩子抽风了。大家七手八脚地掐人中、拍后背，都不管用。我看情况不好抱起孩子就往山下跑，人在紧急情况下会激发力量的，一口气四里多路把孩子交到公社医院大夫手里，我就瘫在那儿了。还好，有惊无险，孩子没事了。但很是后怕，万一孩子在我手中出了事，我该担多大责任呢？

春节放假后从北京再回到工作队,觉得有点不对劲,总是恶心,吃什么吐什么。周末他再带来鱼罐头什么的,我赶紧说:"你给我拿远点,我看不得也闻不得这东西!"

到公社医院一查,怀孕了!是惊、是喜、是怕、是担心、是发愁!五味杂陈。

"当然是喜了!"他高兴地说。

"废话!你反正不恶心、不难受、不影响工作。"

"我到团部去说说,照顾一下。"

"先别说吧,大夫说闹一两个月就过去了,忍一忍吧。"

真巧,同屋的一个女老师也怀孕了。我们俩互相传染,她一吐,我就跟着吐。我一吐,她就跟着吐。早晨起来全队的人都听得见轮番呕吐的声音。队长宣布,我俩不必参加队里的集体劳动,能休息就多休息,并向食堂申请,每天给我们做一碗葱花炝锅的热汤面,每周有一个炒鸡蛋或蛋羹,并向团部提出能否调换一下工作。一个来月后女老师比我反应得更厉害,就让她回北京了。我被调到了团部,管管文件整理什么的,不必风里雪里地跑家属区了。

离开了家属工作,那些婶子、大娘、大嫂们都说想我,隔三岔五的、三五成群的,拿着酸黄瓜、小葱、冻梨来看我,在我那卧室兼办公的小屋中叽叽呱呱的,热闹得很。惊动了老领导王云樵,他走过来看了看说:"小刘,群众关系不错嘛!一根酸黄瓜、一个冻梨,没什么,吃吧!"

"王头儿,可是你让我吃的啊?"

"是我让你吃的,肚子里的娃需要嘛!"说得大伙哈哈大笑！

六月初，肚子大起来了，团部就打发我回北京了。

虽然早早地离开了铁林工作队，离开了家属区，仍然被队里及家属们推选为"五好工作队员"。

航化室迁嫩江已成定局，妈对我说，林科院有位Z同志三番五次地来找，要我的户口，妈曾对她说："和燕吉商量一下。"

Z说："伯母，千万别和燕吉说，'四清'工作队是搞阶级斗争的，纪律严着呢，要是分心闹情绪会受处分的。"又说："到了嫩江由室变成所了，我们都是元老，燕吉有可能当主任呢！前途大好，听我的没错。"

在Z的软磨硬泡下，老实的阮尚珍，我的妈就把户口交给她了，大姑听说后着急地说："怎么不和我商量一下呢？"

Z每次来，我妈都请她在小店里吃碗炒饼，她大嘴一张，吃得挺香，既不付钱也不付粮票，好大方的一个人呀！

2019年春节我来深圳见到老同事王小映，她讲了当年的惊心动魄："你和秦及李志芳等四个男同志都去'四清'了，两个室领导一个退休一个转走，老穆曾想力挽狂澜但势单力薄，斗不过Z，我们只能自顾自了。首先把户口从集体户中迁出来拿在手里，Z曾多次诱骗说到了嫩江会照顾我们，会让我们当官什么的，我们根本不信她的，就不给她户口，并向院方表态，要把我们调到嫩江就辞职！后来在人事处老梅的帮助下调到武汉环境保护研究所。"

伯璿曾问过当年林研所办公室鲁主任："你们为什么那么

积极把航化室迁走？"

她回答说："不是我们积极，是航化室的Z积极，她今天跑了所办、明天跑院办、后天跑部里，如果不是她一个劲地催着部里下文，按陶院长'拖'的对策，'文化大革命'一起来，说不定就拖黄了呢！"

"Z为什么那么积极呢？她不是也要和爱人两地分居了吗？"

"她承诺，尽全力帮部里办成这件事，她先去嫩江，爱人随后就调去，条件是要求部里给他们夫妇一个官当，她要的是副所长。"

这个官迷，后来响当当的造反派、整人专业户，一手造成航化室多对夫妻分居，多个家庭父子、母女等亲人分离……这一分就是十几年啊！

有一天大姑对我说："听说大街上有人把烫头和长辫子的女同志的头发剪了，也有人剪了穿喇叭裤子的裤腿。"

我将信将疑："不会吧！'四清'中阶级斗争就够严峻的了，也没干这种事呀！"

大姑赶紧到五号院，不由分说把奶奶梳了几十年的脑后小纂儿打开，咔嚓咔嚓几下子把头发剪短了。奶奶一直在反抗着不知所以然，但反抗无效。从我记事起，奶奶就是宋庆龄式的小纂儿发型，突然变没了，显得有点儿怪，我忍不住想笑，却被大姑用眼神制止了。大姑对奶奶说："政府不让梳髻纂儿了，我不剪，也有外人给你剪，听话，不许闹啊！"

这是十年"文化大革命"给我的第一个信号。

我提前回京,"四清"工作队说让我在家休息、待产,但我却接到了一封公函:

"'四清'结束后,到黑龙江嫩江森保所报到。"下面是一个署名为中国林业科学研究院森林保护研究所的大红印章。

我已经是那儿的人了,那大红印章像块石头压在心上,压了十二年。

伯璿还没回来,刚收到来信说,"四清"队员都集中在团部了,应对突如其来的、谁也没弄明白的"文化大革命"。我到电报大楼打了个长途给团部还真找到他了,听我说完后他沉默了片刻:"燕吉,别怕啊!写个请假信,把产前不适说得严重点,就是不准假也不去,生了孩子再说,不信了!他们还能把你绑了去?我们很快就要回京了,等着我……"

嫩江对请假信的回复是,生孩子前到中国林科院参加运动。我必须听话,来到林科院,住在好友王志贤家里,上班时间开会、学习、讨论……想起了"反右",不断地提醒自己:"少说话,少说话!"听到的都是有点吓人的消息,街上红卫兵非常活跃,谁的家被抄了,谁的父母被打了还剃了头……我有点忐忑不安,不知道我那个家怎么样了?周末不敢回王家园,就到婆婆家来了。看到伯璿的信,"四清"工作队被当地造反派围攻,一时半会儿还回不来。让我一定住在婆家,不要回王家园。妈来看我说,家中还没什么事。我一再提醒:让爹少出门,你们都少说话。

8月中旬的一天,我到北京市妇产医院做完检查,发现王府井到西单的公交车停运。我又不敢回娘家,只能走,又累又热,还好路边总有卖冰棍的,吃完一根再买一根,走到天安门前一看,傻眼了!满广场都是红卫兵,吓了我一跳,退回去吗?过了天安门就到家了呀!硬着头皮往前走,有两个负责人模样的(后来有人告诉我说是穿便衣的警察)走过来打量了我一下,问:"你怎么走到这里来了?天安门马上要戒严了,你家住哪儿呀?"

"我家在中山公园对面石碑胡同,这是要搞什么活动呀?"

"你别管了,快点走吧!"

我挺着大肚子,一边吃着冰棍,被那两个人催着往前走,再怎么催我也走不快呀!看来他俩比我还着急。终于进了石碑胡同,心里松了口气。第二天看报才知道,8月18日伟大领袖毛主席接见全国各地的红卫兵小将……我拍拍肚子、对里面的娃儿说:

"孩子,他们还没见到毛主席呢,先将咱娘儿俩检阅了一番!"

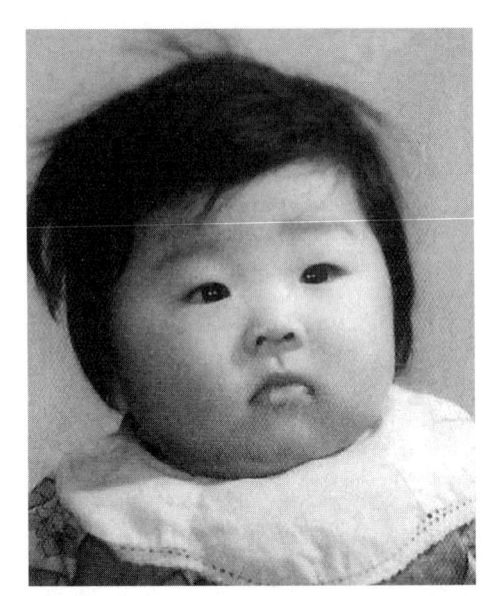

黄啸胖脸标准照

祖孙三代

爸爸和女儿：好孩子别吃手指头　　　　　碧桃丛中的父女

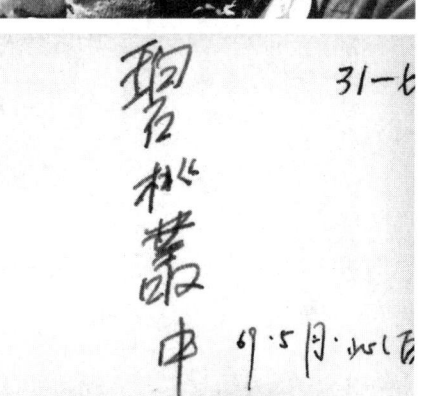

父女：跑累了，抱一会儿

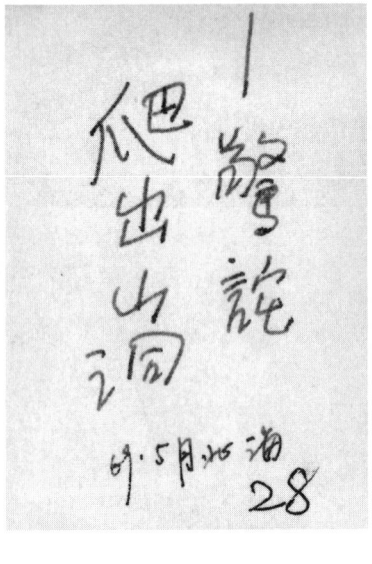

父女：爬出山洞——惊诧

黄啸哭哭笑笑

第五章 人民内部与家庭内部

二十八　虎啸龙吟

9月中，风尘仆仆的伯璠回来了，而我家也出事了。奶奶和爹被红卫兵押送回原籍——大刘庄。很是客气，没挨打，也没被剃头。曾经养尊处优、年迈、腿脚不便的奶奶是怎么走到大刘庄的呢？妈来报告这件事时仍然心有余悸，我明白她除了担心奶奶和爹在乡下的生活外也在担心自己的命运。我何尝不担心呢？但那个时候谁都说不好明天会发生什么，想说句宽慰的话都找不到词儿。吃过饭后伯璠送妈到车站，对她说：

"要不然就住到我家来吧。"妈拒绝了，说太麻烦。

1966年10月4日凌晨，在北京妇产医院，经过撕心裂肺的疼痛，千辛万苦地生下了我的第一个孩子。听到那稚嫩的哭声，一切痛苦都烟消云散。陪着我熬了一夜的大夫、护士也都兴奋起来。

"头胎，可真够胖的！""3800克，7斤多呢！"护士利索地把那肉球球收拾干净后，抱到我眼前："你看看，是个女孩儿，手腕和脚腕上都戴着环儿，上面有你的名字和病床号，错不了了，我们把她包上就送婴儿室了，你回病房好好休息。"

我精疲力尽，连说句谢谢的力气都没有，只是点了点头，但眼睛一直没有离开那个肉球球，看着护士用小被子包裹好，系上带子，抱出了产房。心中万般不舍，那是我身上掉下来的肉啊！

回到病房用婆婆准备的红糖冲了杯水，吃了一块她买的稻香村的牛舌饼就睡了，睡得好香。第二天被熙熙攘攘的声音吵醒。病房里好热闹呀！打扫卫生的、给产妇送药打针的护士、送早餐的……

护士长来了，说："刚生完的吃过早饭下地活动活动，对排出恶露有好处，别老躺着。"

话音未落就听到此起彼伏的婴儿哭声，大家都朝门口望去，一个小护士推着婴儿车进来了，车上一排包在被子里的娃娃都闭着眼、张着小嘴哭着要奶吃呢！妈妈们接过她们的宝宝满脸幸福地喂奶了。

"怎么没我的呀？"

"昨天晚上才生的吧，奶下来了吗？"小护士傲慢地看了我一眼，扭头推着婴儿车走了。下午三点钟探视时间，我领着伯璿、我妈、他妈到婴儿室排队看孩子。报上病床号，护士从里面把我的肉球球抱出来，举到玻璃窗前，我们四个像看珍珠玛瑙似的伸着脖子看，还没看清楚呢，就被抱回去了。回到病房后，我说："脸怎么那么红啊？鼻子两侧还有点发黄。噢，对了，上午医生查房时说有点新生婴儿黄疸症，没事，出满月就会慢慢好的。"

两位老人都说:"刚出生时红,将来会白的。"

我又说:"好像是小眼睛。"

婆婆不爱听了:"闭着眼睛你怎么看出大小?"她的孙女就应该是个大美女才对!

两天后奶下来了,别的娃都是哭着找妈妈,我的那个总是闭着眼睛睡觉,把奶头硬塞到嘴里吃几口又睡着了,摇一摇再吃几口。怎么那样能睡呢?你不饿吗?上午喂奶后护士长要给妈妈们上课。我总是最后一个到,小护士催着说:

"快点吧!把孩子放在床上就行,一会儿我就过来抱走。"

我可不敢把孩子放在空无一人的病房里,万一丢了怎么办?宁可上课迟到也得把娃儿交到护士手上。

有次在排队看"珍珠玛瑙"时,遇到一个英俊的男士也在等着看孩子。伯璂一眼就认出了,小声说:"容国团!"后来在妈妈的课堂上、走廊里认识了容的夫人,姓黄,一个秀美的女士。

她向我诉苦说:"被剪了一刀,现在还疼呢!"

我说:"谁说不是呢!我也疼,当个妈妈真不容易!"

说来也巧,她是和我同一产房生的孩子,好像是个男孩。1968年震惊的消息传来,容国团,我国第一个乒乓球世界冠军,含冤自杀了。那个孩子两岁就失去了父亲,令人心疼不已!

婆婆伺候月子,没有亏待我,奶水充足。老太太自己生孩子时都是被人伺候着,再说那也是很遥远的事了,所以除了做好吃的外,摆弄那软软的肉球球比如洗澡洗尿布什么的她都不太会。有一天大姑来了,看到婆婆用手揉搓那屎尿布,

232

就笑着说：

"亲家母，这样洗多费劲呀！在温水里泡泡再用个刷子刷，就省事多了！"看着那瘦弱的身影真怕把她累趴下了，就说："妈，屎多的尿布就扔了吧，别洗了，另外都留着等周末伯璿回来让他洗。"

吃过晚饭，婆婆用那福建味的话问："你猜他今天晚上回不回来？我说他一定回来！"

"不会吧，今天没班车，回家要转四趟公交车呢！"

话音刚落就听到门响，伯璿真的回来了！婆婆又高兴又得意："怎么样！怎么样！"

"妈，我还没吃饭呢！"老太太颠颠地到厨房给儿子做好吃的去了。

他一进门就直奔肉球球。

我说："刚睡着，别把她弄醒了。"

"我想抱抱她。"

夜里两点肉球球会准时"咔、咔！"两声，随后就"哇儿哇儿"地哭上了。我赶紧起来换尿布、喂奶。虽然不让他动手但他肯定也睡不踏实。

我心疼地说："夜里睡不好，明天一大早还要往林科院赶。平日你就别回来了，周末有班车再回来。"

"想你也想她，我愿意回来，上班时就是念报纸、讨论报纸，没什么大事。你放心，我身体好着呢！"

就这样他差不多每天都回来，抱孩子、亲孩子、洗尿布。医院的妈妈课堂上讲过新生婴儿黄色的屄屄是正常的，至于什么味儿的是正常的呢？我忘了，反正这观察及闻味儿的活他非常高兴地承担起来了。天气好时就骑蓝牌车，从家骑到林科院两个多小时呢！初为人父的他真是太兴奋了！他给肉球球起了大名"黄啸"，龙吟虎啸，时代的象征。

11月，产假快满了，又写了一封请假信，附上新生婴儿黄疸症的诊断书，请求春节后到嫩江报到，假是准了，但要求我到林科院参加运动。

伯璿说："别管他，孩子还得吃奶呢，隔三岔五地去点个卯就行了。"

我这个老实、胆小的人为了孩子学坏了，林科院根本不管我，连卯也没去点。但日子过得并不踏实，担心嫩江会查我，担心奶奶和爹在乡下的生活，吃得饱吗？有没有被批斗？也担心我妈，会有什么险境等着她吗？

春节过后无奈地、悲凉地开始做去嫩江的准备了。第一件事就是给孩子断奶，如果我说这是有生以来最痛苦的事不知是否有人会相信？我的奶水很多，再喂个孩子可能都够吃。肉球球才四个月，当妈的就要断掉她的奶了，人世间的妈妈们，你们觉得这是什么滋味呢？而叼惯了妈妈奶头的小嘴巴说什么也不含那乳胶的，我胀得痛苦不堪，她哭，我也哭，娘儿俩就一起哭……

那小东西哭了一天饿了两顿，到晚上才非常不情愿地叼起了那人造的奶头，吃上了那牛的奶……

第二件事就是，我去嫩江了，孩子谁管呢？

大姑说："我管！"

大吉的大姑和黄啸

二十九　母女分离

一天傍晚，妈来了，带着惊恐、不安和眼泪。工厂开大会宣布她是地主婆，开除厂籍，勒令一周内回大刘庄……多少天来一直担心的事终于发生了，但我还是被噎得一句话也说不出来，整个人都傻了！苍天，你为什么这样不公平！我妈十八岁进了刘家门后就没过一天好日子，封建家庭像山一样压了她十几年，而养家糊口、供我读书也像山一样压了她十几年，现在"地主婆"的帽子又将压在她身上了吗？她该向谁呐喊？我又该向谁呐喊？伯璿扶着妈坐在椅子上，给她倒了一杯水压压惊：

"先别着急，今晚就住在这里，一起想想办法。"

婆婆赶紧张罗着做饭。那个晚上我和伯璿几乎没睡，但也没商量出什么办法。"听说北京市政府有个群众来访接待处，解答一些老百姓的问题，要不然明天我陪你去一趟，听听他们怎么说。"

群众来访接待处人山人海，等了好几个小时才轮到我们，在窗口只能看到接待人的脸，严肃中带着和气，首先问了我的姓名、在哪儿工作，并耐心地听完我的叙述，问："离职手续办了吗？"

"还没有，厂里红卫兵在大会上宣布了一下。"

"你们主要想问什么呢？"

"我妈她冤枉，不应该被轰到农村！"说完我就哭了，伯璿拍了我一下并赶紧补充了一句："想请教您，没在农村生活过也能被打成地主婆吗？"

"有几个问题，实情回答，我才能酌情为你们提出些建议，行吗？"

我们俩同时说："行，行。"

伯璿在我耳边说："实话实说。"

"你们家在农村有地吗？"

"有，但是有多少我和我妈都不知道。"

后来他又问了我爷爷及爹的情况，我一边如实回答一边想："完了，我这种家庭，他不会帮我想什么办法的。"

谁知他思考了片刻缓缓地说道："你的家庭很复杂，现在是运动时期，说你妈是反动家属、地主婆，都是有可能的，这就要看掌握政策的尺度如何了，还好离职手续还没办。但想证明不是地主，难度很大，正像你们说的如果想办法证明没在农村生活过，应该还有一点希望。"

接着他又出主意："首先你到单位开一张到农村了解家庭出身的介绍信，再到农村请人家开出你和你妈没在农村生活过的证明。当然，单位及农村给不给你开，我不敢保证，就是都开了管不管用，我也不能保证。可别赖上我啊！"说完他笑了一下。

伯璿赶紧说："您这样诚恳地提建议，感谢还来不及呢！"

"我还想提醒一句，现在是运动时期，你们做了这些事有可能会牵连到自己，比如包庇、翻案什么的，所以行动前考虑好后果，三思而行。和红卫兵、农村里的人说话千万谨慎，注意态度。"

我们千恩万谢，道别时我看了他一眼，从他的眼神中看到了一丝丝的同情。在那个处处都在高喊"打倒黑五类、打倒狗崽子、踏上一万只脚让他们永世不得翻身"的时代，我却感受到有一缕阳光送给我的一点温暖……我遇到贵人了！

家中有两位老人，还有那吃牛奶随时哭闹的肉球球，说话不方便，伯璿把我拉到中山公园找了个僻静的地方坐下。

"你考虑好了吗？包括后果。"

"豁出去了，即便当反革命，也要为我妈争取一下，她这辈子太苦了！"

"燕吉，我曾发过誓，不让你再受欺负，今天我却保护不了你，心里很不好受，但我想告诉你，无论你做出什么决定，会有什么样的结果，我都支持你，永远不离不弃。到什么时候你都要相信，我是最爱你的人。"

我依在他的肩头哭了。是的，他是我唯一的依靠……

他又说："宜早不宜迟，咱们现在就去林科院，争取下班前拿到介绍信。"

到了林科院，找到人事处兼党办主任鲍发，说明来意后，她沉思了一会儿说:"小刘,介绍信可以开,但你想到后果了吗?"

"鲍主任,我必须这样做,我妈她太冤屈了!"

当我拿着写有"介绍刘燕吉同志前往贵处了解家庭出身等事宜请予协助"、下面盖着"中华人民共和国林业部中国林业科学研究院"大红印章的介绍信后,那个瘦瘦小小、皮肤黑黑的鲍主任百般不放心:"小刘,一定见机行事,说话客气些,该服软就服软,不要你妈的事没解决再把你搭进去!"

我连连说:"鲍主任,我记住了,谢谢您!"眼泪掉下来了,我又遇到了贵人。

带着家中有的两三卷挂面、白糖,伯璿买了些点心、熟食,我踏上了那未知是福还是祸的路。

我坚定地拒绝了伯璿陪我一起去的要求,不想让他也卷进旋涡。

在曹河镇下火车,步行四公里来到和我有着千丝万缕关系的大刘庄。

奶奶和爹见到我大吃一惊:"你怎么来了?"话语和眼神中充满恐惧,他们以为我也被轰来了呢!我赶紧说:"别害怕,来看看你们,顺便办点事。"我连忙拿出吃的东西。

奶奶问:"孩子谁看着呢?"

"大古姑(保定话,大姑姑的意思)。"

"有她看就放心了,回去跟你古姑说,就说是我说的,让她帮着你拉扯起几个孩子来。"我含泪点点头。

"那孩子胖不胖,长得像谁?"

"胖着呢！像她爹。"

"像她爹好，富态！"

"奶奶，别说了，快吃吧！"

据说1968年奶奶和爹回到北京后，奶奶每天都让大姑把孩子抱给她看看，对重孙女喜爱得不得了。这孩子代我给了她最大的安慰！而这次我和奶奶却是最后的相见、诀别……

不想让奶奶跟着担心，就低声对爹说了我的来意。爹说："村委会这几个人对咱家还算不错，没被批斗过，只是有一个人态度厉害，好像这几天他不在家。要开证明就赶快去吧，按辈分他们应该是你的兄弟呢！"

什么兄弟不兄弟的，虽然都姓刘，人家也不会认我这个姐妹的。

爹告诉我出门怎么走怎么拐，看到两棵大槐树，高台阶的大门就是村委会，又低声说了一句："那就是咱家的老宅。"我装作没听见，什么老宅，和我一点关系都没有。

找到了那两棵大槐树和高台阶。带着突突的心跳，带着装出来的微笑走进大门，对那几个"兄弟"，开口领导、闭口主任地叫着说明我的来意，同时呈上介绍信，和我的印有"中华人民共和国林业部"大章的工作证，用已不太标准的保定话说："恳请各位领导开一张证明，证明我妈和我没在大刘庄生活过，不知行不行，我先给各位领导鞠躬，谢谢帮忙。"

几位领导开始有点惊讶，仔细看了看那介绍信和工作证，有一个人好像明白了："你是刘鸿勋的闺女啊！咱们还是同辈的呢！这样吧，你先把介绍信和工作证放这儿，哪们研究一下，你听信儿吧！"

我赶紧说："那就太谢谢了，如果能快点儿就好了，我刚生了个孩子，才出月子。"

怕他们不知道怎么写就递上一个准备好的字条："特此证明，阮尚珍、刘燕吉没有在大刘庄生活过。"

"我妈叫阮尚珍，我叫刘燕吉，咱们都姓刘，各位大葛个（保定音大哥哥的意思）再次谢谢你们！"

那个晚上我和爹翻过来调过去的，都没睡好觉。第二天坐立不安地熬到中午11点多，我硬着头皮又去了大槐树、高台阶。

刚一进门就听到有人说："你来得正好，正想让人找你去呢，证明给你开了，咱们乡里乡亲的能帮就帮一把。"

我接过那救命的证明强忍着眼泪，又给他们鞠了个躬，连连说："谢谢，谢谢！另外，我奶奶和我爹在村里住，也谢谢各位领导和乡亲们多多关照！"

爹说，乡亲们真的挺照顾他们，有的送来玉米面，有的送来白薯，本家侄女叫英子的天天来帮着干这干那的……

1968年大刘庄村革委会以同样"没在农村生活过"的理由，把从北京被轰回来的奶奶和爹送回了北京。善良朴实的大刘庄的乡亲们都是我们的贵人。

妈把证明交上去后，他们收回了成命，又正常上班了。

把肉球球交到大姑的手上，千嘱咐、万叮咛："牛奶一定要兑一半水，不然会拉不出屎来。她有湿疹得按时抹药，天气好时晒晒太阳……"大姑打断我的话："行了，别牵肠挂肚的了,我比你会带孩子,当年我怎么带你的今天就怎么带她,放心吧!"

说着也抹起了眼泪:"这是怎么话儿说的呢?这么小的孩子就得离开妈了……"

穿着妈熬夜做的新棉袄棉裤,用奶奶的皮袄改的一件带帽子的皮大衣(当时叫皮猴),登上了开往嫩江的火车。伯璿送我上车时在耳边又重复了昨晚说过多少遍的话:"注意身体,学会保护自己,常写信,永远爱你、等着你!"

大吉抱着别人的孩子

父女

三十　做到了丫头的身子丫头命

　　1967年3月初，我来到黑龙江嫩江森保所。森保所挂靠在离县城三十多里地的黑龙江航空护林局，一个叫飞机场的地方。那是日本人留下的一个小型军用机场，虽然野草、野花丛生，但昔日的停机坪和跑道依稀可见，而现在安-2护林机的停机坪和跑道都是新修的。护林局除了坐办公室的大小干部之外，还有一批由转业军人组成的空降队员，是大小兴安岭的森林灭火主力军。

　　航化室四女五男共九位同事比我先一步来到了这里，除了李志芳和他的新娘小贺及另一位男士有家之外，其余的都是单身（这一切的始作俑者Z没当上官，所以就没有把爱人调过来，据说她的出身也不是很干净）。加上科学院林土所来的四五位同事，单身族成了一个群体。爱开玩笑的人给每一位都起了个外号，什么山羊、鸡、猴、狗、四不像、坐山雕……应有尽有。而且给大家排行，从老大排到老九。因头发稀少，我被称"阿三"。大家彼此互称外号给单调的生活增添了一点乐趣。

上班时间就是开会，开会内容是学习报纸、学习毛选、开批斗会。批的是党中央让批的人，斗的是护林局、森保所揪出来的阶级敌人。森保所共揪出三个敌人，一个是当了几个月所长、被造反派称为狗××的Y，第二个是原西南航空护林站的领导G，第三个是原科学院林土所专家、被造反派称为反动学术骗子的W。

护林局电线杆上的大喇叭里哇哇地喊叫：

"伟大领袖毛主席教导我们……"

"打倒×××，打倒×××……踏上一万只脚让走资派、反动分子永世不得翻身……"

"革命的造反派们，擦亮眼睛挖出一切牛鬼蛇神……"

我听出来了，那声嘶力竭的声音出自Z之口。她在大会小会上都大声叫喊："我要做响当当的造反派！"

她做到了。她是造反派组织的红人，出色的打手……除了开会和睡觉外，她都和造反派的领导们在一起，我们很少见到她。

吃饭时单身的坐在一桌有说有笑，只要有人用匙或筷子敲一下碗"当！当！"两声，大家马上就都不出声了。响当当的Z进了食堂，她目不斜视，带着买好的饭菜就走了，从不屈尊在食堂吃饭。单身中最年长来自林土所的老覃头用京剧腔说一句："二姨走也！"大家笑不可支。他给相貌不敢恭维的Z起了个外号"猪八戒二姨"。

护林局包括森保所成立了民兵连及红卫兵团。这两个革命组织的大门对我都关闭了，黑五类子女不让进。在他们开成立大会时，我一个人在宿舍里待着自嘲地想："不让我参加民兵拉倒，真打起仗来还不用上前线了呢！"但是被看成另类的孤独、恐惧像针一样扎在心上，很痛！很痛！

在这腥风血雨的是非之地我给自己立下了规矩："低头走路，夹着尾巴做人，把嘴缝起来，少说话、不说话。"开会时我坐在最后面，或边上，一言不发。每天最盼望的事就是北京的来信。

有大姑的，她对我说："孩子很好，放心。"

她还说："高高兴兴是一天，愁眉苦脸也是一天。"

这句话像一扇窗，在我最苦闷的时候会选择打开它，透透气，看一眼那遥远的阳光……两位母亲的来信大多是叮嘱我："多注意身体！"

伯璠每周一两封信，一写就是四五张纸，详详细细地描述周末看到肉球球的情景，孩子的一颦一笑、一哭一闹跃然纸上。信中没有低沉的情绪、晦暗的语言，而是保持了他一贯的做人风格，粗犷中含着细腻、幽默中含着情意。使读信的我感到温温的暖和深深的爱！

一天正在开会，有人递给我一封他的来信，忍不住在桌下打开了，一张孩子的照片掉在了地上，我正要低头捡却被坐在旁边外号"水赖"（她曾把水獭读成水赖而得名）的人抢先拿了起来。她是一个大声说话、大声笑、做人也大大咧咧喜欢开玩笑的女同志。我越想把照片拿过来她越不给，在照片的后面飞快地写了三个字"胖丫头"，就把照片传给了旁边的人。可能会议有点枯燥，突然发现一个孩子的照片，给人带来一点兴

246

奋，谁都想看一眼，就这样一个人一个人地传下去了，吓得我心跳加速，万一……使劲捏了一把水赖："给我要回来！"

她也傻了眼，照片已经传远了没法要回来。还好当传到原航化室留苏回来的男士穆焕文手里时，他看了一下就把照片放在口袋里收了起来，我和水赖才把心放下。

散会后向穆要照片，他说："一猜就是你的，开会传照片，不怕挨批吗？"

"是水赖传的，老穆，谢谢你啊！"穆是个好人！

那是一张肉球球半岁的照片，圆圆的胖脸蛋，憨态可掬。我流着泪看也看不够。以后孩子照片源源不断地寄过来，有她姨、舅舅、姑姥姥抱着她的照片，也有学走路、推小车的照片……这些照片，当然还有他的信给我带来极大的安慰和快乐！生活越孤独就越想孩子和亲人。只要看到别人家的孩子，说什么也要接过来抱一抱，尽情地享受一下孩子在妈妈怀中的感觉。熟悉点的人都知道我有个抱孩子的癖好，就主动把孩子给我：

"抱抱吧！过过当妈妈的瘾！"

嫩江的夏天来得晚，六月底七月初才开始有点热。全所人员参加麦收劳动，每人一垄，也就是看不到头的一行，有五百多米吧。从未干过这活，镰刀在我手中不听使唤。别人割了一半开始休息了，我才折腾了一小段，别人都到头了，我还没割到一半。第二天，带着干活的杨师傅说："你别割了，去捆吧。"

捆麦子可是个技术活。我也不会呀！看着别人怎么捆，照猫画虎地干，谁知道被人一提就散了。

杨师傅又说了："这是你捆的吧？刘燕吉呀刘燕吉，你可真是小姐身子丫头命啊……"

没等他说完，航化室的老同志李志芳过来了："老杨，别着急，我来教她。"

李志芳手把手地教会了我这门手艺，熟能生巧，后来我能负责三垄地捆麦子的活儿。做到了"丫头身子丫头命"。

森保所食堂的伙食实在差劲，每天的菜就是：土豆丝、土豆片、土豆块、土豆汤……十天半月的有次烧猪蹄，每人限两个，女同胞们把肉啃完了，那骨头也舍不得扔，就在火墙的炉子上用饭盒煮汤、下面条。秋天，闹鸡瘟，家家将死鸡到处扔，穆焕文说："那刚死掉的鸡只要把内脏扔了，肉是可以吃的。"

单身族们欢呼雀跃，男士们捡来还有热乎气儿的死鸡，放血、烧水、褪毛、拿出内脏，去头、去尾、洗得干干净净，切成方块。女同胞到食堂或走东家串西家化来酱油、盐、葱姜蒜、糖、酒等调料，用洗干净的脸盆炖了两只大公鸡。大家吃得好高兴啊！家属们知道后就主动把刚死或要死的鸡送到单身宿舍来，从此我们有鸡吃了！可笑的是有人看我们吃了那么多瘟鸡，一个个活蹦乱跳的，都没得病，也开始试着吃了，护林局开启了吃瘟鸡的时代。现在每每看到禽流感的新闻，一起吃过瘟鸡的秦少芳就会说："刘燕吉，咱们不怕，咱们体内有抗体！"现在生活好了，不会有人再去吃瘟鸡了，那究竟不是什么好东西！

大吉在北大荒

郑秀华和孙女黄啸

大吉的好朋友穆焕文和黄啸

对黄啸来说，爸爸比妈妈大吉在童年里的存在感强多了

黄啸有一个古老的相册，里面的照片都是爸爸伯璿拍的。他自己冲洗、剪辑，把照片和剪下来的有趣的图片拼接在一起，满本都是爱。这是完全没有跟父母一起生活的妹妹黄悦最羡慕的一样东西。

三十一　肉球不让妈妈抱

　　1968年春节前，单身族十来个人休探亲假回家。先坐护林局的大卡车到县城，买好嫩江到北京、嫩江到上海、嫩江到厦门、嫩江到××……的火车票，不管到哪里都得在齐齐哈尔转车。而大多数人还要在北京再转一次车。春运期间卧铺票取消，只要早点上车，占个卧铺就能舒舒服服地卧着回家了。在齐齐哈尔，心眼活又机灵的人带着我们从小路提前来到站台，老实巴交的穆焕文迈着他特有的大步子，边走边念叨："我们都有票，我们都买票了！"
　　火车一进站大家一拥而上，列车员根本顾不上查看有没有检票。如愿以偿，都占了个上铺。问题是将近24小时，在挤得水泄不通的车厢里没办法上厕所，所以不敢喝水，也不敢吃太多的东西。只有睡觉才能最好地消磨时间。
　　火车哐当到第二天中午才到达了梦中想念着的北京。在出站口我一眼就看到了来接站的他。我从梦中醒来了吗？
　　和妈匆匆见了一面，她就带着一些年货奔大刘庄了，那里的人更需要她。我最想见的是肉球球。满地乱跑的她对见不见我这个妈妈根本无所谓。当我想从大姑的怀里接过来抱抱她时，她转过头抱住大姑的脖子拒绝了！大姑说："她认生，拿点吃的哄哄。"

我赶紧拿出江米条什么的，她才勉强地来到我的怀里。抱过那么多孩子，这次才真正体会到当妈妈的感受。还没抱够呢，她就扭着小屁股要求下来，把她放在地上，她抱起那些吃的东西就奔向了我的大姑，她的姑姥姥！

我不在京时，伯璿每周接肉球球和我妈到婆婆也就是孩子奶奶家待一天。有一次住了一晚，不知是着了凉，还是吃得不合适了，孩子又拉又吐。大姑向我妈发火："给孩子胡吃海塞什么了？"

从此立了规矩，孩子可以接走在奶奶家玩一天，但不能过夜。不能给孩子吃太多零食。现在我回来了，大姑看着我可怜就说：

"要不你把孩子接回去住几天吧。"

"她又不跟我，能行吗？"

"她跟她爸爸。"

伯璿和我把孩子抱回家，当奶奶的最高兴，立马拿出吃的东西哄她的孙女。可能又吃多了，到晚上就发起烧来了，又哭又闹。没办法，我们俩赶紧把孩子送回了王家园。看来带孩子、当妈妈真是件不容易的事啊！

春节刚过几天就接到嫩江的电报："速归！"

编个瞎话，家里有人生病了，或者说自己哪儿有毛病了，磨蹭七八天，再次含泪告别亲人回到那可怕的地方。

那个时代为了表示对领袖的敬重和热爱，不分老幼每个人胸前都戴着一枚毛主席像章。而且大家都在收集像章，数量越多，花样越多越光荣（现在家中还存着一盒像章呢）。1968年春节后回到嫩江时我戴了一枚白色有机玻璃为底，金色头像的像章，很是新颖。

军代表看到后大夸特夸："太好了，刘燕吉，哪儿请到的呀？"

"我爱人给的，不知道他在哪儿……请的（差点脱口说出哪儿搞到的）。"

军代表离开后，旁边有人对我说："刘燕吉，你是真傻假傻呀？军代表张手要呢！你怎么不给呀？要是Z早就献上了。"

"真的吗？我怎么没听出来呢。"

我很为自己的愚钝后悔，一个像章嘛，给他就是了，何苦得罪这重要人物呢？想摘下来给他送去，但这样明显的拍马屁，我真是做不来。想来想去的："算了，这个马屁不拍了，爱怎么着就怎么着吧！"

嫩江的天越来越阴暗了，喜欢开玩笑、中国科技大学毕业的高才生"水赖"闯了大祸，因对毛主席像章做了一个不恰当的比喻，被造反派贴了大字报，并被打成现行反革命，在批斗会上，一个造反派喊口号："打倒反革命分子，程邦偷！"

他老人家不知道是口误还是白字先生，把"程邦渝"的"渝"念成了"偷"。引起一阵哄笑！严肃的批斗会变得很滑稽，但我却笑不出来。

真想不起是为了什么，一个林土所来的男士，南京大学气象专业的高才生也被揪了出来，当了反革命。"牛鬼蛇神"中又多了两个年轻人。吃饭时间，这些人进食堂后先要在毛主席像前排着队，一个一个地说：

"伟大领袖毛主席，我是走资派×××，我有罪，向您老人家请罪！"

"伟大领袖毛主席，我是反动学术骗子×××，我有罪，向您老人家请罪！"

"伟大领袖毛主席，我是反革命×××，我有罪，向您老人家请罪！"

…………

二十来个人每人请完罪后还要鞠个躬。一切完毕后才能买饭、吃饭。很多人都会笑，但我看到他们一进门赶紧低下头，不敢看，特想把耳朵堵起来，不想听，怎么还能笑得出来呢！

在一次批判会上，一个造反派突然向我发难：

"刘燕吉到森保所一年多了，大会小会一言不发，什么意思啊？有什么情绪吗？你属黄花鱼的吗？老溜边！下次批判会，一定听你发言！"

仔细想了想，也是，全所的人唯独我没在会上说过一句话。晚上翻腾着睡不着觉，他们是在找碴儿吧！此时此刻的我十分万分地想念我的那个他，你为什么离我那么远？你不是说过，不让我再受欺负了吗？怎么办？逼到头上了，无论如何也得写一篇啊！

文章中写了写邓小平不讲阶级斗争，只讲黑猫白猫什么的。而主要内容是颂扬毛主席，在毛泽东思想的指导下，大学校园里办起了工厂，毛主席视察了我们建的硫酸厂，还和同学们一一握手……可能文字比较通顺，可能内容新颖些，不是抄报纸，我读完所谓的批判稿后得到一片掌声。

会后碰到那个被批斗的"反动学术骗子"W，他看周围没人就低声对我说："南山大鸟，不鸣则已……"没等他说完，赶紧制止了他："别说了，你挨斗还没挨够啊？"他点点头走开了。

什么南山大鸟，我只想做一棵山野中的小草，永远被人视而不见，永远不会被人想起来该多好啊！

那个年代"忠字舞"风靡全国，护林局也不例外，但都跳得歪七扭八的，没有个像样的舞蹈。军代表提出，找个会跳舞的到县城去学，回来教。有人推荐了我，他居然同意了。军代表的意见，Z等造反派没敢反对。

我哪儿敢呀？急忙推说："我不行！我不……"话没说完看到军代表的眼神，倒吸了一口凉气！心想，这事儿不能推呀，要扣个"抵触"的帽子怎么办？赶紧拐弯说："我一定好好学。"后来大家都说我学得到位，教得耐心。战战兢兢地总算过了这一关。

四五月份吧，大刘庄把奶奶和爹又送回了北京，理由是"没在农村生活过，不属于那里的人"。回来后，奶奶最大的精神生活就是看看重孙女，每天都让大姑把肉球球抱给她看，逗一逗，抱一抱。孩子代替我送给她无限的快乐和安慰。

9月份的一天,接到家中电报:奶奶去世了。享了半辈子的福,受了半辈子的罪,曾经是那样精明、漂亮的奶奶走了!我忍不住哭了一场,想请假回去送她一程,不批准,只能寄了一点钱回家。我常常看着天上飞来飞去的鸟儿们发呆,好羡慕它们啊!广阔的天空任意飞翔,想到哪儿就到哪儿,广阔的天空任意喊叫,想多大声就多大声!

肉球球两岁多了,胖乎乎的活泼可爱,伯璿把所有的爱(包括对我的)都给了孩子。在单位能逍遥就逍遥,只要能溜出来就带孩子到处玩,这段时间留下了一张张珍贵的照片。

记得10月底还是11月初,嫩江已经下了雪,1968年的冬天已经来临,伯璿的一封信在我不知情的时候被人拆开看了。恰好信中写了不该写的文字:"咱们的小红太阳……"他太爱孩子了,把她比作了太阳。太阳只能属于伟大领袖的呀!一直低头走路、夹着尾巴做人、战战兢兢、小心行事的我一下子被推到了风口浪尖上。

我在心中大声惊呼:"人不在时,户口可随便被迁走。人不在时,私人信件可随便被人拆阅,天理何容?"

几天后,我被批判了,除了那句"小太阳"之外,和毛主席握过手也是罪状——"玷污了伟大领袖!"

奶奶去世,我哭了,也是罪状——"给地富反坏右哭丧!"

幸好他们不知道我为我妈翻案的事。

越是原来比较接近的人,越想撇清关系,越往死里批我。

三十二 "运动总会过去的"

很佩服周围同事们的记忆力和逻辑分析能力，能把我哪年哪月说过的什么话抬得高高的，上纲上线……无论如何也要把那顶"敌我矛盾的帽子"给我戴上。回忆了一下，除了几个刚分来的大学生外，没有发言批判我的仅有原航化室的几个男同志：李志芳、穆焕文、陈盘兴、张教盛，一个转业军人赵荣弟，林土所来的外号老山羊的王贤祥还有那个老覃头覃世。记得批判会中间休息的时候，大家都出去活动了。有一个人没出去，李志芳走到我身边说："小刘，一切要往前看……"这句简单的话，在那个时刻，带给我多大的温暖和感动是难以想象的。

第二天早上去食堂的路上，大喇叭响了：

"现行反革命分子×××畏罪自杀，死有余辜！打倒×××！"

…………

×××一直是红得发紫的造反派，怎么自杀了呢？带着一万个疑问，带着堵在心中的一万个冰块，我哆哆嗦嗦地低着头往食堂走。

"小刘！"

抬头一看，是穆焕文在叫我，他跺着脚，冻得也是哆哆嗦嗦的，看来在那里等我已经站了一段时间了。

"小刘，要想开些，有什么需要帮忙的，我一定尽力。"这温暖的话把心中那一万个冰块融化了多少呢？我哭了。"老穆，谢谢你！"又问："×××为什么自杀呀？"

"听说开会时在报纸上随便画，画出问题来了，反对派揪住不放，被打成反革命，一时想不开就……小刘，你一定要想开些，家中还有孩子呢！再说运动总会过去的。"

"我记住了，你放心……"眼泪又掉下来了！

那天的会是批判老山羊王贤祥。坐在后面的我感到头晕、头疼、全身疼痛，冷得发抖。中间休息时，我晃晃悠悠地去了医务室，一量体温，超过39℃。当我把大夫开的假条交给领导时，听到了一个人发出的冷冷的声音："病得真是时候！"人心好凉啊！吃了退烧药和两粒银翘解毒丸，喝了两大杯水，倒头就睡。同宿舍的人中午、下午回来吵吵嚷嚷的，但没有一个人过来问问我，病得怎样？需要什么帮助？我完全理解，人家要划清界限的啊！

但有人偏不和我划界限，李志芳让他的太太小贺送来了热乎的玉米糁子粥和咸菜，同样挨批的老山羊打来了食堂的饭菜，穆焕文送来一杯农场新挤的牛奶，才分来也刚结婚不久的女大学生曾凤云拿来一张松软的烙饼……我躺在床上想，就这样一命呜呼了，地球上也就是少了一只蚂蚁而已。但对我亲人来说呢？一张张的脸在我眼前闪过，妈、大姑、疼我爱我的他，最后定格在肉球球半岁时的照片上……他们受得了吗？孩子才两岁呀！还有顶着压力帮助我的朋友们呢！我31岁，大把的生活还在后面，我一定要活下去！按时吃药，尽量多吃些朋友们送来的饭菜。重要的是脸皮要厚些，再厚些，那难看的脸色，视而不见，那难听的话，穿耳而过没听见！

在我生病的这些天里，除了批判老山羊外，穆焕文也挨批了，罪名是"苏修特务"。还有，老穆五音不全，开会前唱《东方红》，散会前唱《大海航行靠舵手》时，他总跑调出怪声。我曾提醒过他："只张张嘴，别出声了。"但现在还是被人揪住了小辫子："歪曲革命歌曲！"

老穆是教育部公派的留苏学生，和特务不沾边，唱歌跑调，原航化室人人皆知，那时候我们经常笑话他。加上出身好，人缘好，没几个人批他，也就是Z这种人喊叫两声而已。还有出身资本家、喜欢打扮的胡惠琴也捎带着被批了一下。大家都明白这些都是Z积极参与策划的。

十几天后，病好了。虽然两脚像踩棉花，全身没劲，但我仍然挺直了腰板迈进批判会场！大家看到我后都吃了一惊，有关心我的人问：

"小刘，怎么瘦成这样了？"

是啊，本来就不胖的我，现在苍白的脸上就剩两只眼睛了！批判会没继续开，他们好像在忙着两派斗争的事。有一天造反派领导，一个姓周的女士对我说："军代表找你，到他办公室去一下。"我心里又轰的一声！他找我干吗？

军代表挺客气，让我坐下后说："听说你们所里在开你的批判会，要正确对待群众的批评，要相信党的政策，出身不能选择，重在表现嘛！"停了一下又接着说："现在有一个表现的机会，希望你能抓住。"我点了点头。

"为了迎接中国共产党第九次全国代表大会的召开，护林局准备搞一台文艺演出活动。你能做点什么吗？总策划，行吗？"

"军代表，谢谢您对我的关心，也谢谢您给我一个表现的机会。我一定尽全力完成您交给我的任务。但是，您太高看我了，我从来没做过总策划。不过我一定能策划一两个，或两三个像样的舞蹈节目，您看行吗？"说完又补充了一句："我觉得您做这个总策划最合适。"

他听后挺高兴，可能他早就想做这个总策划了吧。

同宿舍的人看我没像水赖那样被打成反革命，又被军代表叫去参加文艺演出的工作，态度好起来了。我心中是有杆秤的，患难时向你伸出手的人才是真正的朋友。对她们虽然也有说有笑，但心里却筑起了防范屏障，决不敞开心扉，决不说一句真诚的心里话！

1969年4月，中国共产党第九次全国代表大会隆重召开，护林局大张旗鼓地开展起庆祝活动，其中包括那台文艺演出。我履行了承诺，完成了三个节目。一、把大学里的歌舞《毛主席万岁》经军代表的建议改编成《世界人民热爱毛主席》，增加了黑人和朝鲜族舞蹈；二、编导了秧歌舞《南泥湾》；三、建议并帮助成立了一个小民乐队，给唱歌的、跳舞的伴奏，也演出了民乐合奏《北京的金山上》。Z和护林局的一个男同志表演了对口唱《老两口学毛选》。应该说唱得不错，在台上边唱边叫："老头子！""老婆子！"下面的人都高兴地大笑，很受欢迎！

一天吃过午饭，回宿舍的路上，原航化室的男同志陈盘兴小声对我说："阿三，不要背思想包袱，知道吗？我去外调你了，农村没说一句坏话，只说没在那里生活过。另外我看过你的档案，大学时各次运动后的结论及毕业评语，还有在航化室转正时的评语都相当不错。估计不会给你戴什么帽子的。"

怪不得这十来天没看见他呢！感谢造反派让他去外调我了，外调员的态度和倾向对结果起着至关重要的作用。如果换成Z可能就是另一番景象了吧！今天为了鼓励和安慰我又一五一十地告诉了我本不该说的话。你不怕犯错误吗？好朋友、好同志、好大哥！要说多少声"谢谢"才能表达出我内心的感动呢？

一两天后，宣判如下：穆和胡只是一般的批评；王贤祥为可以教育好的子女；刘燕吉因把自己的孩子比作"太阳"，本应按敌我矛盾论处，鉴于本人有深刻认识，真心悔过，现实表现尚可，特别是在中国共产党第九次全国代表大会召开的庆祝活动中表现积极，取得较好成绩（据说后面的话是军代表让加上去的）。故此人按人民内部矛盾处理。

感谢舞蹈带给我的幸运！感谢那些真诚的朋友对我的鼓励、帮助和保护！

后排左起大吉、阮尚珍、郑秀华和黄啸
婆婆郑秀华最会拍照

郑秀华有现在最让人羡慕的纸片身材,但是当年她的消瘦,是孙女黄啸的恐惧中心

黄啸小时候的照片，几乎都是不笑的，这个趋势一直延续到青春期，照相不会笑

三十三　要想婴儿安，就要饥和寒

5月份，我被派到护林局托儿所当阿姨，我喜欢孩子，孩子们会给我带来快乐！另外也不用在太阳底下割麦子了，真的挺高兴。

我负责的是大班，从早上八点到下午五点，十几个三五岁孩子的吃喝拉撒睡全归我和另一个阿姨管了。我全身心地投入，把作为一个母亲的关爱毫无保留地都给了他们。一个女孩子肛门处长了什么东西，可能又痒又疼，哭闹不止，我抱着她小心地给她擦药、轻轻地按摩，直到痊愈。一个叫武子的男孩子顽皮可爱，从不好好吃饭，别的孩子吃完了，安顿他们午睡，另一个阿姨看着他们，我再一点点地喂那个武子。他要求，吃一口饭我得给他唱一句歌儿，折腾个把小时才能把饭吃完。另外我发挥了自己的长项，教孩子们唱歌、跳忠字舞、排小节目。八一时还演出了一场呢！付出得到了回报，孩子们非常喜欢我，常常把家里带来的零食往我嘴里塞。有的孩子晚上回家了还吵着要找"刘阿姨"！

武子的妈妈对我说:"将那浑小子给你算了。""你舍得,我就要!"

有个小班的宝宝才两三个月吧,从未像别的孩子那样被包得严严实实,无论刮风还是下雨,小脸蛋总是露在外面,冻得红红的。当妈的还将小床放在门边上,屋里最凉的地方,一开门穿堂风呼呼吹。包括我在内的阿姨们都不太理解这种做法。

有一天在路上遇到,我问她:"为什么呀?孩子不会生病吗?"看到她眼睛里有泪水在转。

"刘姐,这几个月我都憋闷坏了,也真想找个人唠唠!我知道你的情况,信得过你。这样吧,今晚到我家来,我给你做面条吃。"

那天我俩聊到很晚,聊得很深。

她原是一名小学教师,夫妻十分恩爱,妻子总是被丈夫捧在手心里,从不让她做任何家务,睡前还一定要烧一盆热水给她泡泡脚……怀孕后,那加倍的关爱就不用描述了。天有不测风云,在离预产期还有一个多月的时候,丈夫不知为何得罪了造反派,被打成了反动分子。她也被调离学校,和反动派的家属们一起去劳动了。

她说:"刘姐,对我来说,天塌了!想过带着孩子一起死。又一想,我们娘儿俩死了,他也不会活,三条命啊!对那些人来说不就是踩死了三只蚂蚁一样吗?还会在大喇叭里高叫:死有余辜!凭什么呀?我们又没做坏事。我偏要活着,好好活着!就是劳动,也要把头发梳得光溜溜的,衣服穿得利利索索的,把孩子打扮得干干净净的。想看我的笑话吗?就让你看不着！"

她又接着说："刘姐，你知道有多难吗？所有的家务活都要从头学，娘家离得远，没人帮忙。生孩子、现在带孩子，娘儿俩的吃喝拉撒睡全是我一个人的事。人家坐月子，躺在炕上喝红糖水、吃鸡蛋。我刚生完就得下地给自己熬糨子粥……"

她擦了擦眼泪又接着说："我想明白了，必须认命！记得我妈说过：要想婴儿安，就要饥和寒。大人也一样，只有过饥和寒的日子，才能适应更艰苦的生活。你看，我这炕和火墙都不烧热，温温的就行，孩子从不给他吃得过饱，饿着他！我们娘儿俩不是活得挺健康的吗？"

她一说我才感觉出这屋子真够冷的，进门后大衣都没脱。再看那孩子，虽然不胖，但挺精神，两个大眼睛，见人就笑，非常可爱！

我拉起她的手，摸着那粗拉拉的手背，手背上都是密密麻麻的小裂口。我好心疼啊！赶快从口袋里掏出一盒蛤蜊油（那个年代的产品，蛤蜊壳中装着凡士林油）递给她：

"擦一点，明天我再给你带盒新的。"

她接过油闻了闻："还挺香的。刘姐，谢谢你啊！可是我不能要，这油管得了一时，管得了一世吗？你能永远供应我吗？只有冷水、冷风才是最好的油，能让这双手长一层厚厚的皮，自然就不再裂口了！"

我陪着她流泪了，但绝不是同情的泪，我流的是感动和敬佩的眼泪！一个小鸟依人的柔弱女人，厄运面前没有屈服，

267

变得如此坚强，如此高大。她给我上了一堂生动的人生哲理课！

　　1969年夏天发生一件非常滑稽的事，响当当的造反派Z犯了男女关系的错误，被人抓住。森保所及护林局讨厌她、恨她的人太多了，大家像传什么好消息一样奔走相告，都憋着一口气，等着好好整整她。在当时这种错误是很严重的，一般都要胸前挂双破鞋游街的！那个在台上和她一起唱、一起喊"老头子！""老婆子！"的男同志是个非常老实、非常好的一个人，大家都认为他是受害者，根本不想整他，但是他却把责任都揽到了自己身上。Z造反有功，那些革委会的领导们也有意保她，所以只在女同志的范围内开了一个批判会。胡惠琴兴奋地领着我们做准备，不记得分配给我的发言内容是什么，只记得我也学机灵了，说话留有了余地，真怕Z有一天再翻过身来，那尖锐的牙齿咬起人来是很疼的！不过，看她低着头，流着泪做检查的样子，心中特别解气！我的担心有点多余，Z真是臭到家了，原来她一直是革委会主任家的"私人保姆"，带孩子、搞卫生、食堂打饭等一些杂活她全包了，有一天突然被女主人轰出了家门。各种版本的猜想在护林局里流传……1972年她丈夫所在单位迁出北京，她也就灰溜溜地离开嫩江到她丈夫那里造反去了。

　　1970年春节，我探亲回家，肉球球黄啸已经三岁多了，伶牙俐齿的什么都会说，就是不叫妈妈，晚上睡觉搂着她的爸爸不让我在床上睡。伯璿一边安慰我一边哄着孩子……直到把她哄睡了我才能在旁边躺下来。我这个当妈妈的好可怜哟！

休完假回到嫩江后不久，发现又怀孕了，那翻江倒海的呕吐又来了。老天，你为什么这样惩罚要做妈妈的人呢？而且更大的惩罚接踵而至，北京传来消息：爹又被赶回大刘庄，说是城里不养闲人。同样，以我们有一双手不在城里吃闲饭为由，街道的大妈们动员大姑一家人离开北京到农村去，说是动员，其实就是轰出北京！大姑含着泪把她的心头肉，我的大女儿交到我婆婆手里，带着三个孩子到怀柔农村落户了。

同样，嫩江护林局和森保所大张旗鼓地开始动员干部下乡插队落户。这种光荣的事肯定少不了我的呀！当领导找我谈话时，我说，怀孕了，能不能生完孩子再下农村。他听后，有点吃惊地抬起头，两个小眼睛里放着寒冷的光，我下意识地哆嗦了一下。

"怀孕了？真的假的呀？怎么偏偏这个时候怀孕？你是不是知道要下放的事呀？"

先是感觉有盆凉凉的脏水向我泼来，激起一股怒火冲到脑门，有句话叫作，兔子急了还咬人。"请你尊重人，即便是反革命也有做人的尊严！告诉你，我大女儿三岁多了，再要一个孩子不犯法吧？"又补充了一句："孕妇犯了法还监外执行呢！"

说完后扭头就往外走，我这个被逼急了的兔子，来到嫩江后第一次以这样强硬的态度说话！ 还没到门口呢，就听到一声冷笑："农村妇女照样生孩子！"

这位领导来自福建农村，毕业于福建林学院。原所长被打成狗××后,作为森保所造反派组织第一把手,顺理成章地成为研究所的一把手。我来报到时,和他说了几句例行公事的话,再见到时想主动打个招呼,谁知人家迈着八字脚看都不看我一眼扬长而去!他的态度使我想起中学时的班主任,大学时的老干部,我只能敬而远之了。他老婆来嫩江探亲,女同胞们拿着家里带来的糖果什么的去看望。我想了想,人家理都不理我,何必去找没趣呢?他不像Z那样大喊大叫,但眼中放出的冷光,和说出的每一句话都会扎你的心窝!我常常会想:不就是出身于不同阶级吗?但我们同样成长在红旗下。我也是热爱祖国,热爱共产党的呀!怎么那么大的仇恨呢?

森保所包括我在内出身不好的三女两男,五个单身和两对夫妻,加上护林局一位女单身,很多对夫妻带着孩子被下放到一个叫霍龙门的农村插队落户去了。

因身体不适,我没参加所谓的欢送会。据说给下放的人都戴上了大红花。同宿舍的人劝我说:"识时务者为俊杰!"

我想大声喊:"我不想当俊杰,只想做个平头百姓,过平静的日子!"

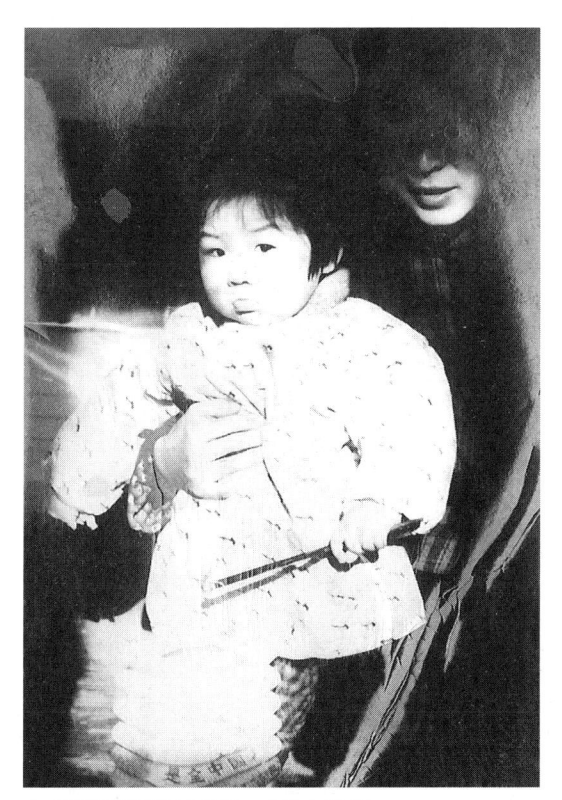

肉球黄啸不愿意让妈妈抱,因为不熟悉

肉球黄啸从小跟大吉争一个爸爸

森保所到农村插队的四女生，右下是大吉

三十四　二号肉球也不认妈

霍龙门在嫩江北边，天气更加寒冷，一年中只有6、7、8三个月无霜，也就是说九个月都是寒冬，当然也会有十天半个月深秋或初春的日子。肥沃而广阔的黑土地上也就是种土豆和黄豆什么的，人们的口粮大部分都是由政府往下拨，所以农活儿并不太累。到现在也没弄明白的是，当时全国都在割资本主义尾巴，不准农民有自留地，但在那里家家都有块自己的土地，利用那宝贵的三个月种土豆、黄豆、菠菜、韭菜、圆白菜（当地人叫大头菜）、豌豆等。人们养猪、养鸡、生产队里养牛、养马。那里还有条河，在河水没结冻的时候，里面的小鱼、小虾供大于求，所以老百姓的生活过得还不错。

我们四个女单身，同是天涯沦落人！带着护林局给的豆油、黄酱、白面、玉米糁子，锅、铲、碗、筷等大量生活用品来到霍龙门窝窝生产队。窝窝就在公社驻地，每天定时有公交车来往县城，是霍龙门条件最好的一个生产队。

我因怀孕经常被留下来做饭，她们三个下地干活。做饭并不是我的强项,但也和邻居大娘学会了熬玉米糌子粥,用白面、玉米面混合着蒸馒头、擀面条、炸鸡蛋酱,用老乡给的菠菜和炒鸡蛋做馅包饺子等。有一天从生产队里分到一块狍子肉,又腥又臭,我烧了一锅热水把那肉洗得干干净净,用黄酱代替酱油,还献出从家里带来的白糖,红烧了。她们回来吃得那叫一个香。

边吃边说:"好吃!好吃!"

但是我却一口都吃不下,那碗里的肉和我的手,怎么闻怎么都是那又腥又臭的味!

7月底还是8月初我就请假回家了。伯瑢已于1969年10月随林科院大队人马去了广西干校,所以我回到了北京但仍然见不到他。因没有北京户口,各医院都不收我,难道让我找个接生婆在家生孩子吗?再说,到哪儿去找接生婆呢?忽然想起协和医院当护士长的初中同学胡瑞芳(王保榕曾给她起外号,胡萝卜),多年不见的老同学喜极相拥。

她说:"这个忙我一定帮,但是不知道你在意不在意?想帮你找个男大夫,他的医术不错,人也好,我和他熟,有把握些,他只负责产前检查,并收你住院,你看行不?"

我犹豫了片刻,无奈之下只能答应了。男大夫五十多岁,态度和蔼,一边聊天一边为我做了检查,孩子一切正常,一个月后再来查。

婆婆看着我肚子一天天大起来,高兴又紧张。

总是用那福建腔问人家:"像男孩,还是女孩?"人家都拣她爱听的说:"肚子尖尖的,是男孩儿。"

当奶奶的还问大孙女："妈妈肚子里是小弟弟还是小妹妹？"那个拧丫头偏说："小妹妹。"

奶奶并不灰心，一遍一遍地教："要说是小弟弟！"怎么人人都盼孙子呢？

10月19日凌晨，在协和医院，又一次撕心裂肺的疼痛后，又一次生下一个胖丫头。八斤二两，又一次让接生的医生和护士兴奋了起来！

"这胎衣像是双胞胎的，好大呀！"

这次到婴儿室看"珍珠玛瑙"时缺了当爸爸的。他请假未准，没能从干校回来。这个二丫头可不像姐姐那么爱睡觉，婴儿车推来时哭得最响的就是她。很幸运，赶上一次名医林巧稚大夫查房，个子矮小，但却风姿儒雅，和蔼可亲，带着福建口音问我产后的情况，提醒说："注意伤口清洁，不要感染。"

又看了看孩子说："好胖的女娃！孩子出生体重大，需求量大，不要饿着宝宝哟！"

她把周围的人都逗笑了，怪不得搞卫生的大妈说："整个协和医院只有产科病房里有笑声！"想想腥风血雨、又冰又冷的嫩江，这里是另一个世界吗？

婆婆带着啸，大姑去了怀柔，妈还在上班，伯璩在广西干校。我这个月子坐得有点惨！更惨的是，奶水并不充足，还因睡觉不小心压了一下，得了乳腺炎，到医院开了一刀。

妈说："趁着孩子嘴还没那么刁，把奶回了吧，别像老大那样，她受罪，你也受罪。"想了想，奶水也不充足了，就含泪同意了。我这二女儿只吃了妈妈一个多月的奶。

王家园最年长的老人,大家都称他"姚爷爷",姚爷爷主动上门来给孩子起名字。

他说:"大的叫啸,龙吟虎啸,如叫黄吟听起来好像财迷似的,就叫鸣吧,和啸也对得上。"黄鸣成为二女儿的第一个名字。

伯璿知道了非常不满:"我的女儿必须由我起名字!"

他提出"璞"和"悦"两个字让我挑,我选了"悦"字。

他同意了说:"让这孩子给我们带来点悦吧!"这都是一年多以后的事了。

回京前在霍龙门公社革委会开了张证明,证明我在黑龙江边远地区工作,无条件带孩子。拿着它又一次来到林科院人事处,接待我的是一位男士,刘英俊,他看了看公社证明,听我讲了来意,二话没说就给我转开了一张证明信,并加上一句:"请批准黄鸣北京市户口。"盖上了中华人民共和国林业部中国林业科学研究院的大红章。我妈拿着这两份证明到西长安街派出所。黄鸣,有了北京市户口。我又遇到了贵人!

春节到了,全家老小都在盼望着的伯璿没有回来,他是"五一六分子",被关起来了。我没敢对两个老人说实话,只说南方干校农活多,不放假。酸甜苦辣都装在了我一个人的心里,只能晚上躺在床上时默默地流泪……

心中一遍一遍地祈祷:"伯璿,你要挺住,我和孩子们还有你妈都在等着你呢!"

三月中,把鸣送到一个亲戚家,我又将割舍孩子踏上征途,床上一下子没有了鸣的哭闹声，像丢了魂似的，在离京前的十几天里，我天天步行（省几分车票钱）到西四的一个胡同里去看她，已经感觉到了亲戚家女主人的不欢迎，还是忍不住厚着脸皮去，去了就想抱孩子。

女主人态度和蔼，慢慢地对我说："这么小的孩子，不能老抱……"还说会影响孩子的腰啊、脖子啊、会养成不良习惯啊，等等。我赶紧把孩子放在床上。心想，大肉球球整天让大姑和申家的亲人抱着！但这里没有大姑呀！大古姑，我好想你呀！有一天，我买了个叫拨浪鼓的小玩意儿。一个带手柄的小鼓，鼓旁两个坠子，用手一摇坠子就打在鼓上，发出敲小鼓的声音。兴冲冲地拿去哄孩子，愚钝的我也没看女主人的脸色，只听到一声吼："你跑什么呢？把地敲得咚咚响，烦不烦人呀？"

我吃了一惊，她是指着自己的女儿吼。再傻也明白了，实际上是在说我和那拨浪鼓呢！告辞出来边走边流泪……回家对妈说："鸣不能待在那家，他们不爱孩子。"

幸运的是，同样下放在霍龙门窝窝生产队的原护林局干部，我一生都会记着的一对夫妻——周尔正、钱国柱，介绍了他们在北京的邻居，后来被鸣称为潘爸爸、壁妈妈的好人家收留了我的二女儿，给了她家的温暖，父母般的爱护。记得伯璠对我说，孩子两三岁时，已改叫悦了，但在养她的那个家里仍然是鸣。每周接她回家玩一天，很是困难，小东西看到爸爸来了就往桌子底下躲，并不停地说："等会儿！等会儿！"赖着不肯跟爸爸走。

悦将近四岁时，给她找了个幼儿园，我妈也退休了，就把悦接了回来。离开潘家时，那个壁妈妈和她的两个女儿——被悦叫大姐、二姐的，都哭成了泪人，我也感动得流泪了，有段时间那个潘爸爸一休息就骑车到幼儿园附近转想看一眼孩子。这家人付出的爱太多了……而在接悦回家的那个晚上，她一直哭闹着要找妈妈，我抱着她，指指自己的鼻子说："我就是你妈妈呀！"

她摇摇头，继续哭闹着找妈妈，折腾了大半夜才把她哄睡了。人间真情的流露中凸显出我这个亲妈的可悲、可怜！生了两个女儿都不认我这个妈。

快乐的八子——黄悦

橙子和八子相亲相爱

大吉、大吉的妈妈阮尚珍和黄啸、黄悦。

鸣（悦、八子）和姥姥阮尚珍

八子跟她的壁妈妈，那是北京一个普通的工人家庭，潘爸爸、壁妈妈都有善良心灵，对八子视如己出

第六章 人生有难就有托举

三十五 千万别辞职

一天，同下农村的胡惠琴来找我：

"小刘，听说北京市有个人民来访接待处，咱俩去看看，如果可以的话问问，难道下半辈子就只能在农村待着了吗？"

我没敢说我曾经去过那里，还遇到了好人，只是表示了同意。

又一次来到这个地方，这回是大厅里摆放着一个个编号的桌子。接待我们的是一个中年男同志，清瘦的脸上带着自信和坚定的表情，看样子也像个知识分子。他耐心地听完我们的叙述，态度非常和蔼："从外表看，二位都不是出身于劳动人民吧！农村劳动生活是不是很苦？"

"苦，我们不怕，接受再教育嘛！"胡的小嘴很会说，而且比我识时务，据说下放的欢送会上她是高高兴兴，欢欢喜喜地戴上大红花的。她又说："但是我们都是读了五年大学的呀……"

那位男士笑了笑，问了问我们都是学什么专业的，下放前搞什么工作等问题后说:"知识分子接受再教育是毛主席的英明决策,就是因为读了五年大学才需要到农村锻炼锻炼呢!再说,农业机械在农村不是大有作为吗(胡是农机学院毕业的)?"

我和胡相互看了一眼,心里凉了半截,这些大道理谁不明白呀?何必大老远地来听你说呢? 谁知他话锋一转:"你们究竟是新中国培养出来的大学生,人才呀!要相信党的知识分子政策,相信国家总是要搞建设的,所以提醒一句,希望你们再苦再累也要坚持,千万别辞职! 千万别辞职!千万别辞职!"最后一句话说得很诚恳。

走出那个大门,胡对我说:"坚持吧!"我会心地点了点头。

1971年3月底4月初,四个女单身先后回到霍龙门窝窝生产队,继续北大荒农民的生活。窝窝生产队挺热闹的,有五六个上海女知青,一个当了赤脚医生的齐齐哈尔男知青,还有那对正直、热情、家长似的一对夫妻:周尔正(曾经是护林局的"牛鬼蛇神"之一,被造反派称为周尔歪)、钱国柱。女知青中有人会唱歌,男知青胡琴拉得好,只要不下地干活,总能听到有胡琴伴奏的优美歌声。而周、钱家的厨房也经常敞开着,随时迎接我们去蹭饭。

窝窝生产队有一位参加过长征的老红军,单身的李大爷。有一天他拿着一小口袋大米来看望我们。

"听说你们都上过大学,我这个老粗就喜欢和有知识的人唠嗑儿。"

"大爷,我们那点知识差不多都还给老师了,现在和您一样是修理地球的农民。"

"别说灰心的话,你这手表、衣服都能让人偷走,知识谁也偷不走,除非你自己不想要,把它们丢了。听大爷的,千万别丢,好好藏着,以后一定用得上。在我们这儿待上两年,活动活动筋骨,早晚还得回去干你们该干的事儿。"他又说:"听说你们是南方人,这点大米留下吃吧!"因红军的身份,口粮中细粮比例多些,还有别人都没有的大米。

我们深深地谢了他,看着离去的背影,琢磨那没有任何修饰、朴实而真挚的话,感动不已……也想起了那个信访干部说的话:要坚持,千万别辞职!你不觉得吗?这世上好人还真不少呢!

有一天收到一封不知是谁写来的信,打开一看,出了一身的冷汗,这个人是林科院的,虽不熟,但知道姓甚名谁。信中说,黄伯璿被打成了"五一六分子",将会有怎样怎样的处置(具体词我忘了),劝我为自己和孩子的前途着想,作出决断,划清界限,等等。字里行间流露出来的意思是让我离开黄伯璿,是劝我离婚吗?你这个造反派未免管得太宽了吧?那个晚上没怎么睡觉,脑海中翻腾着想,不知他们把伯璿折磨成什么样了?认识的人中有一个被打成"五一六分子"的,才几岁的女儿看到爸爸被人押着走的画面,受到刺激,至今脑子都有问题。该怎么回他这封信呢?不愿意让周围的人看出我情绪异样。第二天早上用冷水洗了洗脸无事人一样拿着锄头干活去了。

为了表示对那个造反派的不屑，没回他的信。给伯璿写了一封信，心想反正他也能看到，信中说：

"要正视自己的问题，该交代的就交代，没有的也别瞎说……保重身体，我和孩子们等着你……"本来想写上伯璿说的那句，不离不弃，怕太刺激造反派们了而没写。伯璿后来告诉我，他根本没看到这封信，整人的只告诉他说："你爱人让你老实交代问题！"这种人不怕遭报应吗？还真没有报应。现在活得好着呢！都九十来岁了还骑车买菜，不明白呀！

1971年下半年，四个女单身中那个小李调到齐齐哈尔，继续当小学老师去了。胡惠琴总是发低烧，陈德华肾出了什么问题，她们俩都到公社医院开了病假条回家了，只剩下了我一个人留守在那个窝窝生产队。还好有周、钱夫妇照顾着我，只要做了好吃的都叫我过去一起吃。

还有在其他生产队落户的原森保所的同志比如程邦渝（水赖）夫妇，段秀英夫妇隔三岔五地就把我接去住两天。他们都给了我家的温暖！

齐齐哈尔男知青，当赤脚医生的小于送我一小瓶胎衣粉说："用温水冲泡吃，大补的。"他经常给人接生，只要产妇说不要那胎衣，他就拿回来洗干净，烘焙干、研成细末。在农村，虽然因心情不好，时不时地胃疼，但没什么大毛病，那么冷的天，感冒、咳嗽都没得过，不知和这瓶胎衣粉有无关系？小于，真是谢谢你了！小于出身医生世家，返城后进了医学院深造，现在已经是当地知名的医生了。

285

那个红军老大爷，带着从砸开还没冻结实的冰层下捞的小鱼小虾，还有那自己种的留着过冬吃的土豆、大头菜什么的经常来看我。

"想孩子了吧，哪有当妈的不想孩子的，大爷告诉你，你就想呀，小丫头们欢蹦乱跳的，结实着呢！好着呢！你就高兴了。对不？"

我含泪点点头，不是因为想孩子，而是为那朴实、掏心窝子的安慰话而流泪！大爷，你肯定出身贫下中农，你还参加过长征，是红军中的官吧？为什么对我这么好？你不嫌弃我这个"黑五类""狗崽子"吗？（下放干部的出身都对公社和生产队的党员交代过）人间有真情啊！到处都有善良的好人。

有时我留他吃饭："大爷，我擀面条，在这儿吃饭吧。"

"不了，我的肝有点毛病，别传染给你。"从来没有在我这吃过饭。

元旦前我去看望了他："大爷，我要回北京了，想让我给您带点什么吗？"

"要回家看孩子了，好哇！替我亲亲小丫头们！"

他稍犹豫了一下说："要是不麻烦，给我带点白糖吧，行不？"

我赶紧说："行、行，一定给您带来。"

第二年春天我带着两斤白糖，还有稻香村的点心回到窝窝。没想到的是，大爷已于春节后去世了！死于肝病。噩耗像一个大棒打在了我的心上，有点喘不过气来……周尔正带我来到坟前，我号啕大哭！这个像亲人一样关心我的人说走就走了！我怎么那么笨那么傻？就不知道回北京后先把白糖寄过来吗？大爷，为什么不等着我，哪怕让我看着你吃一口白糖呢！边哭边把白糖撒在坟边……老周边劝边把我拉了回来。这个打击实在太大，好多天都缓不过来。

大吉在北大荒

霍龙门用过的碗

三十六　乡村女教师

在窝窝生产队女单身中只剩下我一个人的时候，一天早晨，周尔正来找我："小刘，快跟我走，公社书记生病了，他爱人回家生孩子去了，咱们赶早，你去露个面，帮着做点什么。过会儿大堆人一来你就露不成面了。"

一路走一路想："他生病了，我又不是大夫，露个面干吗？"

老周向歪在炕上的书记介绍了我："原森保所的，大学生，刘燕吉，过来给你做点早饭。"

我敷衍了一句："书记您好，病好点了吗？"

赶紧到灶旁，卧了两个鸡蛋撒上葱花，放了点酱油、醋、麻油（他家调味品还挺全的）端了过去。老周说得不错，不大工夫相继来了带着各种吃食的一堆人。我们赶紧告辞了。

过了两天，老周又来找我："小刘，露面成功了，我对书记说，你是大学生，人老实，有学问，身体又弱，就别让你下地干活了，学校不是缺老师吗？让你教书去吧！"

书记拍了板，我就成为一名乡村女教师了！

霍龙门中学，有三个正经师范毕业的老师教语文、数学和化学，同时还各代一门没有老师教的课如地理、物理、生物。有时间就上一节，没时间就不上了。那个没人叫他校长但确实是学校负责人的王老师教政治，他的妹妹小王老师教体育。我报到后，没人代教的历史和音乐，包括小学部的音乐课都归我了。

有时数学老师对我说："刘老师，这星期有考试，特别忙，你能代我上一节物理课吗？"我就赶紧准备那力学还是光学的课；下周化学老师有可能说，让我代他上一节生物课；语文老师也可能说，让我代他上节地理课。我就是一块砖，哪科缺老师往哪儿搬。这教学水平和效果能好得了吗？但对主教的历史和音乐我非常认真和努力。

记得我讲的是近代史，中日甲午战争、"二十一条"、八国联军、义和团等。回忆起上中学时，这段历史，老师在台上含泪讲，我们流着泪听。虽然我没有讲成这样的效果，但不夸张地说，也很精彩，可能我说话的声音小，后面的男生都站着听。凭想象描绘了圆明园的美丽和博大，对比着告诉他们我看到的那断壁残垣，孩子们听得非常激动，当我说出："同学们，国力弱则受人欺，如今有了中国共产党和伟大领袖毛主席的领导，国家强大了，抗美援朝中还打败了世界上头号的美帝国主义。没有人再敢轻易地欺负咱们了。但是保卫祖国人人有责，你们将是保卫祖国的生力军……"得到一阵热烈的掌声！有人说霍龙门中学自成立以来还没有在课堂上听到过掌声的呢！

音乐课上，我教会了全校学生两首歌，一首是歌颂毛主席的《浏阳河》，还教他们男女生对唱，一问一答，很受欢迎。第二首是电影《英雄儿女》插曲《英雄赞歌》，各班都找了一个孩子领唱两句，也很受欢迎。但是后来听说电影受批判了。

化学老师悄悄地对我说："刘老师，别唱这首歌了！"又着实吓了我一跳！

不管怎么说孩子们都喜欢上我的课。忽然想起高三班主任动员我考师范的事，他还挺有眼力，说不定我还真适合做一名老师呢！一年半的教书生活带给了我自信和快乐！

在这期间有件尴尬的事好像也应该提一下，侧面反映出当地农民生活现状。因是公社中学，每年都安排老师们带着高中学生下到生产队劳动一两周。我和教体育的小王老师领着十来个女生带着行李来到较偏僻的生产队。因天气寒冷，差不多常年都要烧火炕和火墙，为了节约，家家都是对面炕，老少两代或三代生活在一个房间里。没结婚的小王老师领着几个年龄大点的女孩子住在一对老夫妻的对面炕上。我和小点的女生对面炕上是一对年轻的夫妻和他们的两个孩子。夜里我这个半老徐娘倒也没什么，但真怕对面炕上的动静吵醒我的学生们。第二天我和小王老师找到队领导提出换一家住，人家很不高兴，说是做了很多工作才把那夫妻的公婆动员到女儿家住几天，给你们腾的炕，别人家还不腾呢！没办法，每天吃过晚饭和孩子们唠会儿嗑，赶紧带着她们上厕所后就催她们睡觉。确认所有孩子都睡着了，我才敢睡。后来我也想明白了，其实孩子们已经习以为常了，说不定她们在自己的家里也是睡对面炕的呢。我瞎紧张啥呀？

1972年4月，胡惠琴回来了，说是来办手续，她爱人工作的北京农机学院迁往四川北碚。

她也随着调过去了。据说到护林局森保所办手续时穿的是一件厚呢大衣，鲜亮的围巾，一双带跟的棉皮靴，见人就说："老子又回大城市了！"春风得意！

小胡长得很漂亮，她这样形容自己：不瘦不胖，身材健美，鹅蛋脸，大眼睛双眼皮，翘鼻子，小嘴巴。标准的现代美女！走到哪里都会有男同志献殷勤。可惜红颜命薄，1978年农机学院刚回北京不久，她得了淋巴癌，去世时年仅43岁。我真为她哭了一鼻子！

1971年下半年还是1972年上半年，大兴安岭发生大面积森林火灾。据说周恩来总理召开紧急会议亲自部署灭火工作，并着重提出：要加强森林防火、灭火的科研工作。有消息传来，在此压力之下，森保所要把我们召回去了。说实在话，在农村这两年，除了精神上有些压力之外，各方面还真没吃亏。就像周尔正所说："有禄无职一身轻！"

首先，因到了偏远地区，又是体力劳动，所以工资涨了好几块钱，粮食定量增加了好几斤。可以二十块钱养悦、二十块钱给我妈，留下的二十多块钱除了吃饭、买火车票外还能剩下些买点毛线给孩子织毛衣穿。多余的粮票换成全国粮票支援大姑一家。

第二，没有人挨批斗了，像周尔正、水赖这些人比在护林局时活得自在多了！

第三，自由，胡、陈二位几乎长年在家待着，我一年可以回两次家，要不是后来当老师，想在家待多久都没有人管。

第四，伙食好。护林局给的油、酱、面等吃也吃不完，可以买到便宜的鸡蛋，后来我们自己养了几只鸡，邻居大娘帮着照看，既有蛋吃也有鸡吃。好像经常能买到或分到肉（猪、牛、马、狍子等）。还有那小鱼小虾什么的，食材很丰富。钱国柱做的锅贴现在舌尖还留有余香呢！当老师后就不自己做饭了，早晚在公社食堂吃，中午小饭馆里一盘黑菜（海带）炒肉，两个大馒头，营养丰富。

第五，是最重要的一点，我深深体会到了，人间有真情！从周、钱、水赖等一起下放的同事那里，从老红军、赤脚医生、邻居大娘那里得到了家的温暖，真诚的关心、爱护和帮助。从我的学生及各位老师那里得到的是赞扬和喜爱，使我收获了久违了的自信。

森保所没有下放的人中有人带着醋味说："你们还真占到便宜了！早知道，我也下去了！"

早知道的是，造反派们把我们赶下去的目的是想让我们被取消公职，靠劳动工分吃饭，在农村待一辈子吧！

1972年下半年，又回到了那个给了我多少磨难的嫩江森保所。

大吉教过的学生长大参军了

三十七　抱着一桶冰棍上手术台

　　1970年，啸快四岁的时候，她奶奶联系了天安门边上中山公园内的北京第三幼儿园。散漫惯了的孩子都不愿去幼儿园，有一天我去送她，带着零食哄着说去公园玩。一进中山公园大门，看到接孩子的老师她扭头就跑，我边喊边追，因大着肚子跑不快，眼看着她扭着小屁股穿过南长街，快到石碑胡同的时候就自己过长安街了，走到马路中间，两边的汽车全停了下来，"嘀！嘀！"的喇叭声震耳欲聋。她也被吓着了，站住了不敢动。我才追上，拉着她走回人行道上！从汽车里传出来的愤怒的喊叫声，我就当没听见！稍稍喘了口气后就对她说，不去幼儿园会怎样、怎样，去了幼儿园会买什么、买什么。吓、哄、骗各种招数都用到了，才连拉带拽地把她送回了幼儿园。

　　后来奶奶花钱让她坐上了接送孩子的车。那是在三轮板车上安装了一个小车厢，里面能坐四五个孩子。一个老大爷天天来接和送：

"黄小上学了！""黄小回来了！"（他不会念那个啸字）每天一早一晚在门口吆喝。啸也慢慢习惯了幼儿园的生活，还当上了"红孩子"呢！

给啸洗衣服的时候发现，口袋里总有葱蒜、香菜、胡萝卜丝什么的。一问才知道，老师不让挑食，不许剩菜剩饭。不爱吃的东西不敢放桌上，只有挑出来放在口袋里。于是奶奶就单缝了一个小袋子放在衣服口袋里，让她把不吃的东西往小袋里放，这样就不会弄脏衣服了。祖孙俩联手对付老师。

有一天，也忘了为什么没坐车，我去接她，老师对我说："这孩子一直挺喜欢举手回答问题的，最近几天不爱说话了，问了半天没问出为什么。黄啸妈妈你回去问问她吧。"

回家后我问："为什么在幼儿园不爱说话了？"不吭声。

"小朋友欺负你了吗？"摇摇头。

"老师批评你了？"不吭声。

"老师为什么批评你呀？"不吭声。

"你不是想要一条红裙子吗？你告诉妈妈，老师为什么批评你，咱们就去买红布让姥姥给你做一条，好不好？"

小眼睛眨巴眨巴地看看我，将信将疑。

"这样吧，咱们现在就去买红布。买回来再告诉我。"

向婆婆要了点布票，带着她就去新华街买了块红布，我耐心地等着她吃完一根冰棍，才又问："能告诉我老师为什么批评你了吗？"

很不情愿，还是说了："中午睡觉时，她说我坏话，让我听见了。"

"说你什么坏话了？"

"她对另外一个老师说城里的孩子一点常识都没有，黄啸还有××，连猪是干什么的都不知道，一个说是耕地的，一个说是拉车的，俩老师还笑了半天呢！"

我强忍住笑，又问："现在知道猪是干什么的了吗？"

"老师告诉我们了，猪是给人吃肉的。"

"知道了就好，姑姥姥做的姑袄袄肉（咕咾肉），奶奶做的红烧肉不都是猪的肉吗？老师没笑话你，是担心你知识太少，以后要好好学习，知道吗？"

"她就是笑话我了，我就再也不举手回答问题了！"从小就是个倔丫头！

啸先天扁桃体肥大，一岁多以后，一个月发次炎，大姑带她时，只要有点症状赶紧往小医院跑，打上两三天青霉素就好了。回到奶奶家，老太太没经验，发起烧来了才给我妈打电话，也真难为两个老人了。姥姥抱着，奶奶跟着，倒两次公交车来到同仁医院儿科。总要被大夫抱怨一句："孩子都烧成这样了，才来看！"

退烧、皮试、青霉素，三针必不可少。每个月打青霉素，打得小屁股上都肿成疙瘩了，针都打不进去了。因为月月高烧到抽搐，大夫建议满五岁就做手术把扁桃体切掉，五岁好像是这个手术的最小安全年龄。

"疼吗？"奶奶和姥姥都心疼！

"打麻药时有点疼，两侧扁桃体不到一分钟就割利索了，多准备冰棍，手术后连着吃，止血、止痛。"看着孩子自己抱着一桶冰棍和冰激凌进手术室，到出手术室也就半个多小时吧，这丫头没掉一滴眼泪。

我们不在北京时，祖孙俩过着简单、寂寞的生活。当年西长安街首都电影院旁边有个被邻居们称为高台阶的小饭馆。节假日不去幼儿园的日子，奶奶带着她在高台阶上一坐就是半天，吃着冰棍，观看着过往车辆，听着对面电报大楼一小时一响的钟声，和那悠扬美妙的《东方红》乐曲。中午饿了就在小饭馆吃碗馄饨、包子什么的。此时此刻，应该陪在身边的儿子、儿媳，或者说爸爸、妈妈都到哪儿去了呢？

1972年五六月份，接到回森保所工作的通知，我把简单的行李收拾好，托其他同志帮我带回所里就回家休暑假了。伯璹已解除了"五一六"的枷锁，也请假回来了。我们带着两个孩子痛痛快快地玩了一个夏天。北海、中山公园、天坛、颐和园，孩子们最爱去的还是动物园。悦是早上接，晚上送回，因为天一黑她就要找她的壁妈妈了。

在玩的过程中啸不是疯跑就是牵着爸爸的手，我尽量地哄着她、讨好她，想让她对我亲近些，叫一声："妈妈！"但怎么努力都没有成功，就是不叫。8月底要回嫩江，我和伯璹商量，想把啸带走和我单独生活一段时间，伯璹看我可怜就同意了。当时我俩都没有顾及我的婆婆——孩子的奶奶，一个孤独老人的感受。

1974年婆婆病重，躺在医院里对儿子抱怨说那年燕吉把她相依为命的孙女抢走了！其实孩子跟我在嫩江仅仅待了两个月。两个月里她玩得挺开心，每天兜里装四块从北京带来的糖果，小卖部里硬硬的月饼、桃酥什么的零食不断，和同事家的两个女孩子一起疯玩，也常到男宿舍与张教盛叔叔一起恶作剧折腾老覃头。

9月、10月嫩江已经下大雪了，到处白茫茫一片。一天在外面玩雪，裤子全湿了，小屁股贴在火墙上烤。女同事程邦渝（水赖）的妈妈用两条单裤中间塞上棉花给她做了一条棉裤。到食堂吃饭、小卖部买东西、礼堂看电影……都是我背着她在雪路上走来走去。晚上睡在一个被窝里，应该说和我很亲密了，但是仍然不叫一声"妈妈"。一直到悦接回家后，妈妈、妈妈的叫，她才跟着喊我一声"妈"了。

1973年3月份吧，到四川消防所出差。因转车，在北京停留两三个小时的时间。那应该是个星期日，我急着忙着地坐10路车回家看看那祖孙俩。带着孩子到小卖部买了点零食，说了几句安慰和鼓励的话，就准备去北京站赶火车了，谁知一直都不肯叫我一声妈妈的啸却拉住了我的衣襟，流露出依恋的神态，顿时，我的眼睛就湿润了！孩子太寂寞、太需要父母的抚爱了！我只好拉着她的手又陪了她一会儿。一看表，不得了，要误火车了，一口气跑到长安街上大胆地拦下一辆小轿车，举着火车票，求人家带我一段，好心人二话没说一直送我到北京站口。我又一路小跑到检票口，还有两三分钟就停止检票了。

姐儿俩在黄啸就读的北京第三幼儿园留影，那时候的北京小孩好像随时都在吸溜着根儿冰棍

母女　　　　　　　　　破落户又成气包子了

黄啸胸前的牌子，就是在幼儿园当选的红孩子标志。那个红彤彤的时代

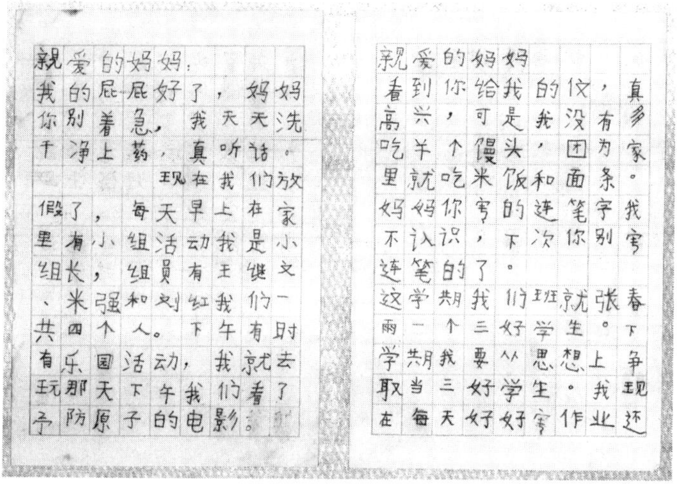

親爱的妈妈：
我的屁屁好了，妈妈你别着急，我天天洗干净上药，真听话。
现在我们放假了，每天早上在家里有小组活动我是小组长，组员有王继文、米强和刘红我们一共四个人。下午有时有乐园活动，我就去玩那天下午我们看了予防原子的电影。

親爱的妈妈
看到你给我的信，真高兴，可是我没有吃半个馒头，因为家里就吃米饭和面条。妈妈你写的连笔字我不认识，下次你别写连笔的了。
这学期我们班就张春雨一个三好学生。下学期我要从思想上争取当三好学生。我现在每天好好写作业还

啸识文断字后，就开始给不在身边的爸爸妈妈写信，那是她最早的写作练习，“从思想上争取做个三好学生。”

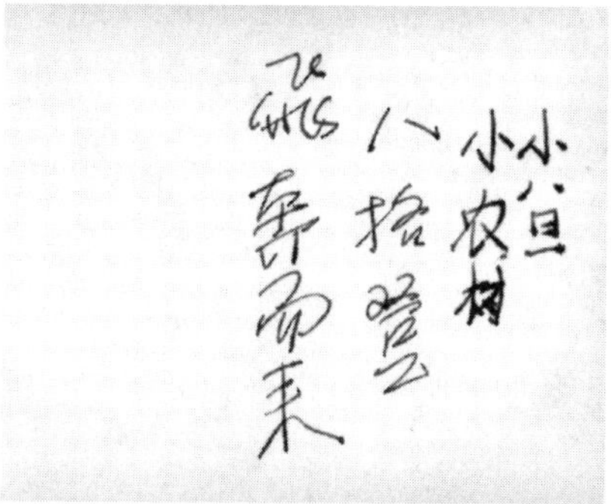

龙飞凤舞的是老爸伯璿的字：八格登飞奔而来。旁边心理阴暗兮兮的是黄啸的字。八格登、小八旦、小八儿、八子都是黄悦的外号。因为她小时候在她的养父母家，被弄得土土的，给自己的娃娃起名桂兰，遂被姐姐黄啸叫了一阵小农村

三十八　我要掉到天上去了

啸因出生在10月，七岁才能上小学。开学那天，邻居家的男孩子王继文被他奶奶打扮得像个小新郎官似的拉着啸的手，我送他们来到离家不远的东栓小学，交给一个姓王的女老师。

当老师听说我不在北京工作时就对孩子说："好好学习，会写字了，给妈妈写信。"三四年级吧，她就给我写信了。

整个小学没太费劲，在班上说不上学习最好的但也属于优秀之列（这种状态一直维持到初中），家长会上每每受到表扬。学校里迎宾任务频繁，为此还买了一条绸子红领巾，穿着姥姥做的红裙子、花裙子去完成"欢迎！欢迎！热烈欢迎！"的光荣使命。

啸在小学里唯一的困难就是音乐课。不知遗传了谁的基因，那七个音符就是唱不准，可以说老师教的歌，没有一个会唱的。我在家时教一教，能唱两句，否则的话就来个不张嘴！老师急得就说："你只要张嘴唱就给你及格！"还是不张嘴。我还真不记得最后她是怎么混成及格的。

下面要说一说二女儿黄悦了。她上的是街道模范幼儿园，据说条件非常好，常有外国友人前来参观。托了人才入园的。去了一天，第二天就不肯去了，我抱着一直哭闹着的她连哄带吓地往幼儿园走，快到门口时她突然在我的胳膊上咬了一口，疼得我差点把她扔了！后来听大班孩子的家长说，这个幼儿园弄虚作假，外宾或上级领导来时，又是玩具又是水果，又是唱歌又是跳舞的，等这些人一走，玩具和水果统统收走，让孩子们坐在板凳上一动都不许动。我妈说："这个钱咱们不花了，在家跟着我，里院的小×还有隔壁的小×不都没上幼儿园吗？都是玩伴。"

1974年秋季的一天，接到一封电报：

"悦病速归。"

我被吓了一身冷汗。如果是一般的病不会让我速归吧？又嘀咕，孩子能有什么病呢？会不会是我妈出什么事了？当天就请假往回赶。两夜一天的火车，水米未进。妈见到我，又哭又笑地说："没事了！没事了！"

"什么没事了？孩子呢？"

"喉炎，做了手术，没事了！她爸陪着她呢。"

"喉炎做什么手术呀？"

"我也说不清楚，等伯璿回来，让他跟你说吧！反正现在没事了，你就放心吧！"

这心踏实了点，忽然觉得又渴又饿。

"妈，我饿着呢！"

吃完那碗热乎乎的，漂着蛋花、葱末、香油的疙瘩汤，就往医院赶。走进病房，父女俩正在看小人书呢！伯璿看到我很高兴，我直奔孩子，心疼地把她抱在怀里……

伯璿对我讲了惊心动魄的故事。

小丫头嗓子疼，姥姥带她到附近的二院，大夫说是喉咙发炎，给了消炎药。吃了两天不管用，越发严重了，说话声音沙哑，时不时地喘气费劲。幸好赶巧伯璿出差回来了。寂寞的孩子一见爸爸很高兴，就拿出纸笔要给爸爸画小人。伯璿看这孩子不对劲，说一个字喘口气，好像呼吸很困难！向姥姥问了问情况，抱起孩子就往外走，上了14路公交车，感到孩子呼吸越来越困难，喘不上气了！就对司机说了说情况。司机师傅看了看孩子，向全车的人宣布：

"车内有个病重的孩子，情况紧急，这趟车直奔北大医院，中途各站不停，请大家谅解！"

伯璿也赶紧喊了一句："谢谢大家帮帮忙啊！"

车内鸦雀无声，没有一个人提反对意见！

北大医院儿科急诊室大夫一看孩子，立即通知手术室，马上手术！并交代护士给孩子吸氧。谁知急诊室的氧气瓶没气了！大夫和伯璿同时大声吼叫："怎么搞的？"

大夫接着吼："立即、马上到病房推一瓶氧气来！"

转过头来对伯璿说："不要着急，氧气马上就到。对不住啊！"

在没有办任何手续、没有交一分钱的情况下，孩子成功地做了喉管切开手术。保住了小命！后来大夫说喉咙发炎水肿把气管几乎都堵住了，再晚送一会儿后果不堪设想！谢谢14路车的司机师傅，谢谢车上所有的乘客，谢谢北大医院儿科急诊医生，谢谢及时做手术的医生和护士。

是这些好心人给了孩子第二次生命啊！小悦悦你是不是还应该衷心地谢谢你的爸爸呢！

悦从小就是一个活泼、好动、阳光、聪明的女孩子。和姐姐不一样，喜欢说，喜欢笑，虽然唱不准但也喜欢唱！小学音乐课老师对她说：

"比你姐姐强，跑调归跑调，但你肯张嘴啊。我给你一个中！"

悦的小嘴很甜，会哄人。要是做错了什么事，看大人的脸色不对，马上就告饶！所以她很少挨打。不像姐姐动不动就被她爸爸扔到床上打一顿屁股，怎么打都不会告饶！伯璿的三姐（黄家大排行为三），孩子们的三姑说，啸像她，悦像她的五妹（黄家大排行为五），孩子们的五姑黄伯慧。三姐晚年很是喜欢悦这个不像她的侄女。

奶奶常常教啸读毛主席的诗和语录，悦在家时也跟着学，但绝不像姐姐那样老老实实地念和背，总是提出点可笑的问题：

"奶奶，毛主席说，有几个苍蝇嗡嗡叫，到底有几个呀？是三个还是四个？""奶奶，不要吃老本，要立新功。老本好吃吗？"

悦三岁多那年，我们一家四口去颐和园。在佛香阁上面往下看，昆明湖中是蓝天白云的倒影。她突然抱住我的腿大声惊呼:"妈妈,我要掉到天上去了!"把周围的人都逗笑了……

一天到晚快快乐乐的悦,身体却不是很好。四岁多,动了喉管切开手术后,发现她总是尿频,常常把裤子尿湿。到医院一查,尿中蛋白两个加号,还有一两个红细胞。被确诊为儿童期肾炎。少活动,少吃盐,按医嘱服药。大夫说:"长大后会好的。"上学后倒是慢慢地好了,但是腰部一不舒服就紧张,总担心肾会找事!

初中时手指上长了个脂肪瘤,住进北京医院准备开刀,那天我和她爸都有事,没去看她。大夫找家长签字,电话打不通,急得孩子掉眼泪!刚好她表哥江比雷也在那里刚做完胆切除手术,听说后捂着肚子给她签了字。据她说手术时不知是没打麻药还是打少了(应该是打少了吧),疼得一夜没睡。第二天见到我们就大哭一场。

悦因身体上的多灾多难,当爸爸的格外心疼她,每当我管教、督促她学习时,伯璿总是拦着说:"你就让她高高兴兴的吧!别管那么严了。身体好比什么都强!"

1978年我回林科院了,每天和伯璿坐班车、公交车上下班,晚上七点多才能到家。贪玩的悦摸准了这规律,放学后一直在胡同里玩,当听到电报大楼晚七点的钟声后立即往家跑。有一天玩疯了,没听见钟声。当我看到她那么晚了还在街上跳皮筋,一下子就火了:"什么时候了还玩?作业做完了吗……"

还想再数落几句时被伯璿打断:"行了、行了,你小时候还不是一样的跳皮筋、疯玩吗？不叫不回家。"

"我小时候？你怎么知道？你看见了？"

"闭着眼睛都能猜得出来！"

"净瞎说，你小时候才疯玩呢！一天到晚不着家！"我们俩打起了嘴仗。没那小丫头什么事了！

悦和姐姐都就读于东栓小学。开家长会时，我给大的开，并交代大的去给妹妹开。啸就堂而皇之地当了黄悦的家长，回来向我告状："老师说黄悦上课时有小动作，老和同学说话。"

我问那小的："怎么回事？"

她哼哼唧唧地答："老师讲，伟大的音乐家贝多芬生于1770年。我特奇怪，就对同桌的许××说，他和我一样大怎么就成了大音乐家了？"

许××说："是啊！他才比我大一岁呀！"

"老师就批评我们上课说话。现在我知道了，贝多芬比我大200岁呢！"

我笑不可支："两个小糊涂虫！"

老爸伯璿说,长大后姐儿俩吵架了的话,看看这张照片就会和好

姐儿俩上了哪家的窗台啊这是

三十九　山水有相逢，望君多珍重

1971年下半年，广西干校解散，林研所人员都被分配到河北省各县农场或林场。伯璠解除了"五一六"的枷锁，分到沧州中捷农场。他写信对我说，等安顿好了，申请把我调过去。那些日子，我带着将要夫妻团聚的欣喜，总是微笑着进入梦乡。他又来信说，农场生活很艰苦，青菜、水果、鱼肉很少很少，倒是有一个养鸡场，但是想买只鸡或蛋也不是很容易。

他开玩笑说："小卖部卖的桃酥比砖头还硬，而农场生产的砖却比那桃酥还酥！"

他还说："每天就是开会、读报纸、劳动。你来了能干什么呢？"

我回信说："管他干什么呢？待也待在一起呗！"

1972年春节，他带回的消息是：农场不接受我。想团聚，没门！我只能回到霍龙门去教我的书了。

前面曾提到过，因一场森林大火，周恩来总理指示，要加强森林防火灭火的科研工作。在此压力下，森保所把我们这些农民们又都召了回去，我被分配到"森林化学灭火剂"课题组。脑子空空如也，怎么搞科研？我提出查阅资料，也有同志提出到相关单位学习、调研。都得到了支持。但也有人说："大树底下搞科研，到林区去，到大兴安岭去！"

这个声音很响亮，很有力，得到一些同志和一些领导的认同。两种思路在较劲！

11月初我申请到北京查资料。别忘了大肉球球啸还在嫩江呢！我必须把她送回去。

在北京，我真的没偷懒，用那忘得差不多了的俄文，借助于中俄词典，努力地、艰难地查阅了近五年的文摘，对国外森林灭火剂的配方和主要成分有了一个轮廓性的认识。

为了加强森林化学灭火剂的研究力量，所里请来了东北林学院及东北师范学院（现在都改成大学了）化学系的几位老师。有一个电视或电影中才会有的巧合出现在见面会的那天。当介绍到东北林学院吴保国老师的名字时，我吃惊地抬起头，四目相对，同时各喊出了一个字：

"刘……""吴……"

大家挺好奇："你们认识呀？"

我赶紧解释说："天大老同学。"

晚上，封存了那么久的往事让我失眠了。

那年寒假前期末考试复习期间，有一天轮到我早起为两三个同学到图书馆占位子。黑暗中突然被什么绊了一下，重重地摔了下去！歪坐在地上揉着生疼生疼的屁股。

"摔疼了吧！我扶你起来。"带有磁性的男低音，同时一只手向我伸过来。借助他的力量我才站起来了。他帮我捡起散落在地上的《化工原理》讲义。

"去图书馆吧？能走吗？要不要扶你一下？"

"能走，谢谢你啊！"

"化学系的？什么专业？"

"无机，你呢？"

"也是化学系的，有机合成。你挺用功的嘛！"

"用什么功，临时磨磨刀而已。"

我一瘸一拐地跟着他走到图书馆二楼大阅览室，在靠窗的地方用讲义占了三个位子。他在离我们远点的斜对面占了一个位子。在室内灯光下，我看清了这位同学英俊的脸上有一双深沉的大眼睛。

我对他说："我走不快，你先走吧！"

"天还黑着呢，别再摔了，陪你走一段吧！反正食堂可能还没开门呢！"

就这样，我们算认识了。经常能在去食堂、去教室的路上碰到，和同学一起时就打个招呼，只有两个人时多聊两句。知道了他叫吴保国，家在河南农村（还是小县城不确定），祖父和父亲都曾经是大学老师，很早就都去世了，现在家中只有母亲和祖母。我观察他，气质不像农村人，但穿得像个农村人，起码家境不是很好。

当他知道我家在北京时就说："大地方的人呀！"

"大地方的小人物。"

"什么意思？"

我笑了笑，没细说。

碰面的机会好像很多，聊的时间也挺多。他应该是一个用功也很聪明的好学生，说话有时候还很风趣。渐渐地对他产生了好感，甚至期待他能约约我共度周末。心里想只要他向我提出交朋友，我就解除在大学里不交男朋友的誓言，和他处一处。虽然感觉到他对我也有好感，但是也感觉到他并没有想把交往进一步发展的愿望。我不敢太主动，一方面是女孩子自有的矜持，更主要的是怕"丧门星"的身份吓到人家。比如他对我说，暑假不回家，就在学校过，我想邀请他："到北京玩玩！"几次话到嘴边还是忍住了没说，就这样维持到毕业。他分到东北林学院，曾经通过几封信，慢慢就失去了联系。今天他乡遇故人，真巧。

我们和老师们一起组成了大的研究团队，讨论制订了研究实验方案。第一步是到公安部的四川、天津、北京等消防研究所学习调研。

那天，从天津消防所出来，公交车快到八里台时，吴保国走到我身边说："到天大了，回学校看看去呀！"犹豫了一下，还是和所里的领导打了个招呼，就和他一起在七里台下车了。

一下车他就迫不及待地问："你怎么跑到嫩江来了？"

我苦涩地笑了笑："想知道吗？话长着呢！找个地方坐下，慢慢对你说。"

进校后穿过七里台大礼堂来到湖边直奔图书馆，他笑着说："当年你就是在这儿摔的吧？"

"是啊！多少年了，还记得呢。"

在湖边的椅子上坐下后，简单地讲述了我毕业后的旅程，并问他："你怎么样？过得不错吧！"

"看你这瘦瘦弱弱的，还真吃了不少苦！我嘛，还算稳定，虽然也下去劳动过，但没挨过整，没离开过讲台。"接下来我们各自说了说自己的家庭。

"我不是对你说过吗？家中只有祖母和母亲。生活很困难。我妈在我还没毕业的时候就定了一门亲事。一直由她照顾着我祖母和母亲……"

"啊？怪不得呢！"我打断了他的话。

"什么怪不得？你当年一副大家闺秀的气派，能歌善舞的。谁敢招惹你呀？"

"你别瞎说了，我家一贫如洗。哪来的大家闺秀？"

我俩大笑着打起了嘴仗。他含着感恩和珍惜介绍了自己的爱人，并说已有了四个孩子。

"你真够能生的！"接着就介绍了一下我的那个他，和两个有个性的女儿。

大吉和大学同学在天大图书馆

大吉和同学在天大图书馆前

大吉的大学同班好友吴锦芬

在林科院报告厅前

一家四口,这张照片的光线很有80年代风格

黄啸和老爸在北京

四十　男女之间有纯洁的友谊吗

"今天约你出来，想和你说两件事。"吴保国说。

"什么事？"

"你有没有感觉到，你们所化学组的那几个人城府很深，应该不太好处。你太老实，小心被欺负！"

我很惊讶："你才认识他们几天呀？怎么看出来的？"

"告诉你，刘同学，我看人是很准的哦！当年我认识你才几天啊？就确认你是一个老实、善良的女孩子。"

"是不是有点傻乎乎的？"

"傻倒不至于。反正没什么花花肠子心眼。"我听着怎么和黄伯璿的口气一样呢？

他接着说："那对小夫妻，我不敢评价什么，当然那位男士也很厉害。主要是另外几位，感觉他们不是搞业务，而是搞政治的人。防人之心不可无……"

他还真说对了几分。因为整人的、玩阴的确有他们的份儿。

"那我该怎么防呢？"

"你听我把第二件事说完,我认为化学灭火没有前途。你想啊,树及下面的植被、草啊、灌木啊都是有生命的,它们生存是依赖一定环境的,比如土壤、水分等。人为地撒下那么多的化学药剂,生长环境都被破坏了。就等于一个人吃了很多药把某处的病治好了,但肠胃被吃坏了一样!我觉得应该大力发展灭火机械设备,以及开防火隔离带等项目……"

如果是现在,生态问题提得那么高,他这些观点不新鲜。但当时我真的很吃惊,怎么把问题想得这么深,尽管我并不完全认可那观点,还是非常佩服他敏锐、深刻的思维能力。看到他一副老师讲课的姿态,忍不住就笑了笑。

"怎么?拙见让你见笑了?"

我赶紧说:"没有、没有,我是看你好像站在讲台上一样,而学生就我一个,所以就笑了。吴老师,你这些观点很深刻,我从来都没有想过,也没在资料上看到过。容我好好想想,思考一下咱们再找时间交流好吗?我就想回到第一件事,我该怎么做、怎么防呢?"

"我回学校后准备申请退出这个项目,还是教我的书。希望你也尽快地离开那个地方,你爱人单位不能接收你吗?"

"吴老师,你想得太简单了,嫩江我一天都不想多待。但命运没有掌握在自己的手里呀!"

他沉思了片刻:"你还真不能像我一样申请退出,该做的工作和试验还得做。我对化学灭火的观点你就不要往外说了。总之和这些人相处,一定多几个心眼才是。"

"吴老师、吴同学,谢谢你的肺腑之言!"

"明天回北京后到北京消防所去半天，还有一天半的自由时间，能不能尽地主之谊，做个导游，爬爬长城什么的？"

"没问题。这样吧，从消防所出来，可以到故宫或颐和园，你任选一处，后天去爬长城好吗？"

那天下午他选择了没去过的天坛。而爬长城时我带上了大女儿黄啸，三人疯玩了一天。回嫩江的火车是下午的，当天上午我又约他到中山公园转了转，主要是想交流一下思考了几天的关于化学灭火的想法。

"吴老师……"

他打断了我："在学校听惯了吴老师这个称呼，怎么从你嘴里叫出来听着那么别扭呢？"

"好好，叫吴同学，关于化学灭火，我是这样想的，森林火灾是非常严重的灾害，过火面积都是用公顷计算的，长了几十年上百年的林木被火一烧全完蛋，恢复起来要很长的时间。你说的隔离带什么的可能截不住树冠火。在这种情况下用一两次确实有效的灭火剂，我认为，利大于弊。一个垂危病人，为了救命用点伤肠胃的药还是必要的。当然你说得很有道理，一些地表火完全可以用其他方式消灭。另外在配方成分的选择上要考虑保护土壤、环境等因素。"我停顿一下又接着说："短期内我还离不开嫩江，你的提醒我会记在心上。但是我希望你不要离开课题组，很希望和你合作，得到你的帮助、指教……"

"别说得那么客气行吗？你讲得也有道理。离不离开我回去再考虑考虑。不管怎样，你需要帮忙时，我会尽力的。"

最终吴保国还是退出了项目组。但没有食言，在我遇到难题写信请教时，他帮了我很大的忙。

有件事值得提一下，1976年7月我到哈尔滨出差，住在东林的招待所。工作之余吴保国陪我到太阳岛等知名的地方逛了逛。28日下午还是29日上午他来找我，带来唐山大地震的消息。

"听说北京震得也挺厉害，要不要和家里联系一下？"

他陪同我到邮局发了电报，看我心神不宁，就说些轻松的话安慰我。第二天仍没有收到回音，我有点慌，天又热根本吃不下什么东西，他在宿舍里做了凉面（当时他的家人还没有来哈尔滨），好言相劝让我吃一点，并出主意："能不能给你们林科院打个电话询问一下？"

"林科院早就解散了！"

突然想起部里，当时叫农林部，地址就在西单，科技处我有一个熟人，对！就打电话给他。吃完凉面，他又陪着我顶着烈日到邮局打长途。那个队伍排得长长的，他没话找话地和我闲聊着……

电话打通了，找到叫闻可嘉的熟人，托他到六部口东安福胡同八号打听黄啸一家情况，安否？并说，过两三个小时我再打电话过去。

闻说："小刘，你放心，西单附近没出什么问题。我现在就骑车到你家看看去。"

漫长的两三小时等待后，电话里听到了伯璠的声音：

"燕吉，放心，一家老小都好着呢！我已发电报到嫩江报了平安。谁知道你在哈尔滨呢？"我的眼泪忍不住地流下来了……是听到亲人的声音欣慰的泪水，也是对吴同学感谢的泪水！在我焦虑、恐慌的时候是他陪伴着、安慰着、帮助着我的。

1978年我回北京后，我和吴保国就没再见过面，但一年中都要通几次电话，特别是春节时总会准时接到拜年的问候！近几年有了微信，彼此的距离一下子拉近了，可以随时聊聊天，开个玩笑什么的。

2018年6月底7月初，好多天没看到他的微信，我发过去的也没有回音。查了一下微信记录，是在7月8日11时我又发给他一条："好久未联系，快乐安康！"

7月11日16时接到了一条微信：

"刘阿姨好！我是吴俊浩，还能记得吗？我父亲今晨因病逝世了！望刘阿姨保重身体！"

俊浩是吴保国的儿子，他在北京读博时曾来家看望过我。

我有点蒙，脑子一片空白！那段微信看了好几遍，才渐渐认可，吴保国去天堂了！

"俊浩，这个消息来得太突然，你爸是突发病吗？还是什么慢性的？我想知道一切。当然，你们正处在巨大的悲痛中，我不该打搅，过段时间稍平静后，如你愿意再慢慢告诉我行吗？这个微信号我会一直保留着。节哀！问候你妈妈。请在灵前替我说句话：老同学，挚友，我怀念你！安息！"

遗憾的是我再也没收到任何信息。

我之所以写出和吴保国交往的回忆，一是怀念那个已故的好友，更主要的是想证明一个观点：男女之间有纯洁的友谊吗？

我想骄傲地、大声地说："有啊！"

吴保国，还有，在我落难、孤独、绝望时向我伸出帮助、鼓励、保护的友谊之手的李志芳、穆焕文、陈盘兴等都是我的男性知己，是我永远都不会忘怀的挚友、兄长！

在苏州可园内正谊书院看到一句古训：谊者义也。

有义才能有真正的谊，这是不分男和女的吧！

先进工作者大吉

林科院22号楼的家(左、右)

四十一　再见了，嫩江

从农村回到森保所，感觉到了很大变化，女单身只剩下了我和陈德华。大喇叭里听不到Z的聒噪声，那个八字步、眼睛冒冷光的造反派领导也不见了，"牛鬼蛇神"们都被解放回单位搞业务了。新来的张所长家属还没搬来，也住集体宿舍、吃食堂。他把食堂整顿了一下，伙食改善了不少。单身集体和各家各户一样，分到原来种麦子的一垄地，除了给食堂提供新鲜蔬菜外，秋天每人都分到一些黄豆和葵花子。附近老乡挎着篮子卖的鸡蛋只要5～8分钱一个，夏天东北大扁豆、黄瓜、茄子、玉米丰收的时候食堂里的菜随便吃。总之森保所的生活在稳定地好转中。已和丈夫孩子团聚的秦少芳了解了这些情况后一度想再调回来呢！

有件好玩的事说说，给大家解闷儿。

我住的宿舍前面有一棵松树（还是柏树？）旁边空地上种了几棵向日葵，肥沃的黑土地只要浇浇水，那小苗蹿得好快，长得比我还高的时候开出了像娃娃脸一样大的黄花，每天随太阳旋转着。我观察着它们花瓣落了，满盘小瓜子出来了，小瓜子一天天长大。我欣喜地等待着，幻想着探亲假回家时带上一大包自己种的葵花子给孩子们吃，也分送亲朋们一些……秋天瓜子熟了，求人割下了大圆盘，仔细一看，怎么每个瓜子都张着嘴呢？把它们扒下来才知道那瓜子已经空了！是谁偷吃了我的瓜子？而且吃得这么专业、完美、不露声色？抬头一看，两只棕色大尾巴松鼠正在树上瞪着眼睛看着我呢！这两个可恨又是那么可爱的小东西呀！把我给耍了！

化学灭火剂研究组的男主角们都在忙着大事，大量实验室的活儿就落在我头上，那个内蒙古大学化学系毕业的女生曾凤云也做了不少工作。灭火剂配方成分和含量比例的筛选试验都是小曾帮我一点一点地摸出来的。我在一份资料的启发下提出增加0.2%的表面活性剂，实验证明了有效性，而以表面张力为切入点做理论上的阐述，吴保国帮了忙。配方确定后又做了大大小小的十几次野外实地试验，并成功地消灭了两次大兴安岭森林火灾。所里要庆功，要报奖。为了给灭火剂起名字，我和小曾加班加点地抱着那数十本试验记录本统计试验次数，从我俩的本本上数出了六百多次的试验记录，加上其他人做的和野外试验共有七百零四次。"704"森林灭火剂成为我国第一个森林化学灭火剂的名称，并在1978年我国第一届科学大会上获奖。我们这个研究小组被评为先进集体。

在很多年以后，化学灭火小组的一位男同志张立坤到北京来找到我："告诉你件事，'704'后来又报了几次奖，小组成员，当然也包括我都因此升了职称，但是你的名字被取消了。"

我一听，心里非常不舒服，甚至有点火："怎么能这样做呢？我为'704'付出了多少劳动啊！研究报告还是我写的呢！"

"你的付出有目共睹，如你想申诉，我可以帮你，提供材料和证据。"

"老张，谢谢你啊！我考虑考虑再找你。"

回家后向伯璿诉说了冤屈，他沉思了好久："我的燕吉又被人欺负了！我应该去和他们干一仗。你看这样行吗？写一封申诉书寄到森保所或上一级单位，黑龙江省护林总局。让那位张同志找一找当年的试验记录本。如果有结果更好，要是没结果也不用上火了。那个'704'已成历史，对你今后的发展不起任何作用。你比他们棒多了，他们升职称靠'704'，而你升副研靠的是新本事！将来升正研还要靠自己更新的本事。何必为那已经不值钱的历史大动干戈呢？"

我听了伯璿的话，连申诉书都没写，让"704"去它的吧！吴保国早就预言过："小心，被欺负！"

至今不明白的是，当年没做具体工作但有决策权的领导排名在前，我因为十几次野外实验只参加了一两次，实际灭火也没参加，排名倒数第二，只在女大学生小曾前面，对他们要名要利不构成任何威胁，最后还要把我的名字去掉，为了什么呢？

1977年，森保所举办了第一次学术研讨会，我提交并讲述了一个《关于重烟剂消灭森林地表火》的论文报告，有很大反响。那个曾经被打成反动学术骗子的气象专家，悄悄说过我是南山大鸟（不鸣则已，一鸣惊人）的王正非对我说："刘燕吉，真行啊！干什么像什么呀！"

这是对我最大的褒奖，我不是干什么像什么，而是干什么认真什么。每件事只要干就想努力把它干好，人家说这是A型血决定的完美主义性格。老年以后我经常教育和提醒自己，凡事不要太认真，糊涂些、再糊涂些！

回头说那篇论文，其实我很清楚是纸上谈兵而已。第一，地表火用不着化学灭；第二，那成分是铅、铬等重金属，对土壤及人毒性很大。为了应付学术研讨会，也为了显摆显摆，非常抱歉，我做了人生中一次哗众取宠的事。

1977年还是1978年上半年，国家要给我们涨工资了，但不是人人有份。我沾了化学灭火的光，当然也有李志芳、穆焕文等老同志为我力争，荣幸地从56元涨到了62元。记得那天老穆敲我的窗子，并在窗外比画着："涨工资有你！"

那欣喜的表情至今还历历在目……

1978年秋天，我调回了北京中国林科院，告别了生活11年、送给我那么多苦和辣的嫩江。

这11年，从30到41岁，应该是人生当中还算年轻和美好的时段，但是在那里我没有亲人的呵护，没有丈夫的陪伴，没有孩子绕膝的天伦之乐，没有那个年龄的女人应该拥有的华丽衣衫、漂亮的皮鞋……我从一个毫无心机、不谙世故的"傻乎乎"，练就成处处设防、小心翼翼，可以做到嘴里说的和心里想的完全不是一回事。当然，在那总是阴天的日子里，我也收获了阳光般温暖、星光般明亮、黄金般纯真的友情！

再见了，嫩江！

黄悦和老爸在北戴河

黄悦和爸妈搬到林科院的喜悦

黄悦和老爸

在林科院22号楼的家

有了第三代——鸭子

了两个第三代——桐桐和鸭子

鸭子和姥爷在台湾

桐和姥爷

第三个第三代——朱瑞仪（瑞瑞、瑞老）

大吉和桐桐

林科院舞蹈队得了一等奖

第七章 曲终人远

四十二　人生聚散，倏忽之间

1978年，开始了人生中的黄金时代。最重要的是家人团聚了，每天我和伯璿乘班车倒公交早出晚归。平日我妈在东安福胡同照看两个孩子，为我们准备丰盛的晚餐，每周两顿排骨、一顿带鱼。周末妈回王家园和爹团聚一天。伯璿就给我们做大油面、酱油卤面、黄鱼羹、罗宋汤、酱牛肉……本来我在嫩江也学会了做饭，回到北京有妈和伯璿两位高手，我又乐得清闲自在了！

夏天傍晚，院子里摆放个小桌子，水桶里泡着北冰洋汽水，伯璿端上可口的饭菜，一家四口吃着、喝着、说着笑着……吃完饭天还不黑，就带孩子到中山公园玩一会儿，有时还能看到节目演出或露天电影呢！我觉得人生再无别求了！伯璿一出差我们娘儿仨就有点抓瞎，周末煮点面条，买几个烧饼凑合。遇到老房子里经常出没的土鳖什么的小虫子，三人谁也不敢动，眼睁睁地看着它们大摇大摆地爬来爬去，我们连大声都不敢出。这辈子除了怕造反派之外就是怕那软的、硬的、大的、小的虫子了！所以伯璿出门的当天就开始计算着他哪天能回来。

每天从西单下公交，路过首都电影院和音乐厅电影院，如有好看的电影伯璿会买两张票，晚饭后安顿好孩子，我俩就去看晚场电影，充分享受一下缺失太多的二人世界。这是两个女儿至今仍然耿耿于怀的事！

1983年我们带着小女儿黄悦离开东安福胡同八号的老房子，搬到了林科院，大女儿黄啸在市重点161中学读高中，就和姥姥、姥爷一起留下了。我和伯璿，特别是他，都有些伤感，在老房子里有着太多太多的回忆。有他的母亲我的婆婆，有我们的新婚，有两个女儿的出生、长大，有每年短暂相聚时的快乐、离别时的辛酸！也有在筹备林科院恢复期间接待了那么多林科院老同志，我妈贡献了那么多的茶水、热汤面……

林科院的房子虽是小小的两居室，但使我们感受到了家的温馨。1985年从两居室搬到了被称为高研楼的三居室，22楼1单元5号，在那里一住十五年。孩子们完成了学业，工作、结婚、生子。我和伯璿在自己的工作中都做到了敬业、努力、认真，都从助研到副研、最后升为正研究员。

伯璿主持完成了两个国家级重点课题，并多次获奖，他因此得到特殊贡献奖励。我在木材保护的领域中开创了"木质材料阻燃"的研究项目，建立完善了木质材料阻燃试验室，主持研发了"木质材料阻燃等多功能保护剂""阻燃胶合板""阻燃中纤板"等课题，以及两个阻燃板材的标准项目。我因工作努力，也取得一定成绩，多次获得先进工作者和三八红旗手的奖励。

在十几年科研道路上的另一收获就是结交了工作中的搭档、生活中的挚友朱家琪。搞课题时，虽然也有意见分歧而争论的时候，但从没有为名和利闹过别扭。可以自豪地说，在木材所除了"夫妻店"之外，就数我们这个试验组最和谐了！当然主要是朱家琪和组内其他成员都大度。比如那年只有百分之十三的人涨工资，所里把试验组创收的额度都算在了我头上，理由是如平分的话谁也涨不上，组里没有人提出异议，我就涨了一级工资。再有，广东、肇庆等报成果奖时，地方要照顾本单位的名额，所以只写了我一个人的名字，组里也没有人提出异议。当然我也做到了尽量不亏待他们，在我的权限范围内，尽量给大家谋点福利。我退休时名下还有一些创收的钱，我没有像一些人那样每月领点返聘费把钱花完，而是留给了跟着我干了好几年的试验工，那个出了不少力、也让我操了不少心、全所只有我能骂他两句的浑小子高超英。

朱家琪申报研究员时我已退休，对她说："尽量强调自己在课题组中的作用，只要你能升研究员贬一贬我都没关系，比如你可以说，阻燃胶在阻燃中纤板中起到决定性作用等。"

不知是否这样说了，反正她被批准为研究员时，我真心地高兴！她退休后我们俩由搭档变成朋友，一起逛公园，一起逛商店。一模一样的衣服应该有三四件吧。最让我感动的是，老伴去世后她对我说："以后我陪着你！"

现在我老了,朱家琪多次陪我到医院看病。最近做白内障手术,她作为我的家属跑上跑下陪伴在旁,女儿及干儿子都说:"有朱阿姨陪着,我们放心!"

伯璟退休后,过上了完全自由放松的生活,有位领导曾对他说:"我找钱,你选题,咱俩合作出本书如何?"被他毫无商量地回绝了。

伯璟每天晚睡晚起,但第一件要事就是鼓捣吃的,连买带做全包,根本不让我进厨房。当然,他是照顾我、心疼我,也更是不愿听"洗手了吗""油放得太多了""那肉没洗干净"等唠叨。经常在夜里一两点钟我睡了一大觉醒来就闻到满屋子的肉香味,他老人家半夜三更做了一锅红烧牛肉!菜市场是他每天必逛的地方,有事没事的,有得买没得买的都会骑着那蓝牌车遛一趟。

小女儿悦调侃着说:"爸,菜市场里是不是有个红颜知己呀?"

他瞪了女儿一眼:"去你的!"

第二天照去不误!

有一天我跟他去了趟菜市场。一进门,卖水果的、卖菜的、卖面条的、卖芝麻酱香油的、卖肉卖鱼的……虽然有河南、河北、福建等不同的口音,但都是相同的表情、相同的话:"老爷子,您来了,要点什么?"

说话的有老头老太太、有大叔、小伙子,有大姑娘、小媳妇儿……我心里想:哪个是他的红颜知己呢?琢磨着,看来好像个个都是吧!到了超市照样人人打招呼,和那个高个男售货员聊起昨晚的球赛来，真有人逢知己千句少的意思！

有时候中午下班回家却见不到他的人影，他一回来我就生气地说："和红颜知己聊起来没完了吧！几点了？还没做饭？"

"饭是现成的，急什么呀？"

五分钟后一碗香喷喷的牛肉面端到我面前。

他永远地离开后，我常常梦到那碗牛肉面，常常后悔，吃现成的为什么还向他发火？人啊！只有失去了，才刻骨铭心地意识到那是多么的珍贵！

记得我一个台湾的朋友，每次来北京前都先打电话过来："我×日到你家，黄老先生的牛肉面，一碗清汤一碗红烧，肉要多一点哟！"牛肉面是我们永远的想念。

伯璲平时最大的娱乐就是看书看报（我家订了六份报纸），还有电视中的体育频道。我想看的电视剧及文艺节目只能录下来第二天看回放，理由是体育比赛必须看直播。在他的熏陶下，我从一个完全的体育盲到能看懂篮球、足球、排球、网球、羽毛球及乒乓球的比赛了。我俩共同的爱好是听音乐，他买了很多名家名曲的碟，每年金色大厅的音乐会必须听，而且还要录下来重复地听。

1997年年末我退休了，开始了将近二十年和伯璲老来伴的蜜月生活。刚结婚时一年只有二十多天相聚；后借出差的机会一年有一两个月的相聚；重回林科院，又是他出差或我出差，一年总有两三个月的分离吧。现在好了，想分都分不开了！

我退休后的生活仍然很丰富，跳舞是最大的乐趣，和兴趣相投的朋友们一起跳迪斯科、民族舞……参加各种级别的比赛，还得过奖呢！伯璿听大家说我跳得好，心里总是美滋滋的，从不参加集体活动的人，只要广场或礼堂里有我跳舞的节目他都会去看。后来老了有点跳不动了，就又参加合唱团，也是经常演出、比赛。更老了的时候退出了合唱团，和几个朋友一起组织了一个民间小合唱组，至今仍活跃着呢！

1999年，我妈的身体每况愈下，后查出肺部肿瘤。大夫说肺部的功能已经很小很小……吸了一辈子的尼古丁终于找上门来了！11月中住到北京第二医院，我们否决了手术、化疗，只要求大夫尽量减少痛苦。但痛苦还是那样无情，她常常喘不上气来，要求大冬天的开窗开门，我每天一大早从林科院赶到西单的医院陪她，心情沉重得像压着石头。小女儿悦也经常来医院陪姥姥，她是姥姥的开心果，见到她那痛苦会减轻些吧！伯璿也常来看她。12月26日我感到妈要离开我们了，那晚我没回家，27日凌晨眼睁睁地看着我的妈永远闭上了眼睛……我和夜间陪护的阿姨一起给她擦身穿衣服，一边流着泪一边想，妈升天了，去享福，再也不受罪了。但是当护士把她往太平间推的那一刹那，巨大的悲伤涌上心头，趴在妈的身上大哭起来……世界上那个最疼我、为我付出最多的人走了！

大吉和她的试验工高超英

大吉参与研制的阻燃板

大吉和挚友朱家琪

四十三　天敌

人们都说"婆媳是天敌"，我这个大俗人也没有摆脱这个千古咒语。应该说，我来到黄家受到了婆婆从内心发出的喜悦的欢迎。除了送给我金项链等首饰之外还置办了当时称得上豪华的床上用品，那个绣有凤凰图案大红缎的被子至今还保存在箱底呢！最近刚刚拿出来用的粉色毛巾被也是当年其中的一件。老太太拿着儿子儿媳结婚照片到西单放大、配镜框挂在墙上。每天她都做各种好吃的款待我们。我专用的长条卫生纸她都给我预备好。每年我从东北回来，她都以给我接风的名义请全家人到西长安街鸿宾楼吃一顿涮羊肉。我们刚刚结婚那会儿她和她的妹妹坐在院子里看着窗子上面的喜字笑个不停的样子，好像就在眼前！

但是，我和伯璿完全沉醉在新婚后甜蜜的二人世界中，冷落了那个老人家。常常在外面玩了一天回家后看到婆婆准备的好菜好饭无情地说："已经吃过了。"那个假期很短，虽感觉到了婆婆的不爽，矛盾并没有凸显出来。

问题出在1966年春节假期中,我们俩依旧早饭后出门,晚饭后回家,把老太太一晾就是一天。伯璿带着我满北京城地转,有时一天看两场电影,中午吃了翠华楼,晚上又到前门吃卤煮……那天回家后,我拿着脸盆准备接点水洗洗睡觉了,突然听到一声福建话:"小弟(黄家人对伯璿的称谓),你过来!"

一向不会察言观色的我看到婆婆那张动怒的脸,心里直打鼓。

"今天警察来了,问她在哪里工作,家在哪里住,父母是做什么的,我怎么知道?"婆婆的态度和口气把我俩吓住了,都愣在了那里,她又接着说:"有人看见她妈中午和一群女工一起在街边的小摊上吃饭……"口气不屑。好像还说了结婚没像样的嫁妆什么的,我记不太清楚了。

婆婆口中的"她"指的是"我",有人看见了的"有人"当然是指黄家的亲友们了。顿时,我感到了侮辱,巨大的委屈涌上心头。曾经当了那么多年的丧门星,结婚了还被当成丧门星吗?

喉咙里好像堵了什么东西,有话说不出来。

半天才想出了几句话:"我家情况伯璿很清楚,我没做任何隐瞒。不错,我妈是个工人,因没有银行家的亲戚,只能当工人养家、供我上学。靠劳动吃饭不是什么丢人的事吧?"

说完我就进自己的屋了,不知道伯璿和他妈小声嘀咕些什么。

他进屋后我问:"我家情况没对你妈说吗?"

"只说了家境不太好,没有细说,燕吉,别真生气啊!警察来访确实吓到她了,再加上这几天我们冷落了她,这气就一下子撒出来了。放心,我不会让你受委屈的。"婆媳之间闹了矛盾,受夹板气的永远是她的儿子,我的丈夫。

"警察为什么要调查我?"

"咱们住在天安门中心地段,家里多了一个人,了解一下情况也是正常的,别多心。"我心里堵得慌,不想多说话。

第二天早上伯璠还在睡懒觉,我没打招呼就出门回王家园了,突然觉得那个小南屋无比的亲切,再穷再破也是我的家,在那里没有人嫌弃我,没有人看不起我……

大姑劝慰说:"多年守寡的婆婆,儿子一结婚,都会有一点失去儿子的感觉。你想啊,和儿子相依为命那么多年,一下子多了个你,儿子又将多一半的心思放了你身上,她受不了,发点小脾气也是人之常情,你要多担待担待。你们俩的日子还长着呢,多陪陪老太太,老人家一哄就好!"

不善言辞的妈什么也没说,只催我吃完晚饭赶紧回去。我说:"天晚了,明天再回。"

奶奶不明白怎么回事,还问了一句:"他怎么没和你一块儿回来呀?"

又过了一天,妈上班让我和她一起走,我说:"车太挤,待会儿再走。"

11点来钟吧,伯璠来了,笑着说:"你还真生气呀?"

大姑赶紧说:"哪能呢?不能和老家儿(是北京话还是他们旗人的话,指父母的意思)生真气,赶快和伯璠回去,到家给亲家母道个不是啊！"

"很明显，你妈和你家亲戚，都看不起我的家庭，甚至也看不起我。待在你家我感到不自在，假期也不长了，你就多陪陪你妈吧！"类似的话我重复了一两遍。

伯璿只说了一句话："今天是我妈让我来找你的。"

在我们要返回"四清"工作队的前几天，亲戚们都在，聊着天。突然，伯璿叫了一声："妈！"也叫了其他亲戚后说："燕吉和我结婚了，就是黄家的人了，我不允许任何人伤害她！"

此言一出，在座的包括我在内都愣住了。这个愣头青怎么说出这样的话？吃惊的同时，有一股暖流从心中流过。丈夫他完全站在了我这一面！

所有人的眼光都聚在了我身上。坐也不是，走也不是。

我想说："不是我让他说的！"却张不开口，愣了一会，我还是站起来走出了房间。想到街上溜达溜达。

快到大门口时听到房间内一片喊声："小弟，什么意思啊？"

就是这句话，造成伯璿和我后半生几十年抹也抹不掉的后悔、内疚，甚至罪恶感！因为这句话深深地深深地伤害了那个含辛茹苦养育了儿子几十年的母亲，那个一直盼着儿子结婚，盼着儿媳进门的婆婆！

老人家病重期间曾多次含泪对儿子说："小弟，你不应该呀！"

婆婆去世后，伯璿也曾多次悔恨地对我说："我为了你，伤害了我妈!"

开始我总会辩解:"又不是我让你说的!"

后来就不辩了,想通了。虽然我是受了点委屈,但是因为我们有错在先,不能一结婚就把孤独了大半辈子的老人晾在一边。要不是我总唠叨那点委屈,伯璿也不会说出那样的话。再有,大姑说得对,婆婆是老家儿、是长辈,说两句就说两句吧,为什么那么较真呢?

在伯璿最后的一两年,他完全糊涂了,但仍然记得两件事:

一是5月5日是燕吉的生日,二是为了燕吉伤害过他妈!

多少年来每当我做卫生擦拭老人家的遗像时都会轻轻地对她说一句:"妈,对不起!"

这一场风波随着大肉球球的到来,冰雪融化了!善良的婆婆精心地照顾了我坐月子。"文化大革命"中,我家不断地出事,特别是我妈差点被赶到农村,她都表示了真诚的同情,后来伯璿把我妈接到了他家住,老姐俩生活得还挺融洽。我也没再记仇。1974年她几次病重住院,我只要在家就到医院里值白班照顾她。知道她想孙女,就把两个孩子打扮得漂漂亮亮,带去看她。她搂着两个孙女"喂妙!""喂妙!"(福建话,我的命)地叫着,我的眼中总会湿润着!

现在我经常提醒女儿:"一定要对婆婆好一点,不要做让自己后悔的事!"

在母亲病重期间伯璿做到了"久病床前有孝子"。他一个人担当了所有的夜间陪护,白天没人时他就连着陪。睡在病床旁的水泥地上,给母亲喂水喂饭、擦身、接屎倒尿……

我妈对我说,那天伯璿抱着被子脸盆回家,进屋就失声痛哭。妈说:"还没见过一个男人那样哭过,他的母亲——你的婆婆升天了!"

美丽的，骄傲的，瘦小身体里蕴藏无限能量的婆婆郑秀华

黄啸和奶奶、姥姥

四十四　为什么好人常常没好命呢

1995年初的一天，接到北京大学校友会转来的一封台湾来信。伯璿看后欣喜若狂，藏在心底很久很久的亲情爆发了！

台湾的黄东炳叔叔来信了。伯璿去台湾参加业务培训，就是这位叔叔催着他赶快回家，并送了一枚戒指做路费。伯璿在北京解放前夕赶回来了，才有了和母亲的团聚、妻儿老小的缘分及受益终身的离休待遇。

两岸"三通"后，叔叔通过各种渠道寻找伯璿，最后给北京大学校长写了封信，信转到校友会，这才联系上了。

几个月后我家迎来了贵客，叔叔黄东炳和婶婶詹惠娥。叔叔和婶婶分别比伯璿大一岁和小一岁，都是同龄人。一见如故，好像没有任何生疏感。

叔叔知识渊博、风趣幽默，喜欢开玩笑，走起路来腰板挺直大有专业军人的气派。婶婶温婉语柔，大家闺秀的风范。他们时而夫唱妇随，时而妇唱夫随。天生的一对，地造的一双。他们育有三男一女，个个事业有成，对父母孝顺有加，特别是贴心小棉袄的女儿更是老两口的骄傲！

我的孩子们包括干儿子和叔公叔婆都很亲。随后他们隔一两年就来北京小住一段。我们一起游玩参观了戒台寺、潭柘寺、碧云寺、雍和宫、颐和园、香山、植物园、北海、宋庆龄故居等名胜古迹。还结伴去承德、青岛、泰山、广西崇左、深圳、香港、厦门、福州旅游了一圈。我们之间有着说不完的话，待不够的时间。叔叔、婶婶待我们有朋友般的情谊，更有亲人间的关怀。

记得，叔叔看到水烧开了却忘了关火，就到超市买了一个水烧开会唱歌提醒人关火的水壶；入冬了，看到伯璿还穿着单鞋，就拉着他去买了一双棉皮鞋，那鞋一直穿了十来年。适合老花眼用的缝衣针、切药片的刀具、好用的指甲剪、搓脚板等实用的小玩意儿源源不断地给我们带来，还有好吃的凤梨酥、台湾产的不过敏的膏药、通便的特效药、叔叔收集的养生资料等还定期给我寄呢！过年时叔叔在妈祖庙里求来的十二生肖吉祥物，北京的亲友人人有份，而婶婶送我的礼物，衣服、戒指、手链什么的我都数不清了。2003年冬天我手腕骨折，叔叔婶婶在电话里多次嘱咐我："注意保暖，就是好了，半年内也不要拎重东西。"在电话这边我含泪答应着，我感受到了父母般的关爱……

我的同事、朋友、同学知道这些事后对我说：

"刘燕吉，你受了那么多磨难，让人好心疼！但是也觉得你遇到了不少好人，帮助你于危难之中，所以你应该也是幸福的吧！"

他们说得太对了，如果有人问："你遇到的好人多还是坏人多？"

我会毫不犹豫地回答："我遇到的好人多，天下也是好人多！"

那就再让我说一说，相处虽然短暂，但给我带来那么多温暖和友情的两个好人。

吴荷英，一个同事，不是姐妹胜似姐妹。那年我接了一个制定阻燃板材标准的项目，把吴荷英请来课题组，当然主要是需要她帮忙。另外也是想项目完成后写上她的名字，为她提评职称添加一份砝码。就为了这点情，在以后的二十多年中，她把我看成了姐妹，把我的父母看成了自己的父母。我一出差她就来到家里，帮着做饭、搞卫生，什么活都干。我父母也把她当成女儿了，一到周末就盼着，等着她的到来。我六十、七十、八十岁生日她都送上羊毛围巾、铂金项链、珠子串成的手袋等相当贵重的礼物。不仅仅是对我，对周围的同事也都是热情有加。我俩曾经讨论过一个话题，为什么有的好人没好命呢？她的观点是，好人心里总是装着别人，常常自责自己哪里做得不够好，病就容易找上门来。非常不幸，这句话应在了她的身上。退休后不久她就得了乳腺癌，但仍然热情乐观。记得我怀着沉重的心情去医院看望，没想到躺在病床上的她满脑门贴着白纸条，在嘻嘻哈哈地和病友打扑克呢！

病情稳定后，她返聘到退休协会办的一个小商店值班。那时我家的老头已经得了阿尔茨海默病了，糊涂又自私，常常犯浑。我心情很郁闷，又不愿过多地和孩子们说什么，只有去找她倾诉，她耐心地听、耐心地劝，甚至提出要不要到我家来住，帮帮我。我怕老头不接受，也担心她还是个病人呢，就说，暂时不用吧。但一肚子的话倒给她后感觉轻松了不少。有时中午做了点自己认为好吃的，就给她送去一些，她会连连说："好吃！好吃！"

还说留一点拿回家给她妈尝尝。

我心里明白，她就是安慰我，是想让我高兴高兴而已！老伴去世，她是第一个捧着鲜花来吊唁的，当时她身上的癌细胞已经扩散到骨头了。但还是对我说："等你女儿回去后我就来你家住，给你做饭，陪你聊天……"

这话对我是多大的安慰，让我多么感动呢！

后来我去了新西兰，一住两个月，但我俩一直都有微信联系。10月下旬突然没了她的消息，向其他同事打听才知道她病情加重住院了。2017年11月1日，我回北京的第二天去医院看望，她已不能说话，睁开眼看了看我就又闭上了。在那瞬间的眼神中我看到了无限的留恋……好像当晚她就远行了。同志们都说她病危好几天了，是等着你刘燕吉，看了你最后一眼才走的。我大哭……

"好妹妹，安息！我永远怀念你！"

陈爱雯，一个忘年交的小朋友，不是女儿胜似女儿。她原是啸在深圳的朋友，但和我一见如故，亲热得不能再亲热了！

349

"阿姨,我和你有缘,喜欢听你说北京话,喜欢听你讲北京的事,叔叔的事,黄啸、黄悦的事。"

她有一双会说话的大眼睛,在我眼中她很美!和她相识后,每年冬天去深圳都是她接机,在出口处看到我们后那欢呼跳跃、喜气洋洋的样子深深地印在了我心中。

黄啸说过一句非常粗俗的话:"陈爱雯听说你们要来深圳了,像打了鸡血一样兴奋!"

在深圳每周五晚上必和我们共进晚餐,具有特色的潮州美食都吃遍了,周六周日她只要有时间就带我们到处玩,还有就是拉着我到商场买衣服。

她总说:"阿姨,你穿得太素了,要穿质量好一点的,在你们来之前我就把钱准备好了,都要花在你们身上,叔叔、阿姨你们随便挑。"

有一天,我随口说了一句,喜欢黑鸭子组合唱的歌,第二天她的车里就响起了那女子和声优美的旋律。看到她因做了我喜欢的事而表现出的欣慰、满足、笑眯眯的样子,我感动得不知说什么好了!再说一遍,不是女儿胜似女儿,她就是我的女儿,不仅仅是对我们老两口好,对鸭子、黄悦及她的孩子都有亲人般的热情。

2016年初她因胃癌去世了,又一个好人薄命!不,是上帝那里需要一个美丽的好人陪伴,把她召了去吧!她在生病期间多次发微信给我:

"阿姨,我好难受,心里堵得很。"

"阿姨,我吃不下东西,总是恶心。"

生病初还发照片过来:"阿姨,你看我瘦了吗?"

…………

我泪流满面,心里也堵得很,给她微信说:"亲爱的雯雯,你是最棒的,一定能好的,阿姨天天为你祈祷,早日好起来,阿姨还要到深圳让你带我去买衣服呢!"

她走后我们经常在梦里相见,看到她在机场出口处满脸喜悦,踮着脚、扬着手说:"叔叔、阿姨!我在这儿呢!"

也看到她又把我给她包的饺子煮成了一锅粥,捂着肚子边笑边抱歉地说:"阿姨,我太笨了!"

前面我讲述了几个异性挚友的故事,包括我女儿在内的几个朋友都不认可我的理念。他们说,男女之间没有纯粹的友情。下面再讲两件小事,说一说我心中那永存的纯真。

在嫩江因心情压抑,我患上严重的胃病和偏头痛,瘦得皮包骨头。当时只有两种药,胃舒平和止疼片,对我来说胃舒平不太管用,而吃了止头痛的药,胃更加疼!有一天,李志芳的爱人、四川妹子小贺对我说:"试试针灸吧,我家老李会一点,他曾给他妈针灸过。"

我来到他们家,老李说:"小刘,你信得过我,我就给你针,放心,针不好,也针不坏。""我有病乱投医,你就给我针吧!"

小贺把火墙火炕烧得热热的,铺上被褥,让我躺下,小贺帮着用酒精棉球消毒,我敞开胸怀让老李在我头上的百会、太阳、胸前的胃脘、手上的合谷、神门、腿上的足三里、脚底的涌泉等都扎上了针。

小贺说:"你睡一觉吧。"

我还真睡着了。起针后,喝了一碗热乎乎的楂子粥,觉得浑身轻松。后来隔三五天就针灸一次。虽然没完全治好病,但确实缓解了疼。

李志芳,在我的心中就是一个总呵护、帮助我的兄长、朋友,一个免费治病的大夫。他的三个孩子我个个喜欢,特别是那个虎头虎脑,有一双大眼睛的老二,我常搂着他说:"文一,给刘阿姨当儿子好不好?"

他就乖乖地说:"好。"

几十年后,那个小男孩长成男子汉,当了民航的机长。有一天带着当空姐的漂亮媳妇来看我。

"刘姨,从小您就让我给您当儿子,总是从北京给我们带好吃的,长这么大也没孝敬过您,我留下点钱,您一定收下,想买点什么就买点什么吧!"

我感动得热泪盈眶!和李志芳及他的家人的关系有多么的亲?亲如家人。又有多么的清呢?清得像透明的水晶、像一池清水,也像被雨水洗过的碧蓝的天空!

1969年冬,休探亲假前,穆焕文找我,神神秘秘地说:"小刘,想不想生老二?"

"想啊!"

"我告诉你呀,记住了,×月×日×时怀孕就能生男孩。"

"真的假的呀?"

"真的!我就是按这个规律,一儿一女,怎么样?"

后来我生了一个二丫头，他像犯了天大错误似的对我说："小刘，真对不住，忘了提醒你那日期都是按阴历算的，你是不是按阳历算了？"

我强忍住笑，想说："根本就没听你的。"

但怕对他打击太大就改口说："老穆，你别太自责了，生了个女儿挺好的，全家人都高兴着呢！将来姐妹俩还有伴儿呢！"

朋友们，你们说这是男人和女人的对话呢？还是闺密之间的交流呢？

开裆裤时代的叔侄——
黄东炳和黄伯璿

相隔半个世纪叔侄再相逢

叔叔和婶婶

大吉和婶婶在北京植物园

、伯璿和叔叔、婶婶山东游

大吉、伯璿和叔叔、婶婶在广西崇左过年

大吉、婶婶、郑金华在宋庆龄故居

大吉和吴荷英

大吉穿着雯雯买的衣服在深圳

雯雯

四十五　十五年黄金岁月

2000年，我们又搬家了。感谢林科院为退休的高职人员盖了两栋末班福利房。我们分到了25楼1单元301，面积约有122.4平方米，三室两厅，南北通透，还有一个东窗，三面通风。

伯璿从很远的地方用自行车驮回了一大棵绿色植物。我坐着平板车拉回了四米多长的窗帘杆，我俩差不多天天跑建材市场。忙活了将近四个月，终于把这个新家布置成我们认可的淡雅、温馨、舒适的样子。小书房是他的最爱，阳台上的花草是我的最爱。墙面、沙发、窗帘、茶几均为淡淡的绿色，客厅还有那些精致的小摆设是我俩共同的最爱。

精确地计算，在这个家中我们应该有十五年无忧无虑、轻松的快乐时光。他一如既往地晚上不睡、早上不起、骑车买菜、厨房做好吃的。

对面邻居向我告状："你家书房夜里一两点还亮着灯呢！"

楼上楼下的邻居也问："怎么半夜里还开抽油烟机呀？"

我只能抱歉地说："我家有个夜猫子，专门在不该干什么的时候干什么！真的对不起了！"

伯璿除了锁定体育频道、新闻联播、凤凰台之外就是在他的小天地书房里看书看报看杂志了。在他走后我曾到院图书馆问："我家有好几年一期不少的《大众电影》《小说月报》《译文》《新华文摘》，你们要吗？我赠送。"人家只要了《新华文摘》。

伯璿好友，在中央音乐学院钢琴系任教的林叔平，到我们的新家一看就说："这么大的房子还不买台钢琴，燕吉，我教你，钱不够我给你垫上。年轻时我想教小黄，没教成，一直是我的遗憾，把你教会来弥补一下。"

在林老师大力鼓励下，在伯璿的支持下，林叔平的女儿、同样是钢琴老师的小棒棒亲自帮我挑选了一架钢琴。我开始了学琴弹琴的生涯。

记得在农村当老师时，无师自通地能在风琴上弹出几首曲子。现在年纪大了，用的是五线谱，加上专业老师对指法、节奏、表达的情感要求很严，确实觉得难。开始弹出的简直就是噪音，我看到伯璿把书房门都关上了。虽然是磕磕绊绊，林老师还是把我领进了这高雅艺术的大门。后来他老人家身体欠佳，我就转学到北京市青年宫报班继续学了几年。不管弹得好坏，反正学会了几十首钢琴曲，还在学员班演出活动中表演过《天鹅》《故乡的亲人》等曲目，和朱家琪合作的四手联弹《孤独的牧羊人》《长江之歌》等，自我感觉还不错呢！反正达到了林老师定的目标：自娱自乐！

伯璿病重到去世的三年多我没碰钢琴。从2019年开始慢慢试着弹，现在只捡回来十三四首最简单的曲子。不管怎样，从指尖中流淌出的跳跃的、欢快的旋律，总是给自己的内心带来安宁和快乐。钢琴，我的朋友，我们将相伴到永远！再次向老师林叔平致以衷心的感谢。愿你在天堂继续弹奏那美妙的钢琴曲！

那几年老干部处经常组织离休干部北京一日游，长城、怀柔雁栖湖、和珅故居、北京郊区大峡谷、野鸭湖等，只要能带家属我俩次次不落，跟着玩个够！

每周两到三次逛公园，是我们非常珍惜的节目。

可以这样说，颐和园、北京植物园、香山里的犄角旮旯都有我俩的脚印，和那里的一草一木一花都是朋友。逛颐和园有很多种路线：进如意门往西走，我俩都体力尚佳的时候喜欢沿着园墙走大圈，沿途也有山有水有风景，转到东墙，也就是东堤上路过铜牛、知春亭、文昌阁、十七孔桥出东大门，他说是颐和园的三环；春天进如意门奔西堤，走知名的西堤六桥，看那桃红柳绿，也转到东堤出东大门，他说是二环；进北宫门爬几十个台阶到佛香阁后门的智慧海，朝拜三世佛和观世音菩萨，然后下前山走长廊出东门，他说是内环。

夏天一定要到谐趣园看荷花，且不说那花的美丽，只说有幸碰到下雨，不仅能听到雨打荷叶的音律，还能看到雨水落在荷叶上，像大大小小的珍珠滚来滚去地掉入水中！那千百张荷叶随着珍珠的滚落，像舞者一样抬头俯身，此起彼落。此生见此景，又有人执手相伴，足也！秋高气爽的时节，我们常到画中游。登高远眺，那一池碧水，点点游船，对面龙王庙岛、远处十七孔的倒影……好美的享受！其实最爱去的地方还是后山的湖边，那里人少安静，坐在天然的石凳上，冬天有阳光，夏天有树荫。他掏出各种小食品吃着，山南海北地聊着，那是无任何人打扰的二人世界！常常使我的内心感觉又回到了几十年前坐在北海湖边听他讲《三国》的时光，那是多么的美好啊！

北京植物园里著名的景观如卧佛寺、大温室、盆景园、黄叶村、曹雪芹故居、梁启超墓等当然是必逛的地方。但植物园是以花为主题的，内有玉兰园、丁香园、梅园、竹园、碧桃园、牡丹园、芍药园、海棠园、月季园等。我们欣赏过每种花盛开时节的姹紫嫣红、娇柔百媚，也欣赏刻在地面石头上的咏花诗词。我俩会对着花读诗句，也争论着此诗是五言还是七言，如何断句。那真是非常快乐的事！当然他胜利的时候多，在文学修养上我自叹不如！可以这样说，植物园石头上的诗，差不多我们都读过了，可惜现在我全忘了。还记得两首，但都不是关于花的。

　　　　桂尊迎帝子，杜若赠佳人；
　　　　椒浆奠瑶席，欲下云中君。

初看这首诗时是个冬天，周围没有花的痕迹，树也光秃秃的没叶子。这是写什么的呢？坐在那里想啊想，终于被他猜出来了："花椒！"

他连连说:"好诗,好诗!"

我问:"为什么?"

"你想啊!大诗人王维能为名不见经传的小小花椒赋诗,而且尊称为:'椒浆奠瑶席',说明诗人有着不攀附高贵、尊重平民百姓的大度风范!"

"你可真能联想。"

植物园东边有一个不起眼的小山,山上立着一个小亭子,旁边的石头上刻有这样一首没有作者、没有出处的小诗:

山不高是山,宜春秋冬夏;
亭虽小是亭,供偃仰啸歌。

我们喜欢那山、那亭、那诗。因为我们自己就是一座小小的山,一个小小的亭。没有显赫的出身,没有高帅美的颜值,没有惊人的成就,从不被当官的领导看重。但我们做到了一座山、一个亭应尽的义务和责任,如果说那是我们人生的写照,会有点牵强附会吗?

只要去植物园我俩都会到那平凡的小亭子里坐一坐。看看远处的山,近处的水,还有那花花世界。

听说植物园从南方移来几棵鸽子树,种在宿根园内,一下子成为我俩的牵挂,隔三四天就去看看它们,活了吗?长高了吗?枝叶繁茂吗?哎呀!怎么死了一棵呢?什么时候能开花呢? 就这样关注了两三年吧。那年春天终于看到了几只纯洁、高贵的白鸽立在枝头,开花了!那惊、那喜、那激动!

难以言表。

　　香山，高贵的皇家园林，而闻名遐迩的是香炉山巅和秋天漫山遍野如火如霞的红叶。我们更喜欢夏日里去享受那里的清凉，有潺潺流水、洒满荫凉的古树、散发着清香的草坪、绽放着美丽的山花作伴，还有松林餐厅的特色菜：葱烧鲫鱼、糖醋咯吱盒吸引着吃货去品尝呢！

大吉在"亭虽小是亭"所吟亭前留影

大吉的钢琴老师林叔平

大吉和她的花

伯璿的书房

大吉和伯璿在林科院　　　　　　　　　　1997年大吉60岁生日和伯璿在颐和园

大吉、伯璿和悦在林科院后山

大吉、伯璿在北京郊区

大吉、伯璿在北京植物园

大吉、伯璿在武夷山

大吉、伯璿在北京碧云寺

伯璿、大吉在颐和园西堤

伯璿、大吉在珠海

伯璿、大吉在深圳梅林公园

伯璿、大吉在北京八大处

伯璿、大吉在澳门

伯璿、大吉在北京植物园

四十六　你的钱是你的，我的钱也是你的

退休后还有个重要活动——同学聚会。我家迎接过我中学和大学同学的相聚，我的同学们都认识了那个平和又怪怪的老头黄伯璿。我也经常参加他的同学聚会，认识了不少他的好友及当年北大学运中的风云人物。有次一个定居国外的同学回国，在一个很大的饭店宴请老同学，特别强调带老伴出席。我还打扮了一下就跟着去了。一进餐厅他就被围住："小黄！小黄！"的喊声此起彼伏，他也是搂这个抱那个地叫着："大眼！""红脸！""小鬼！""老鬼！"……我被晾在了一边，完全成为局外人，很是尴尬。还好，有另一位夫人也被冷落了，我俩同病相怜暂时成了伴儿。入席时还是老大哥王汝琪给我俩安排了座位，并向周围的人介绍了一下："这是小黄和××的夫人。"

我看着坐在远处对面那个目中无我的他，心中的气大了去了，根本无心吃东西。暗下决心，再也不跟他来聚会了！

服务员端上一大碗黄焖鸡，那个没心没肺的他突然站起来

夹了一只鸡翅膀,并走过大半个圆桌来到我面前,将鸡翅放在我的盘中:"你吃!"

他的行动引起了一些人的注意,不知谁带头鼓起了掌。这一切让我措手不及,脸涨得通红,心中的感觉不知是不好意思?是感动?还是幸福?在家中只要吃鸡,他总会说一句:"鸡翅归你们妈,你俩别动!"

这也是两个女儿至今仍然耿耿于怀的一句话。

我和伯璿相依相伴五十多年,真的也谈不上什么相敬如宾、举案齐眉。日常生活中,没少为鸡毛小事吵嘴甚至冷战。

比如,为了让他戒烟就不知吵了多少回,越跟他来硬的就越不听你的,后来改变策略,好言相劝:"买好点的烟,少抽几根,行吗?"这才听进去了,七十岁彻底戒了烟。

又比如我在厨房外面喊:"你洗手了吗?"不理我,再喊一次:"你洗手了没有?"还是不理我,再喊一次,一次比一次声音大,厨房里就吼出更大的声音:"这里不是幼儿园,对你的小朋友们喊去!"如果我不罢休再喊一句:"你有恐水症啊?"一下子就把他惹翻了,能三天不理我!

记得闹得最厉害的一次是在九十年代,我还没退休的时候,啸送我一个玩俄罗斯方块的小游戏机,我爱不释手,就像现在迷数独一样着迷,有空就玩。桌上摆好了饭菜,他喊我吃饭,连叫三四次,不知是我没听见还是玩得太投入没理他,他走过来夺下我手中的游戏机重重地扔到地上,摔了个粉碎!一个星期吧,谁都没理谁!

还有一个吵架的理由很可笑。孩子们小的时候只要我给她们剪了头发，或者我自己把头发剪短了些，必然要发生一场战争。他会大发雷霆："怎么又剪成个秃尾巴鹌鹑！"为此能冷战好几天。吵架归吵架，饭还是照样给我做，只是饭做好后会气哼哼地说一句："吃饭！"

有一点是值得骄傲地对孩子们说的，你们的爸妈从来没有为钱和情吵过架！

他花钱从不算计，我也从不限制他。按当时的级别说，我们收入不算低，但却没攒下什么钱。书、报、杂志，还有吃，是一笔不小的开支。我这样想，不就是喜欢看看书报吗？总比烟、酒或其他不良嗜好好得多吧。年纪大了，我们不愿意让他再骑那太高的蓝牌车了，他也就听话改骑女儿上学时留下的一辆女车。那年中关村的家乐福开业，他去凑热闹，回来对我说，自行车丢了。我一愣，但马上说："丢就丢了吧，咱们以后不骑车了！"

我早就不想让他再骑车了，因为多次接到周围多个同事的投诉：

"你得管管你家老黄，车骑得太快了，有时还一手打伞，一只手扶把，太危险！"

谁知他诡异地笑了笑说："我在家乐福又买了一辆，是名牌，还打折呢！"

"多少钱？"

"不到700块钱。"

真让我哭笑不得！还有家中的电视机、电冰箱不知道换过多少次了。只要有新的样式出来了就得换！

我花钱他也从不过问,他总说:"你的钱是你的,我的钱也是你的,都归你管!"还说:"你别太抠门好不好!买几件有质量的好衣服。"

妈去世后,我的一份工资几乎全花在我爹身上了,那四年他骨折、中风,医药费、护工费、生活费、保姆费……直到2003年冬他去世后,日子才过得松快些。

女儿们说她们的爸爸有女人缘,我倒不那么认为,都三十好几了才找女朋友、结婚。长得又不怎么样,哪来的女人缘?他就是乐观、风趣,爱开个玩笑,说话有意思。大学那么多同学都喜欢他。林科院中愿意和他接近、愿意找他聊天、关系不错的男同志也大有人在。比如他还是小伙子的时候就喜欢他并称他为cowboy的英语翻译丁方、俄语翻译沈照人、扬永祥、张维君、华网坤、曹再新、周士威、赵仕平,还有亦师亦友的老院长陶东岱……但是确实有好事之人多次向我打小报告:"你知道吗?老黄总是被几个小女孩子围着!""你知道吗?在日本那个女导游对老黄不一般……"

我一律回答:"都知道!"

我真的都知道,因为对我他未隐瞒过任何事情。我们结婚即分居两地,一分十几年,正值青壮年,但都彼此守身如玉。心想大风大浪都过来了,你掀起阴沟里的小波浪想看我们吵架?离婚?怎么可能呢?

有一次他笑着问我:"听说有个男同学来家找你,是谁呀?"

我一愣,马上明白了,吴保国到家来过,介绍给婆婆时说是我的大学同学。"是你妈告诉你的吧,有什么问题吗?"

"没有,就是没听你说过此人。"

我向他介绍了一下我和吴保国在大学里的一段交往后说:"如果不是嫩江再相遇,我早就把这个人给忘了,你相信吗?"

"相信,我的燕吉是我一个人的,当然相信了!"

另外,要着重说一下的是,我的几个男性知己比如穆焕文、李志芳等也都成为他的好朋友了!

航化室的老同志,高个的是李志芳

大吉、伯璿和穆焕文在他的家乡

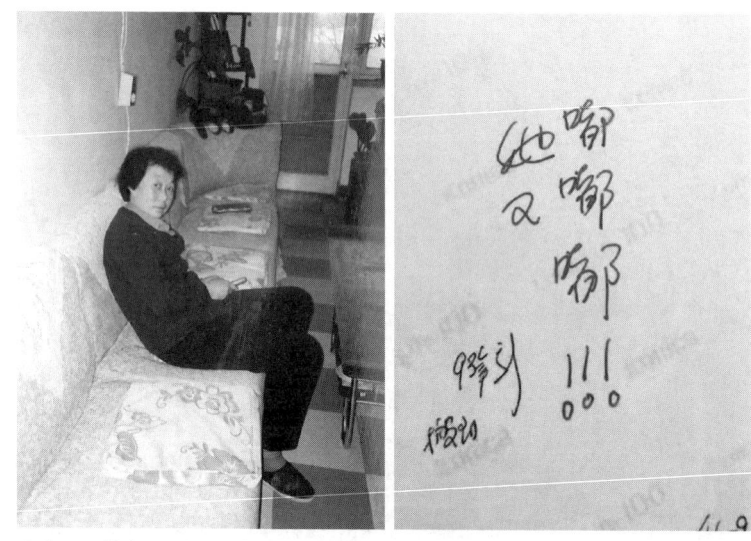

大吉又玩游戏了，伯璿："她又嘟嘟嘟！"

享受

被拍

共享

冥想

四十七 渐行渐远

2015年后，那个曾经健步如飞、骑车单手扶把的黄伯璿；那个口若悬河、风趣幽默，见谁给谁起外号的黄伯璿；那个饱读群书、笔下生辉、曾经为升职称一字一句给我润色论文的黄伯璿；那个嘴馋好吃、烧得一手好菜的黄伯璿；那个把我捧在手里疼我爱我、疲惫烦闷时可以在他肩膀上靠一靠的黄伯璿……与我渐行渐远了！

2000年后差不多每年冬天我俩都到深圳过冬、过年，梅林一村××栋×××号是女儿啸的家。在阳台上及卧室里都能看到的梅林水库，水库旁边的梅林公园，是我们常逛的地方，那里的犄角旮旯也都留有我们的脚印。村内村外周围的报亭是他每天光顾的场所，几乎和报亭老板们都成了可以聊天的朋友。

2015年春节后的一天，吃过早饭，他和往常一样自己出去买报纸，却没有按时回家。一个多小时后我去找，从离家最近的一个报亭问起，问到第二个还是第三个，终于得到回答:"那个北京老先生吗?买了一份《参考消息》,已经离开半个多小时了!"

我在村里村外转了半天,不见人影,心里那个急呀!赶紧往回走给女儿打个电话。走到南门时惊喜地发现老头在保安室里坐着呢!保安对我说,老头忘记女儿住哪个楼了,但是记得她在《深圳晚报》工作,正在给村办公室打电话查黄啸的住址呢!

他笑着对我说:"你看这一栋一栋的楼,长得都一样,我真不知道该进哪个门了。"走了那么多年的××栋×××,怎么不知道进哪个门了呢?

这是阿尔茨海默病的第一个信号!

回到北京后,北京海淀医院高诊的陈医生听说伯璿最近记忆力下降,就开了一种叫"安理申"的药,并解释说这是治阿尔茨海默的药,可以提高记忆力,并建议到神经内科检查一下。在北医三院党校院区看病时认识了于焰大夫,她耐心又热心,听我叙述了老头的情况后说:"周三我休息,你们中午来医院,我给他做个测试。"

在周三前的几天,他要求我帮他准备,比如背家里住址、电话号码、家庭成员的名字、100减7再减7的算术等。记得周三那天特别闷热,在公交车上他还默默地背着什么。测试后于大夫小声对我说,根据分数,阿尔茨海默病已接近中期了。我吃惊、内疚、自责、沉重!太粗心了吧!初期症状一点没察觉怎么就到中期了呢?于大夫建议找神内专家确诊一下对症治疗,并说:"专家号要起大早来排队,你们都年纪大了,这样吧，下周三上午十点左右你们来，我事先找专家给加个号。"我们千恩万谢！

专家的结论和于大夫相同，说年纪大了会发展很快，所以再加一种药，美金刚，和安理申一起吃。这两种都是目前世界上治阿尔茨海默病仅有的药，但也只能延缓发展不能治愈。于大夫千嘱咐、万嘱咐："按时吃药，多和他聊天，让他自己多动脑子、多说话、多动手、多动腿脚。"

于大夫，好大夫，谢谢你！

看着睡在我旁边打着呼噜的黄老头，眼泪不停地流。回想起近十年来还是有些症状的，比如夜里睡觉突然手脚乱动，大喊大叫几声，有时候还会滚到地上。2006年6月的一晚，他折腾得我睡不好觉，我就到隔壁房间去了，刚躺下没几分钟就听到扑腾一声，我赶紧过来一看，他从我睡的一侧掉下来了，撞到小凳子上大腿骨折，大夫说这也是阿尔茨海默病的一个先兆。还有近几年来对我越来越依赖，并有排他的迹象，如在路上碰到老同事聊几句，他会非常不耐烦："把钥匙给我，我先回去了！"以前他比我能聊。

最好笑的一次是，那天我俩准备去公园，出门前接到一个电话，他大声地抱怨："是朱家琪的电话吧，她又破坏咱们的好事！"

电话那头的人听得真真切切，幸好是知根底的老朋友，当笑话听听就算了。

2013年，我俩和悦一家也到深圳过年，在楼上租了一套房子，那天晚上我们都到出租屋打牌，留老头一个人在家。

十二点过后他气哼哼地上来对啸发火说:"你这个姐姐怎么当的?不知道你妈身体不好吗?还熬夜打牌!"拉着我就下楼回家了。大家不欢而散。

瑞芬那年来深圳,在啸家的阳台上,我俩又说又笑,开心得很。黄老头气嘟嘟地回卧室了,她家先生也走说:"把房卡给我,我要回酒店!"俩老头都吃醋了!

我反复地思考后做出决定,除了盯着他按时吃药外,不将他当病人。还继续让他做饭、烧开水、拉着他去逛公园,只是到超市、菜市场都陪着他一起去,绝不让他一个人单独活动。找来小学算术课本,让他做题;每天早饭后的一项工作是分药,把当天吃的药按量按顿分好,并说出药名和这药是治什么病的……这些事只要我陪着,他都乖乖地完成。

阿尔茨海默病还是无情地一点一点地发展着。他越来越不爱说话,电话铃声响起,只是喊一声:"燕吉,电话。"他不再接听电话。一份报纸看半天竟不知所云,搞不清电视剧中的人物关系,最爱的球赛也闹不清谁输谁赢,人变得越来越冷漠、自私。对他说,我胃疼或心脏不舒服,他只看看我,哼一声,没有任何表示关心的样子。孩子们来了,听到"爸!""爷爷!"的叫声,女儿还会拍拍他的头,搂一搂、抱一抱他。看到买给他的好吃的,会笑着高兴一会儿。但半个小时左右吧,他就毫不顾忌地大声对我说:"他们怎么还不走啊?"

除了我,容不下任何人!有一个人,老头看到他就会笑,干儿子东子。不是儿子胜似儿子。女婿在上海工作,平日见不到面，东子成为家中可依靠的男人。出门看病、吃饭都是东子照顾老头，上厕所接屎接尿的从不嫌烦！

  2016年后，公园几乎不能去了，但每天上下午我都牵着他的手在大院里散步，在院子里所有的椅子上都坐着歇过脚。资讯所一个年轻人给牵手散步的我俩照了张相，照片发到林科院的网上，说是"老来伴"。年轻人，你知道吗？那时的他已经称不上是伴儿了，确切地说他更像是一个完全依赖我、由我照看的孩子了！我每周一次的打麻将，每周半天唱歌等活动均取消。早上，他还睡着，安好我这一侧的床栏杆（他那一侧晚上就安上了），下楼取牛奶，顺便在院子里溜达一下见到老朋友聊两句，也就半个多小时吧，是一天中属于我自己的自由时间。当然还有周日小时工来做卫生时，顺便照看他，我可以出去买点菜什么的。

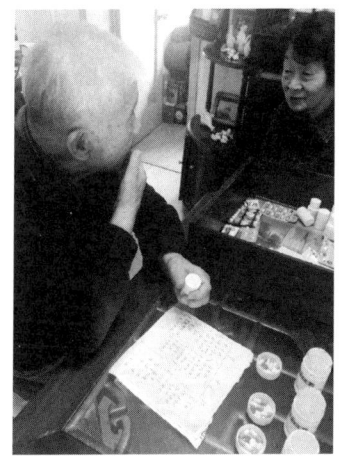

这组照片是伯璿病情尚可控时期，每天要做的功课，大吉要求他自己准备每天要吃的药，同时说出计量和名字，右边那张药名单是伯璿自己写的，那些复杂的化学成分组合出来的名字，让我背下来都难，伯璿做到了。大吉在旁边像班主任一样监管着，画面很美，我还录了像，就是怎么也找不到了。伯璿的病情发展较慢，绵延十年，生活有质量，因为大吉的陪伴和不放弃（黄啸注）

大吉和伯璿在深圳

相依

伯璿和东子

黄啸和父母在深圳

四十八　这一别

2016年春的一天，我俩散步时突然发现他脚下走路不稳，并往我身上靠，眼神迷糊，心想，可能中风了吧？使出全身力气扶着他到最近的椅子上坐下。一个正好在旁边的女孩打了120，老朋友林芳厚帮我扶着他，我飞奔到家取了一丸同仁堂的安宫牛黄丸，一点点塞进他嘴里……救护车来时他已清醒，血压60/40，到医院确诊为一过性低血压。没有中风，那340元一丸的安宫牛黄丸白吃了。低血压比高血压难对付，没有有效的对症药。悦买来同仁堂的人参须和片，随身携带，只要一迷糊赶紧往嘴里塞。走路、上下楼越来越困难。但坚定地拒绝拐棍、小推车和轮椅。

我常自嘲地说："我就是他的拐棍！"

直到最后，才推了三天的小车，坐了两天的轮椅，就躺下再也没站起来！

我的力气实在太小，经常上到二楼，实在拽不动了，大喊大叫地把邻居喊出来帮我一把。现在回想起来常常自责，为什么我那样固执地要求他每天坚持下楼散步呢？他和我都受罪。有很多老年人常年不下楼也活得挺好！

好像是最后一次下楼散步吧，穿着纸尿裤，身上散发着不好闻的味道。碰到了老朋友李荣俊的女儿李靖，一个人见人爱的女孩子，是我们看着长大、老头特别喜欢称她为"小豆豆"的女孩子。

小豆豆亲热地抱住老头说："黄伯伯，好久没见你了，你好吗？"

这一抱、一问候，给他带来很大的快乐，脸上露出了少见的笑容，不停地对我说："小豆豆，小豆豆……"

我知道变得冷漠的他，内心还是渴望关怀，渴望温暖的！

2016年夏天东子带我们到北戴河玩了几天，坐游船在海上转了一圈。国庆节假期全家人陪着老头乘公主号豪华游轮，海上游了七天。在甲板躺椅上，吹着海风，欣赏着大海的风姿，看日出日落，品尝了那么多国家的美食。我感到了人生的一大享受！

东子问他："北戴河的船好还是这个船好？"

"北戴河的好。"

对这个回答大家都很奇怪。但是我理解，两三个月前的他比起现在似乎更明白、更会欣赏些大海的美丽，也更知道享受些快乐吧！

船上免税店手表柜台前，他站在那里看，我拉他离开，他不走，自言自语地说："我要攒点钱买块好表。"

两个女儿同时说:"爸,不用攒钱,现在就买。"

他看看我问:"她们真的要给我买表吗?"

我说:"咱们不买了好不好,家里有两三块呢。"

看到他失望的样子,女儿们含泪说:"爸,咱们买,你挑一块吧!"

他真的挑了一块价格不菲的手表,虽然已经说不准几点几分了,还是高兴地戴上了那手表。后来这块表就放在了他安眠的地方,将陪伴他到永远!

生活在另一个世界的黄伯璿一定非常怀念2016年,那年他九十岁。九十华诞,他过了五次生日。由女儿们张罗的家庭生日宴应该是最温馨的:好妹妹吴荷英请我俩吃烤鸭,说是给黄大哥过生日;吴荷英邀请林科院里的老朋友们一起又为黄老头安排了一桌生日大餐,还录了像;林学会还有退休协会分别为当年七十、八十、九十岁的老同志过了集体生日,还送了礼物。但让我感到非常沉重的是,老寿星自己却没有表现出一点点高兴、欣慰、快乐!只是默默地吃着大家夹到他盘里的菜。没有笑容、没有回应、没有说一句话……

2017年年初的一天早上,他往马桶里吐了口痰,站在那里看了半天,我扶他走开时顺便看了一眼,粉红色!

医务室小大夫毫不质疑地说:"是血痰。"

女儿和干儿子带他到医院做了检查,结论是:"肺(左还是右我忘了)部,有占位性病变。"悦的好友唐晓梅大夫帮我们找了专家咨询。

"要穿刺才能确诊良性还是恶性,根据血痰估计是恶性,只是估计。"大夫们说话都很谨慎。又接着说:"如果是恶性,治疗手段不外乎手术、放化疗,但年纪大了不知能否承受得了。还有一种叫靶向疗法。"

他详细介绍了靶向治疗的流程及病人承受的痛苦,当然还有昂贵的费用。最后一句话很关键:"保证不了最后能够成功!你们商量一下再做决定吧。"

家庭会议上,孩子们都沉默不语。我知道他们在等着我的决定。

"如能治好病,花多少钱我都愿意,但他长期慢阻肺,肺功能本来就不好,心脏右束支完全性传导阻滞。能下得了手术台吗?放疗、化疗、靶向,得受多大的罪?能救得了命吗?我不想让他再去受罪了!"

话音一落,孩子们齐声说:"妈,我们等的就是你这句话。不让爸再受罪了!"悦通过同学找到中医专家,采取了吃中药的保守治疗。

我做了个决定,每周日带老头吃顿好吃的。对孩子们说:"地方你们挑,哪儿好吃就去哪儿,不要嫌贵,钱我出。"

记得大概四五月份吧,女婿朱钢带着到金融街地下商业城吃了顿高级的潮州菜,饭后又带老头到一个知名的甜品店吃了甜点。那个阿尔茨海默病人表现出了少有的满足和高兴。

从这以后,渐渐吃得越来越少,茫然地看着饭店里满桌子的菜说:"我想喝粥。"

我说:"咱们回家喝粥好不好?"

女儿还是花了一二十块钱让饭店给煮了一碗白米粥。

再以后自己不动筷子了，我喂他，他才肯吃。

我对他说："你不吃饭，还能活吗？你要是不在了，我怎么办？我不就没伴了吗？"

"你真是这样想吗？"

"真的呀！"

"我吃，我吃！"勉强地吃几口。

7月底，东子说借辆房车带我们到内蒙古玩几天。我说老头状态不好，你们去吧。东子和悦一家去了内蒙古，我的心像掉进了无底洞，没着没落。心想要是出点事我找谁去呀？还真是怕什么来什么！

7月31日早晨，我照例下楼取牛奶。可能和老朋友们多聊了一会儿吧。回到家吃惊地看到老头在客厅的地上躺着呢！丢下牛奶赶紧去扶他起来。

他只说了两个字："找你……"

那几天起床都是我拉一把，他才能坐起来。今天怎能自己起来还能到客厅找我呢？他的状态直线下降，几乎站不稳，走不了路。坚持到晚上他睡下后，非常抱歉地给悦和东子打了电话。他们着急地说："你怎么不早点打电话呢？我们都喝了酒，开不了车。明天一早就赶回去。先送医院吧。"

"他睡得很安稳，估计今晚不会有事。明天早上再说吧！"

第二天早上我扶他去卫生间时，走了几步就坐在地上了，怎么使劲都拉不动他。情急之下给朱家琪打了电话。她家儿子、儿媳连拽带背地把老头扶到沙发上。正准备叫救护车时，唐晓梅大夫来了。昨晚悦给她打了电话。

她说:"已叫了救护车,马上就到。"

到医院做了头部CT,确诊脑出血。在唐大夫的安排下住进海淀医院神内病房,并找了个单间,除了护工我也可以陪住。

人生最后的八天怎么过?八百六十个人有八百六十个过法,但是不外乎是清醒地过还是迷糊着过。一个老姐妹流着眼泪一次次地对我说她老伴临终前是多么清醒,多么明白,嘱咐这个,嘱咐那个,带着诸多的不放心,带着无限的牵挂、眷恋,告别了亲人。我的老头是个有福之人。他糊涂了,他昏迷了!他完全不知道什么是牵挂、什么是眷恋。但是2017年8月8日上午11时他突然睁开眼睛,对围着他的亲人一个一个地看了一遍后,轻轻地闭上了眼……那是带着安详、带着爱的眼神,那是告别世界、告别亲人的眼神,那是他将永远不再睁开的眼神!后来这最后告别的情景多次出现在我的梦中。

他最后的离去不是因为肺部占位,也不是因为脑出血。

4日还是5日那天,我喂了他几口牛奶和鸡蛋羹。当时还挺有成就感,总算吃了点东西吧!但却害得他得了吸入性肺炎。如果没有这几口牛奶和蛋羹还能再挺些日子吧。是我让他提前告别了人生、提前告别了亲人、提前让我和女儿们承受了那撕心裂肺的生死别离!

亲爱的,你会怪我吗?

刚住院时,大夫、护士都悄悄问女儿:"她是你亲妈吗?怎么和老头差那么多?"

八天后，我掉了十来斤肉。完全成了一个干瘪憔悴满脸沧桑的老太婆了。你看到我这种样子，就不会怪我了，是不是？

女儿、女婿、干儿子在十三陵附近选了一块家族式墓地，顺便把我爷爷奶奶及父母也迁了过去。那另一个世界的家园在群山、树丛之中，风景很美，风水很棒。刘燕吉三个字也刻在了那碑上。老伴儿，耐心地等着我！

拒绝了讣告及任何官方仪式，拒绝了不给解决具体问题的单位领导的所谓慰问和探视，也婉言回绝了林科院老朋友们的看望。办完老头后事跟着啸去了新西兰。后来孩子们又带我游了美国、欧洲、日本。异国风光驱散了不少心中的悲凉。

但每次回到北京，东子接我回家后说："干妈，东西明天再收拾，今天好好休息、好好睡一觉。"当他走出房门，关门的咣当一声响后，巨大的悲痛就会涌上心头！这空落落的房间就我一个人了。我对着那遗像大哭，你不是说过吗？不让我受委屈，为什么这么狠心地丢下我？

他在没生病的时候，夜晚的呼噜声震天响，生病后每晚都折腾着，但我照样能睡。现在的夜晚异常安静，却睡不着了，而且一点小响动都能把刚刚睡着的我惊醒。

"黄伯璿，是你回家看我来了吗？"

孤独和孤独带来的恐惧，只有失去那陪在你身边至亲至爱的人时才能体会得到呀！

我高龄八十多岁，夕阳无限好，已是近黄昏。回忆这人生舞台，扮演过多种角色：比如学生，比如"四清"工作队员，比如"文化大革命"时期幼儿园阿姨、中小学老师，比如业余舞蹈演员，比如多年的科技工作者，比如妻子……虽然离奥斯卡金像奖相差甚远，但自认为这些角色扮演得还算基本称职。有一个角色演得最差不能及格。那就是：女儿。这辈子最对不起的就是我妈！她一生受的苦最多，老了还为我一家四口操劳，衣服掉了个扣子都找妈来缝，心安理得地接受她对我付出的一切，不懂得让她过过清闲享乐的日子。妈，来生咱们还能相遇吗？届时我一定努力做个好女儿！给你做好吃的，给你缝制你曾为我做的那种绣花衣衫，让你享尽安宁、快乐……

如果有朋友们问我，老伴走了两年多了，你过得怎么样呢？感谢女儿、女婿、外孙女小丫丫带着我出国游了一大圈；感谢干儿子，只要他在北京每周都来看看我陪我吃饭，出差在外也是三五天打来电话问候；感谢林科院的老朋友们一起散步、聊天、唱歌、买菜、逛公园；去年四老太下江南，感谢三个妹妹把我照顾得周周到到；感谢李桂芝、朱家琪、卞祖贤等把我当成亲姐姐，知道我不会做饭，隔三岔五就给我送好吃的，发糕、土豆饼、红烧肉等，我怎么那么有口福呢！我应该知足了！

最后我想用杭州灵隐寺中的一句话来结束这漫长的家事：
人生哪能多如意，万事只求半称心。
谢谢所有朋友们的陪伴！

伯璿生前最后一次全家出游——游轮行

黄悦和父母在北戴河

伯璿九十大寿（左、中、右）

这张合影拍了很多张，照片中伯璿都没提起头来看镜头，他不知道大家在干什么
一个月后，他走了

相依一生

一封家书

黄啸：

　　还寄丫宝生活百态小影23帧，供欣赏、把玩，释愿念而入册妥加保存用。说什么百呀九呀，其实全是国人形容众多或顶级的用词而已，并不拘泥其实数的。可这些照片只能说明孩子活动的一个小小侧面，远不足以概括全貌于万一。

　　我说话绝无夸张。你们看到丫丫一些直立笑嘻嘻的样子，却见不到其站立如何多姿。推着小车出去逛的时候，大院里比跟她大的孩子都老实坐着不动，可丫丫却能突然站起来，好像立在战车中一样，而且大声呼吼。确实是个危险动作，不能不防。有一张丫丫由小雪抱着，另一人名叫农林（是妈妈所里的同事）抱着另一小儿名叫倩倩，仅比丫丫小一个月，看样子眉清目秀小绿豆眼瞪着也挺精神的，可是爬都不会。丫丫爱在床上前后左右乱爬，动作十分快捷。有一次你妈妈把丫丫放在床的中央，回头去掀开电视机的盖布，一看大惊失声,原来丫丫已经爬到床的边沿,头已向下探去,何等危险呀。丫丫一刻不能离人,因为她太危险了,全无自我保护意识。《育儿百科》专家查看后称,丫丫的动作能力是超前的,至少一个月。说是一个月,可别的孩子爬行的动作没有她快呢,这在照片上是无法表现的。

丫丫每天外出两次,往外跑她便欢呼雀跃,在新鲜空气中她喜欢扯着嗓子大叫。这样干的,在报告厅广场内众婴儿中绝无仅有。为此,丫丫很有名,在那边人人都知道丫丫。这么能叫是否有音乐感呢?难说难说。那回因与我看电视习惯不合,你妈抱着丫丫到里屋去看缠绵的连续剧,那台还没找到,突然出现歌舞场面,那丫丫听别人唱歌十分凝神专注,一动不动地趴在那儿傻看傻听,一首歌抒情完毕她还在听。弄得你妈只好放弃电视剧。这能说明啥问题呢?啥也不能,是否又是个五音不全,尚有待证明。这样的片段十分有趣,也不能在23帧照片中有所表现。遗憾呀。

丫丫已长出利利的四颗小牙。吃东西的习惯,爱吃干的超过喝稀,爱吃面食不大喜欢稀粥,饮食种类丰富而多彩,每天必吃香蕉一大根,橙子两个,苹果半只,鱼肉米粉牛奶……从未间断。吃起来狼吞虎咽,呼呼有声,最有劲的是用那四颗小牙和无牙的牙床咀嚼的模样,只可意会难以言传,这照片也是不能表现的。

丫丫的新动作是爱皱鼻子做怪笑,在23帧现有照片中没有,这好办,下次再拍你可以看到。另外还有,你妈坐在床边,她能爬过去,借力爬到人家背上嬉笑。这个也只能在下次冲洗出来的照片中看到。且听下回分解。

再见

爸　字

1999年4月24日

又：

丫丫身高77公分，体重11公斤，爱折腾。你妈现在腰疼得厉害，全是抱丫丫抱的。

丫丫头发很长，姥爷不让剪。

信中写到的小雪是当时家里的保姆姐姐。报告厅则是林科院的遛婴儿胜地。

丫丫当时9个月大。最后一句话"丫丫头发很长，姥爷不让剪"是一辈子跟橙的头发过不去的、"见头发就想剪短星人"的大吉写的。

爸是男低音，妈是女高音，都能登台的。橙和八子却五音不全（黄啸注）

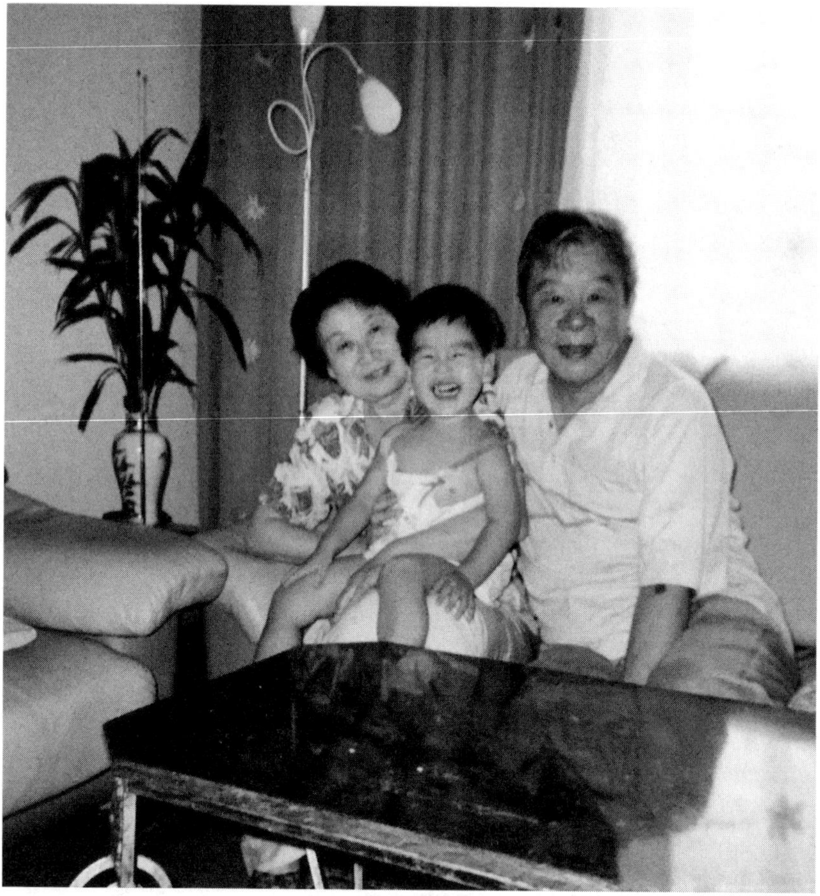

编后记

这辈子，我除了高考历史地理政治这些翻烂了也考得不咋地的课本，就属看大吉这本《家事》书稿的遍数多了。包括公众号编辑，我一共编了四遍，每遍编辑性阅读，仍然快乐着大吉的快乐，伤感着大吉的悲伤，情绪完全共鸣，这就是好文字的力量。我也重新了解了自己的父亲母亲，他们和波澜起伏时代所捆绑的难言命运。

2017年，老爸故去，我把照顾了病中老爸十年的老妈大吉带到新西兰散心，我们在南岛自驾，五十年来，母女第一次长时间朝夕共处。旅行期间，大吉给我讲了些她家和老爸家里的事情，比如我爷爷去世后，奶奶带着十个箱子和三个孩子从福州来到北京投奔做银行家的小叔，小叔说，大嫂，我可以提供两条路供你选，第一嫁人，第二工作，都是在保证一家人的生活的前提下。奶奶选择了后者，做了北京上海银行的女职员，中国第一代office lady。20世纪30年代一个银行职员的收入可以养一个这样生活水准的家：请保姆，供三个孩子读书和体面生活。奶奶一生未再嫁。我当时觉得奶奶这个选择好酷,就动心让大吉把家事写出来。2019年我回国,闺密杨青送我一本她帮她爸爸出的自传,翻看老人家一生的经纬乾坤,让大吉写书家事的路径就更加轮廓鲜明。个人的历史书写,不仅仅对家族成员了解自己的来龙去脉有益处,对人类历史也有个体模板文献价值,功德无量。

大吉和我老爸的家族,都是百年沉浮的大家族标本。父母这一代人,历经家族盛衰,在连年战乱中颠沛流离,新中国成立后的欣欣向荣,"文革"再次打到谷底,改革开放连绵春雨一样的红利徐徐降下,风调雨顺地安乐晚年,他们的一生几乎就是百年中国历史的个体投影。相比他们,我们这代人小波小折的经历真是白板一样乏善可陈。我跟大吉商量,你不用考虑任何体裁、结构、修辞,想到什么写什么,文字梳理和结构都交给我,把家事写出来。大吉写了第一篇发给我,我惊奇地发现除了标点符号不太规范外,文字和结构惊人地流畅和完整,完全不需要我重新编织。我开始陆续在公众号上推送大吉的家事,历时一年多的时间,大吉的文字每周准时来到,我准时推出,大吉家事的后续,成了很多朋友的追捧和追问,都是真爱。包括我在内,大家都为一个八旬老人的记忆和文笔再三惊叹。我一直不太找得到我跟大吉作为母女的共同点,现在至少发现有一点我得到了她的基因,做事认真投入到执着,不用扬鞭自奋蹄。

文字完成,第一波推送结束。接下来就是结集出版。正规出版社对普通人家事接纳度不高,自出版或许会成为很多普通人写作家事成书的一种方式,书写家事,就是书写历史,至少是留给家族子孙后代的文化遗产。

异地编辑大吉《家事》，很多困难。我建了一个"大吉家事群儿"，我们这个群分属四地，中国北京、深圳、长沙，另外还有新西兰。深圳群友红专程到北京帮大吉扫描照片，解决了编辑工作中最大的瓶颈。长沙群友、我的没见过面的小知已——公众号美编包包同学专门自学了书的排版软件负责排版，因为有公众号编辑在先，她对内容熟悉，比交给任何人都让人放心。校对是我的最弱项，文字行活里，最干不了的工作就是校对，因为疫情回不了国，赶鸭子上架。书稿在连续搬家的忙乱之中做了三校，又因为理解有误，用了PDF的编辑模式，害包包看不到修改痕迹，要重新排版，所以2021年过年前印出来估计就做不到了。

大吉对印刷出版不是特别热心。她总觉得，谁会对别人家的家事感兴趣呢？怕到时候堆一屋子书不知道怎么办，她答应出版的条件就是不让她看到一堆书堆在家里，就像大吉年轻时候对自己的美貌并不自知一样，她从来不高看自己一眼，包括这么美好、这么有价值的书写。

又补记：

2021年3月份时候，我把自出版那版包包做的封面发给好友林帆，让她帮着规范规范，又把书稿和版式发给我妹黄悦，让她校对一下。于是这两个专业人士全盘接管了书的内容和封面设计。尤其黄悦，有限几年的工作经历，其实就是在做出版，是个专业人士。这个事我几乎忘了，她也不提。我和包包两个出版外行弄出来的书在林帆和黄悦眼里需要重新收拾，后来自出版的这版，是黄悦、林帆、朋友张建军这些专业队的介入后的版本。

我妈大吉因为做书过程，对黄悦另眼相看，觉得以前小看了她。我父母几乎不表扬自己家孩子的，大吉这次对黄悦的表扬规格一次到位，她给我发微信说："在悦的要求下又读了一遍书稿，再一次和亲人好友见了面说了话，心中有高兴但更多的是深深的思念和忧伤。书稿最后的编辑和勘误，悦起了至关重要的作用。我对她真有点刮目相看！她非常专业、认真、仔细。"

自出版那版除了受到亲戚朋友和公号读者的欢迎之外，还因为好友黄佟佟的推荐，特别荣幸地被花城出版社懿总接纳，列入花城出版社的出版计划，大吉的书能和国家大出版社结缘，与有荣焉啊。再次感谢花城出版社周思仪等做事特别专业道地的编辑和美编的共同努力，让大吉在耄耋之年，得偿所愿。

无论如何，感谢所有的朋友和亲人对这本书的支持。

黄啸

2021年6月10日 新西兰 字

2024年11月16日 日本改正

后 记

《家事大吉》由花城出版社正式出版，心中感到非常欣慰！特别感谢花城出版社及各位编辑朋友！

此书能出版要感谢我的两个女儿和为此书付出热情辛劳的朋友们：刘小包、高红、硕硕、林帆、张建军……当然，还有那么多给予我鼓励、信心、礼物及无比珍贵泪水的读者们，谢谢你们！

《家事大吉》写的都是真人真事，天上的亲人们会感受到我的惦念和深深的爱！天上的朋友们会感受到我的真情和深深的怀念！他们会叫着我的名字：大吉、亲爱的、燕吉、娃娃宁、阿三、小刘、阿姨……笑着对我说："走了八十多年，累了吧！余生一定要快乐地度过每一天！我们会护佑你的！"

我的下一代、再下一代会有怎样的感受呢？还真猜不出，不过这本书让他们知道了祖辈、祖祖辈们是如何曲折、艰难、不停的奋斗，有幸福、有快乐也有凄苦辛酸的走过人生之路的！会不会从中得到一点启迪？会不会有感而生、更加珍惜今天所拥有的一切呢？

大 吉

2024年12月

人物关系图谱

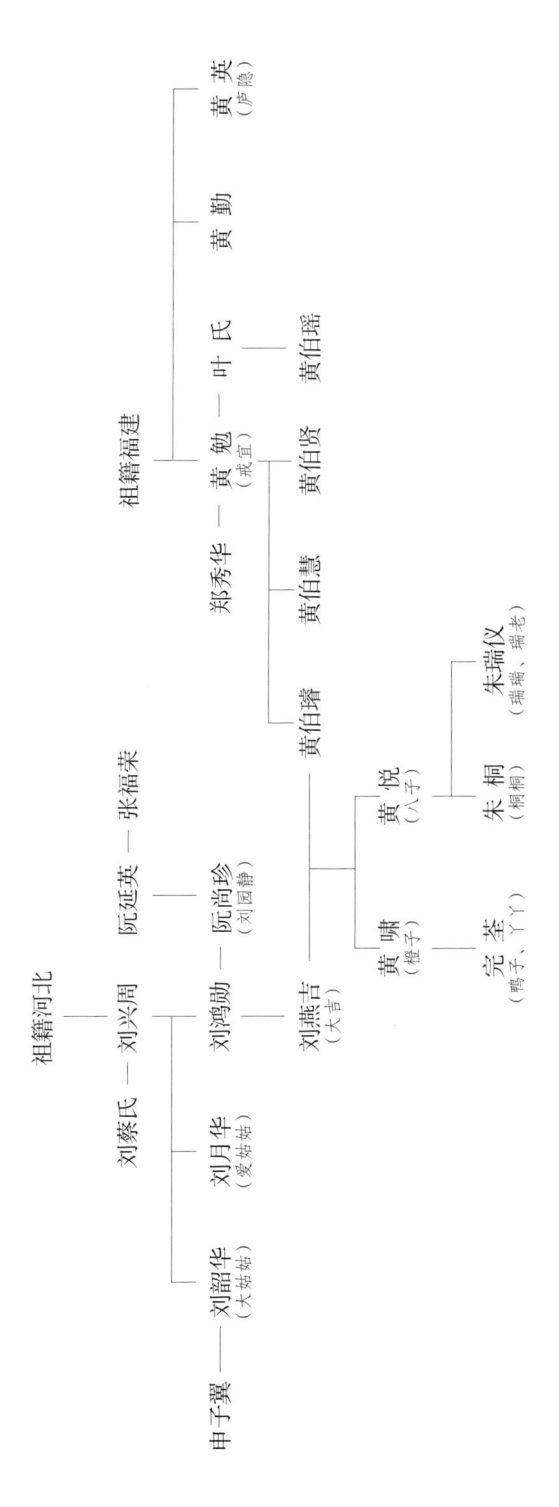

祖籍河北

申子翼 —— 刘韶华　刘蔡氏 — 刘兴周　阮延英 — 张福荣
　　　　（大姑姑）

刘月华
（爱姑姑）

刘鸿勋 — 阮尚珍
　　　　（刘园静）

刘燕吉
（大吉）

黄伯璿

黄 啸
（橙子）

完荃
（鸭子、丫丫）

黄 悦
（八子）

朱 桐
（桐桐）

朱瑞仪
（瑞瑞、瑞老）

祖籍福建

郑秀华 — 黄 勉 — 叶 氏
　　　　（戒宣）

黄伯慧

黄伯贤

黄伯瑶

黄 勤

黄 英
（庐隐）